ナイトランド叢書 4-1

魔術師の帝国
《3 アヴェロワーニュ篇》

クラーク・アシュトン・スミス

安田均 編

安田均・柿沼瑛子・笠井道子・田村美佐子・柘植めぐみ 訳

ⓐ
アトリエサード

THE EMPIRE OF NECROMANCERS

The Best of C.A.Smith

Volume 3: Averoigne

Clark Ashton Smith

装画：中野緑

目次

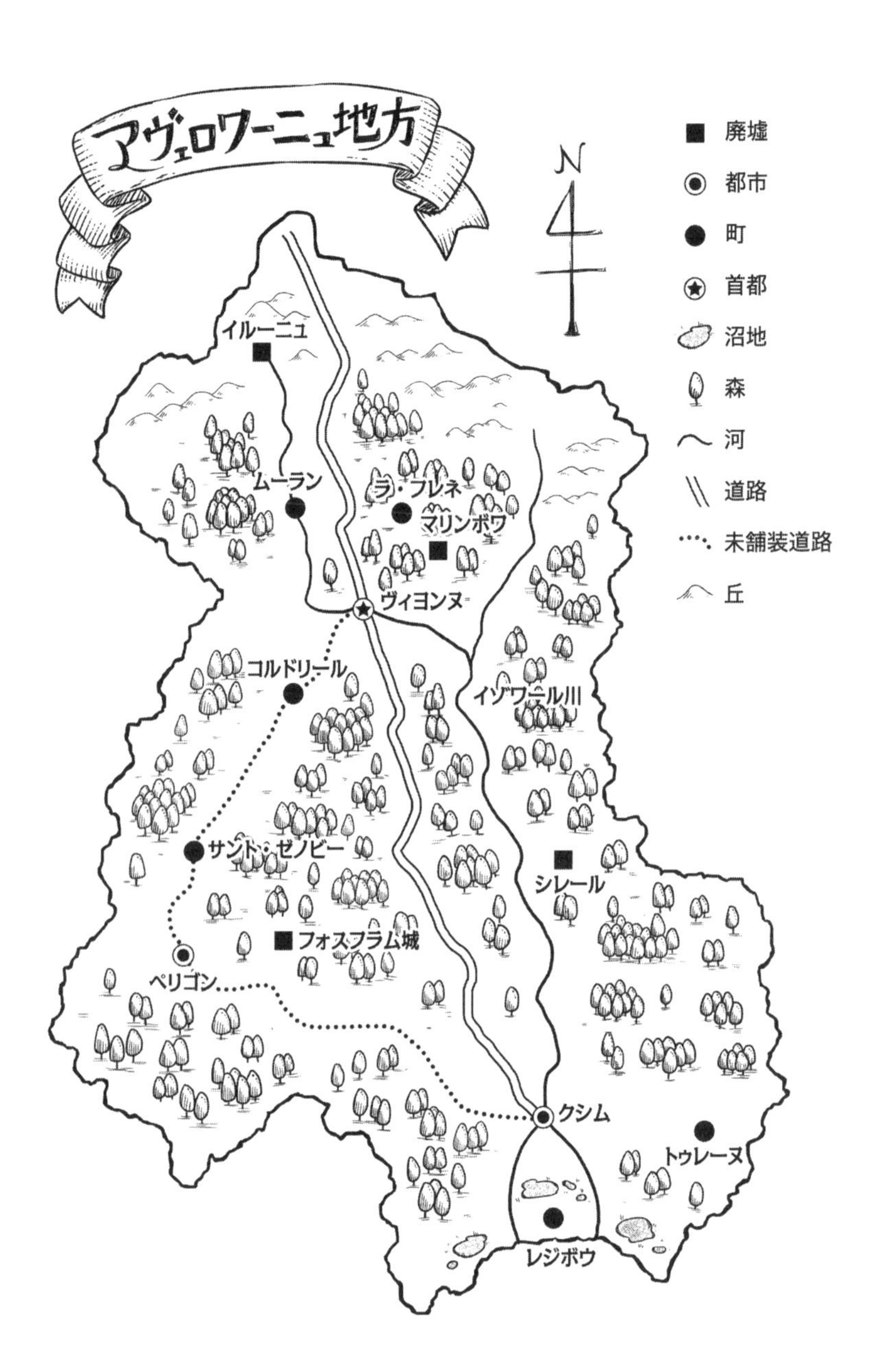
アヴェロワーニュ地方
N
廃墟
都市
町
首都
沼地
森
河
道路
未舗装道路
丘
イルーニュ
ムーラン
ラ・フレネ
マリンボワ
ヴィヨンヌ
コルドリール
イゾワール川
サント・ゼノビー
シレール
フォスフラム城
ペリゴン
クシム
トゥレーヌ
レジボウ

魔術師の帝国《3　アヴェロワーニュ篇》

クラーク・アシュトン・スミス　安田均・編

アヴェロワーニュ　Averoigne

アヴェロワーニュの地で魔女は
摩訶不思議なまじないの文句を織りあげる、
まがいものの太陽を呼び起こし、ヘカテー※の月を
蔦絡む塔のもとまで引きずりおろす呪文を。
宵になれば蓼(たで)の四阿(あずまや)から、
下知(げじ)を受けた毒蛇たちが這い出し、
魔女の呪いの使者となる。
墓の養分を吸い生い茂る葉を絞った媚薬が
魔女の 銀(しろがね) の 篩(ふるい) からしたたり落ちる。

アヴェロワーニュの地で黒い影は
穢れた濠や澱んだ湖から飛びきたる
時の彼方の松明(たいまつ)ともる街々の
赫然(かくぜん)たる宴を滑空しながら。

死か、はたまた誕生を知らせるのか、
　不変なる鐘の音がいずれともなく響きわたり、
サテュロスたちの彫刻が
　くすんだ石の唇を硬く結んだまま
終わりなき無言の呻きをあげる。

アヴェロワーニュの地に魔術師は住まう。
深い沈黙に沈むその庵（いおり）で、
　魂は聞く、無限の君主たちが
　靴音を雷鳴のごとく谺（こだま）させながら
　月の彼方の、鉄の城を歩く音を――
　永遠という名の濠に堅く守られた城を。
疫病を流行らせ、太陽との戦（いくさ）を目論む
　ノルンの耳障りな笑い声を聞く
しだいに大きくなる笑い声を。

アヴェロワーニュの地でラミア※は歌う
　古代の墓から取り戻された竪琴（リラ）を奏でながら、

緩やかな長い巻き毛が
　黒魔術を満たしたグラスに落ちかかる。
愛した者たちは血を抜かれ、
　かぼそい声で叫びながら通り過ぎる
男たちの見いだすあらゆる禍（わざわい）、求めるあらゆる至福が
　古代のことどもを物語る、
　色褪せた弦に谺する。

（田村美佐子訳）

※ヘカテー……天上・地上・冥界を支配し魔術を司る女神
※ラミア……上半身が人間、下半身が蛇の女の人喰い怪物

物語の結末

The End of the Story

柿沼瑛子訳

ここに述べる物語は、若き法学生クリストフ・モランの残した文書類のなかから発見されたものである。彼は一七九八年十一月ムーランの父親の家を訪ねている最中に謎の失踪を遂げた。

突然の雷雨が早々ともたらした、不気味な茶色がかった紫色の黄昏が、アヴェロワーニュの森一帯にたちこめていた。道端の木々はすでにぼんやりとした黒檀色の塊と化し、どんどん濃くなっていく闇にほの白く浮かび上がる道は、謎の地震めいたものによってかすかに震え揺れるかに見えた。わたしは馬に拍車をかけ、さらに先を急がせた。夜明けから旅を続けてきたために馬はひどく疲れ切り、何時間も前から速足を渋っていたが、今にもつかみかからんばかりに枝を垂らす巨大な樫の木にはさまれた暮れゆく道を、わたしたちはひた走った。

恐ろしいほどの速やかさで夜の帳が襲いかかり、闇がまるで触れれば感じられそうな黒いベールのようにまつわりついてきた。悪夢のごとき惑乱と絶望のあまり、わたしはまたしても残酷に馬を駆り立てた。彼方の嵐の低い唸りが、蹄のかっかっという音と入りまじり、稲妻の最初の光がわたしたちの行く手を照らしだした。驚いたことに（それまでずっとアヴェロワーニュを貫く街道を走っていると思っていたので）道はいつのまにか狭まり、わたしたちはよく踏みならされた小径を走っていた。道に迷ったのかもしれないと思いながらも、迫りくる夜とむくむくとわきあがる嵐の雲にさからって引き返す気にはなれなかった。これだけ踏みならされた道ならば、夜露をしのげるどこかの館か城に続いているだろうという予測は理にかなっているはずだと思いながら先を急いだ。はたせるかな、数分もたたないうちに、絡まりあった枝々のむこうにちらつく光が見えたかと思うと、突然、森のなかに空き地が開け、なだらかな丘の上に巨大な建物がそびえたっているのが見えた。下の階の窓には灯りがともっていたが、上階は吹きつのる黒雲にまぎれてほとんど闇と見分けがつかなかった。

「これは修道院に違いない」わたしはそんなことを考えながら、手綱を引き、疲れはてた馬からおりて、犬の頭の形をした重たげな真鍮のノッカーを引き上げ、勢いよく樫の木の扉に叩きつけた。思いがけなく大きな音が鳴り響き、その反響はどこか納骨所を思わせ、わたしはいつになく怖気づいて驚愕にぞくりと身を震わせた。だが、その不安は、扉が大きく開き、広大な玄関をあかあかと照らすクレセットを背にたたずむ、背の高い赤ら顔の修道士の姿をみたとたん瞬時に消え去った。

「われらがペリゴンの修道院へようこそ」修道士が低く耳に心地よい声であいさつを述べているあいだにも、別の僧衣姿の人物があらわれ、わたしの馬を引き取った。わたしが挨拶をして感謝の言葉を述べると同時に、嵐が襲いかかり、近づきつつある雷鳴とともにすさまじい勢いで背後の扉に雨が叩きつけた。

「これはまたなんともちょうどいい時に来なさったものだ」修道士がいった。「このような嵐に襲われたら人も動物も無事ではいられませんからな」

わたしがひどく空腹で疲れ切っていることを見てとった修道士は、わたしを食堂に連れていき、羊肉や黒パン、レンズ豆からなるたっぷりの食事と、極上の強い赤ワインでもてなしてくれた。

わたしが食しているあいだ男はわたしの向かい側に座り、ようやく空腹がなだめられたところで、わたしはさらに相手をよく観察した。背が高いだけではなく、たくましい体つきをしており、額はがっしりとした顎と同じくらい広く、知性と豊かな生活への愛を如実に示していた。男からはある種の繊細さと優雅さ、学者らしい風格、趣味のよさや育ちのよさのようなものが滲み出ており、わたしは心のなかでこう思った。「この修道士はおそらく書物のみならずワインに関してもたいした目利きであるに違いない」わたしのつのる好奇心が表に出ていたのか、男は応えるようにこういった。

「わが名はイレール。ペリゴンの大修道院長を務めております。われらはベネディクト修道会に属し、神と人々とともに親しく暮らし、苦行や肉体を疲弊させることが魂を豊かにするとは考えてはおりません。われらは食料貯蔵庫に肉体の糧となる食料をたっぷりと蓄え、ワイン貯蔵庫にはアヴェロワーニュ全土において最上かつ最古のワインを揃えております。そしてもし興味がおありならば、図書室には稀覯本はもとより貴重な写本、異教のもしくはキリスト教のもっともすぐれた著作、さらにはアレキサンドリアの惨禍をまぬがれたものさえ取り揃えております」

「ご親切なおもてなしをありがとうございます」わたしは頭を下げながらいった。「わたしの名前はクリストフ・モラン。法を学ぶ学徒であり、トゥールズからムーラン近くの父の領地へ向かっているところです。わたしもまた大の愛書家であり、今うかがったような貴重かつ興味深い書物を拝見させていただければ、これに勝る喜びはありません」

食事が終わるや、わたしたちは古典をめぐる討論をはじめ、ローマやギリシャ、そしキリスト教の著者による一節を引用し、披露しあった。相手が並々ならぬ博学であることはすぐに明らかになった。該博な知識の持ち主であり、古代と現代の文学にも精通し、それに比べればわたしなど赤子も同然だった。おまけに完璧からはほど遠いわたしのラテン語をほめそやすほどの鷹揚な心の持ち主であり、赤ワインの壜が空くころには、お互いまるで旧知の友のごとく親しげにしゃべり交わしていた。
それまでの疲労感はどこかへ吹き飛び、肉体はくつろいでいながら、精神は研ぎ澄まされ、めったに味わったことのない幸福感に浸されていた。大修道院長から図書室を見ないかと誘われたときには、一も二もなく飛びついた。

修道士たちの独居房が左右に並ぶ長い廊下をどこまでも進み、大修道院長は腰帯に下げた真鍮の鍵を使って広大な部屋の扉を開けた。天井は高く、奥まった窓がいくつか設けられていた。蔵書の豊富さについての大修道院長の言葉は決して誇張ではなかった。長い書棚には書物がぎっしりと詰まり、さらにはテーブルの上や部屋の隅にもうず高く積み上げられていた。パピルスや羊皮紙、ベラムの巻き物。ビザンチウムやコプト語の聖書もある。表紙に花模様の装飾が施され、あるいは宝石がはめこまれた古代アラビアやペルシャの古写本。最初の印刷機によって印刷された揺籃期本。修道士たちが筆写したおびただしい古代の書物には木や象牙の表紙がつけられ、豪華な彩色や金銀で装飾された文字はそれ自体が芸術品だった。

イレール大修道院長は愛情をこめ、細心の注意を払いつつ、次から次へと書物を披露してくれた。その多くはこれまで見たこともなかったもので、なかにはその噂や評判すら聞いたことがなかったものもあった。わたしの興奮に満ちた好奇心、偽りなき情熱が相手を喜ばせたようで、しばらくすると彼はテーブルに隠されたばね仕掛けを使って抽斗を開き、ここに収められているのは秘宝に等しいものであり、多くの者たちを啓発したり、喜ばせたりする類のものではなく、その存在はここの修道士たちすら知らないものなのだといった。

「これこそは」彼は説明を続ける。「今まで公刊されたカトゥルスのいかなる著作集にも含まれていない三篇の頌歌です。そしてここにあるのはサッフォーによる詩の原稿であり、現在では断片しか残っていないといわれているものの完全版です。そしてこれはミレトスの失われたといわれている物語の二篇。ペリクレスがアテネのアスパシアにあてた書簡。プラトンの世に知られざる対話、作者不詳でありながらコペルニクスの理論を先取りしたといわれるアラビアの天文学書。そして最後にお見せするのは、ベルナール・ド・ヴァイヤンクールによる悪名高き『愛の物語』であり、刊行と同時に処分され、現存するのはこの一部だけといわれています」

わたしは畏怖と好奇心のいりまじった眼差しで、彼の開陳する世に知られぬお宝を見つめるばかりだったが、抽斗の奥に黒革で表装されただけの、表題もない薄い書物があることに気がついた。手を伸ばして取り上げてみると、古フランス語でびっしりと書かれた数枚ほどの手稿であることがわかった。

「これは?」わたしはそういいながらイレールに顔を向けたが、大修道院長の表情が険しく気づかわしげなものに変化するのを見て驚いた。

「それは訊かれないほうがよろしいでしょう」彼は十字を切った。その声はもはや心地よいものではなく、険しく、怒りに満ち、痛ましいほどの狼狽にあふれていた。「あなたが手にしている書には呪いがかけられておるのです。それには邪悪な魔術が、有害な力が賦与されており、それを読む者は身体のみならず魂をも恐ろしい危険にさらすことになるといわれています」彼はそういいながら薄っぺらい書物をわたしの手から取り上げて抽斗に戻し、ふたたび十字を切った。

「しかし、大修道院長殿」わたしは異を唱えてみた。「どうしてそんなことが？　たかだか文字が書かれた数枚の羊皮紙にどんな危険があるというのです？」

「クリストフ、世の中には人の理解を超えるものが、知らないほうがいいこともあるのです。サタンの力は巧妙にさまざまに形を変えてあらわれる。現世や肉体のそれとは異なる誘惑が、抗いがたい魅力的な邪悪が、隠れた異端が、世の妖術師たちが行うものとは異なる黒魔術が存在するのです」

「でしたら、この文書のどこにそのような魔術的な危険が、そのような冒瀆的な力がひそんでいるというのです？」

「それ以上の質問は禁じます」大修道院長の口調は峻烈を極め、さしものわたしもそれ以上の質問を思いとどまるほどだった。

「あなたのような」大修道院長は続けた。「若く情熱的で、欲望と好奇心がみなぎっているような方にとって危険はさらに倍増するでしょう。どうか信じていただきたい。この書を見たことを忘れてしまうほうが身のためというものです」隠れた抽斗をふたたびしまうと同時にそれまでの険しい、気づかわしげな表情は消えて、元どおりの温和な顔に戻った。

「さてと」大修道院長はそういいながら、別の書棚のほうを向いた。「ペトラルカが所有していたオウィディウスをご覧いただきましょうか」彼はふたたび温和な学者に、親切で快活なもてなし役に戻り、これ以上謎の文書について触れるつもりがないのは明らかだった。だが、彼が先ほど見せた奇妙な狼狽や、ふと漏らした謎めいた恐ろしげな仄めかし、有無をいわせぬ禁止の言葉はわたしの好奇心をいたずらにかきたて、自分でも理不尽とは思いながらも頭に取りついて離れず、その夜はそれ以外のことが考えられなくなってしまった。イレールがわたしに見せるために細心の注意をはらって棚からおろしてくれた揺籃本をうっとりと眺めるふりをしながらも、わたしの頭のなかには突飛もない、不合理かつ法外な、滑稽かつおぞましい、ありとあらゆる思いが駆け巡っていた。

ようやく真夜中近くになってから大修道院長はわたしを部屋に案内してくれた。それは訪問者を泊めるための部屋で、壁掛けや、絨毯、そしてふかふかしたキルトのベッドは、修道士はおろか大修道院長の独居房よりも贅沢で心地よいものに違いなかった。イレールが引き上げ、あてがわれたベッドの柔らかさに満足しながらも、頭のなかは禁断の文書をめぐる疑問で渦巻いていた。嵐はすでにおさまっていたが、眠りにつくまでには時間がかかった。ようやく訪れた眠りは夢もなく、泥のように深いものだった。

目を覚ますと、窓からは溶けた黄金のように明るい陽光が燦燦と降り注いでいた。嵐は完全におさまり、十月の淡青色の空にはちぎれ雲のひとつも浮かんではいなかった。わたしは窓辺に駆け寄り、雨の露がダイヤモンドのようにきらめく秋の森や野原を見渡した。すべてが美しく、牧歌的光景そのものであり、木々の代わりに高い建物が立ち並び、草のあるべき場所には玉石敷きの舗道が続いている、都市の城壁に囲まれた場所に長年暮らしてきたわたしのような者のみが楽しめる眺めだった。だが、その美しさにもかかわらず、わたしの目が前景に惹きつけられていたのはほんの一瞬のことだった。すぐにわたしの目は木々の梢の上に、一マイルと離れてはいない小高い丘にたたずんでいる古い城の廃墟のようなものに引き寄せられていた。崩れかけ、荒廃した壁や塔はここからでも見てとることができ、その光景はどうしようもなくロマンチックな魅力をもってわたしの視線をいやおうもなく惹きつけ、あまりにも自然で、得心のいくものだったので、わたしは不思議に思うことも吟味することもしなかった。ひとたびそれを見るや、視線をそらすことができなくなってしまい、窓辺で時間を忘れ、歳月に朽ち果てた小塔や稜堡にひたすら目をこらしていた。その廃墟の規模や配列にはどこか言葉にできないような魅力があった。それは音楽の調べや、詩における魔術的な言葉の配列、もしくは愛する者の目鼻立ちの醸す魅力に似ていなくもなかった。わたしはいつのまにか思い出すことのできない白昼夢にふけっていた。それは忘れてしまった夜の夢が時としてそうであるように、わたしの心にもどかしくもいいようもない喜びを残した。

　扉が穏やかに叩かれる音がしてわたしは現実に引き戻され、自分がまだ衣服をつけていなかったことに気がついた。ノックの主は大修道院長で、寝心地はどうだったかと訊ね、いつでも朝食は用意されているからと告げにきたのだった。白昼夢にひたっているところを見られ、どういうわけかわたしはうろたえ、恥ずかしささえ覚え、必要もないのに遅くなったことをあやまる始末だった。イレールが一瞬疑うような鋭い目を向けたような気がしたが、すぐにそれは消え、よきもてなし役らしい、もの柔らかな慇懃さをもってその必要はありませんといってくれた。

　朝食の席でわたしはイレールに、かようなもてなしに心から感謝していると言葉を尽くして伝え、そろそろ出発しなければならないことを告げた。だが、わたしが暇乞いを告げると大修道院長はひどく残念がり、せめてもうひと晩泊っていってはどうかとそれは熱心に勧められ、わたしはもう一泊することに同意した。実のことをいえば、イレールに好意を覚えていたこともあるが、禁断の文書の秘密にすっかり取りつかれ、もう少し調べるまでは修道院を離れたくないと思っていたので、引き留められまでもなかったのだ。わたしのような学究の徒にとって、大修道院長の図書を自由に出入りできるのは、めったにない恩恵であり、見逃すことのできない貴重な機会でもあった。

「それでは」とわたしはいった。「ここに滞在させていただき、あなたの他に類を見ない蔵書の助けをお借りして、勉強させていただきたいと思います」

「若者よ、どうか心のままに滞在し、あなたの思うがままに必要なだけ図書室の本をお読みなさい」そういいながらイレールは腰帯にさげた図書室の鍵を外してわたしに渡した。「あいにくとわたしはこれから数時間ほど外出しなければならない用事があります。あなたはわたしが不在のあいだも勉学にいそしまれたいでしょう」

ほどなくして彼は暇乞いを告げて立ち去った。あれほどまでに切望していた機会が、これほどまでにたやすく与えられたことを、わたしは内心祝福しながら図書室に急いだが、もはやあの秘密の文書を読むことしか頭にはなかった。本がぎっしり詰まった書棚にはほとんど目を向けることもせず、わたしは秘密の抽斗があるテーブルを見つけだすと、隠されたばね仕掛けを求めて手探りした。いささか手間取りはしたが、ようやく正しい箇所を探り当てて抽斗を引いた。ほとんど妄念と化した切迫感、狂気にも近い圧倒的な好奇心に駆られ、たとえ魂の平安を危険にさらしたとしても、この題名もない簡素な装丁だけの薄い冊子を取り出したいという欲望を拒むことはできなかっただろう。

　わたしは窓辺の椅子に腰をかけ、わずか六枚しかない頁を追い始めた。それはきわめて風変りな書き物で、その書体はこれまで見たこともないような奇怪なものであり、フランス語は古いだけでなく、その面妖な特異さゆえにほとんど未開の国の言語とさえ思えるほどだった。これらを解読するには並々ならぬ困難が伴ったが、最初の言語を目にしただけで身内に激しい、いいようもない戦慄が駆け抜けていくのを感じていた。まるで魔法にかかったかのような、はたまたとてつもなく効果のある媚薬を飲んだような高揚を覚えながらわたしは読み続けた。

　表題も日付もなく、物語は唐突に始まり唐突に終わっていた。そこにはヴァンテヨン伯ジェラールが、誉れ高い美しき令嬢エレノール・ド・リースと結婚する日の前夜、居城近くの森で、蹄と角のある半人半獣と出会ったことが書かれていた。ジェラールは剛勇をもって知られる高潔な若者であると同時に真のキリスト教徒でもあったので、救い主イエス・キリストの名のもとに、その怪物と対峙し相手に話をさせるにまかせた。

　その異様な怪物は黄昏のなかでけたたましい笑い声をあげ、ジェラールの前で飛び跳ね、叫んだ。

「わしはサテュロスだ。おまえのキリストなんぞ、わしにとってはおまえの厨房のごみの山にはえた雑草ほどの価値もない」

　ジェラールはあまりの冒瀆に仰天し、怪物を切り捨てようとばかりに剣を抜きかけた。だが、怪物はまたしても叫んだ。

「まあ、待て、ジェラルド・ド・ヴァンテヨンよ。おまえにある秘密を教えよう。それを知ったら、おまえはもはやキリストへの信仰も、明日結婚するはずの美しい花嫁も忘れ、なんらの後悔も躊躇もなく、この現世や太陽に背を向けることになろうぞ」

ジェラールが不承不承ながらも耳を傾けると、サテュロスはさらに身を寄せ、ささやきかけた。その内容は不明だが、怪物は闇に包まれゆく森に姿を消す前に再び声を大きくしてこういったのである。

「かつては輝かしき不滅の女神たちが幸福に暮らしていた森や野原や川や山を、キリストの力が黒い霧のごとく覆いつくしてしまった。だが、それでもこの地上の隠された洞窟や、地中はるか深い底、おまえの神父たちが地獄などとまことしやかに呼んでおる場所には、いまだに異教の麗しい女神たちが棲み、異教の恍惚の声をあげているのだ」そう言い残すと怪物は再びあの人間離れした高笑いをあげ、闇がいやましに濃くなりつつある木々のあいだに姿を消した。

その時からジェラール・ド・ヴァンテヨンの上に変化が訪れた。彼はむっつりとした様子で居城に戻り、いつものように召使たちに快活な思いやりある言葉をかけることもなく、押し黙ったまま座りこみ、あるいは落ち着きなく歩きまわり、用意された食事にもろくすっぽ注意を払おうとしなかった。その夜はあらかじめ約束していたように許嫁の元を訪ねることもなかった。だが、血の浴槽からあがったばかりのような真っ赤な月が空に昇るころ、城の裏門からこっそりと抜け出し、森のなかの半ば消えかけた小径を伝い、ペリゴンのベネディクト会修道院の向かい側の丘に建つ、フォスフラム城の廃墟へとたどり着いた。

この廃墟は（と文書にはある）きわめて古いもので、近隣の住民たちはひさしく避けてきた場所だった。かの地には太古の悪霊の伝説がついてまわり、邪悪な霊の棲み処であるとか、妖術師と魔女の逢引きの場所であるなどといわれていた。だがジェラールは、その悪名高い評判を知らないか、もしくは恐れぬ者のごとく、悪魔に駆り立てられるようにして崩れかけた廃墟のなかに足を踏み入れ、あらかじめ道筋を教えられているかのように注意深く手探りしながら、中庭の北の端にたどり着いた。そしておそらくは忘れられた城主夫人のものであったと思われる部屋の中央に位置する二つの窓の中間に立ち、床の他の部分とは異なる三角形の敷石を右足で押した。突然、足元の敷石が動いて傾いたかと思うと、地中にむかって下りていく花崗岩の階段があらわれた。携えてきた蝋燭に火をつけてジェラールが階段を降り始めると、敷石はふたたび背後で動いて元の位置に戻った。

翌日の朝、許嫁エレノア・ド・リースとその一行は、結婚式が執り行われるはずだったアヴェロワーニュの主要都市ヴィヨンヌの大聖堂でむなしく花婿の到着を待っていた。だが、それ以後、誰も彼の顔を見た者はなく、ジェラール・ド・ヴァンテヨンに関する噂や、彼の上に降りかかった運命について、生きている人々の口にのぼることはなかったのである……。

これが禁断の文書の内容であり、最後はこのように終わっていた。前にも述べたように、日付もなく、作者が誰なのか、あるいはここに記されたような出来事をどうやって作者が知り得たのかを示すような手がかりは皆無だった。だが、なぜかわたしはこの話の真実性を一瞬たりとも疑う気にはならなかった。そして文書の内容を知りたいという好奇心は、物語の結末を、ジェラール・ド・ヴァンテヨンが隠された階段に何を見いだしたのか、なんとしても知りたいという、千倍も強烈な、強迫観念にも似た熱望に取って代わられていた。

物語を読んでいるうちに、このフォスフラム城の廃墟こそは、今朝居室の窓から見たあの廃墟に違いないという気がしてきた。そのことを考えていると、ますます強い、常軌を逸した、ほとんど狂気にも近い不浄な興奮がわきあがってくるのを感じた。わたしはくだんの文書を隠れた抽斗に戻し、図書室を出て、あてもなく修道院の廊下をさまよっていた。おりよく昨晩馬の世話をしてくれた修道士に出くわしたので、できるだけさりげない口調を装い、修道院の窓から見える廃墟について訊ねてみた。

すると修道士は十字を切り、その広い温和な顔に怯えたような表情を浮かべてみせた。

「あの廃墟はフォスフラム城と呼ばれております」と彼は答えた。「いつともない昔から魔女や悪魔たちといった不浄なるものどもの巣窟になっているのだといわれています。その壁の内では描写するのはおろか口にするのもはばかれるような宴が行われているのだと。およそ人の知るいかなる武器も、悪魔祓いも、聖水も、これらの魔物には無力であり、勇気ある騎士や修道士の多くがフォスフラム城の闇に姿を消し、二度と戻ってくることはありませんでした。一度などペリゴンの大修道院長がこの邪悪な力に戦いを挑んだのですが、女夢魔の手にかかり、どのようなことが彼の身の上に起こったのかは不明で、想像すらつきません。魔物はおぞましい老婆の姿をして、下半身は蛇のようにとぐろを巻いているという者もいれば、人間の女にはあり得ないほど美しい姿形をして、その接吻は魔性の歓びであり、地獄の業火のごとき苛烈さで若い男性の肉体を消耗しつくしてしまうのだという者もいます……これらの話が真実かどうかはわかりませんが、わたしとしてはフォスフラム城内に足を踏み入れようとは思いませんね」

修道士が話し終える前に、わたしの頭にははっきりとした決意が生まれていた。フォスフラム城に行かなければならない、そしてできることならば、そしてそこにあるものを可能なかぎり知りつくしたい。その思いはあまりに切実で、圧倒的で、打ち勝ちがたいものだった。たとえ望んだとしても、まるでどこぞの妖術師の術にかかった者のように抗うことなどできなかっただろう。イレール大修道院長による諫止も、古い文書に記された不思議な未完の物語も、そして修道士がたった今ほのめかした邪悪な伝説も――本来ならばこれらすべてはわたしを脅かし、そのような決意を思いとどまらせていたかもしれない。だが、不可思議ともいえる思考の逆転によって、それが喜ばしい謎を秘めているかのような、みだりに口にできぬ、人智も及ばぬ快楽を象徴しているかに思え、わたしの頭は燃え上がり、脈搏が狂ったように猛り始めた。この快楽がどのようなものから構成されているのかわたしにはわからなかったし、想像することもできなかったが、どういうわけかイレール大修道院長が天国を信じているように、それが存在することに究極の確信を抱いていた。

わたしはその日の午後イレールが不在のあいだに出発することにした。大修道院長はきっとわたしの意図を疑い、出立を阻止しようとするだろうと直感的に思ったからである。

出立の準備はごく簡単なものだった。わたしは居室から小さな蝋燭をポケットにくすね、さらに食堂からパンの切れ端を調達した。そしていつも鞘に入れている短剣を携帯していることを確かめるとすぐに修道院を出た。中庭でふたりの修道士に出会ったので、わたしは近くの森を散歩してくるといった。ふたりは「汝に平安あらんことを（パクス・ウォビスクム）」と注げると、その言葉のとおり安らかに歩み去った。

　わたしはできるかぎりまっすぐフォスフラム城をめざしたつもりだったが、その小塔はしばしば絡み合った高い大枝に隠されてしまうのだった。道らしきものはなく、下生えがびっしり密集しているので、しばしば小さな迂回をしたり、道を失ったりした。少しでも早く着きたいという思いがはやり、フォスフラム城がそびえたつ丘の頂までたどり着くまで何時間もかかるような気がしたが、実際にはせいぜい三十分かそこいらだった。巨大な岩がごろごろ転がる最後の急斜面をのぼりきると、手が届きそうなほど近くに、丘の頂の平地にそびえたつ城が忽然とあらわれた。崩れ落ちた壁には木々が根を張り、中庭に続く廃墟と化した門は灌木や茨や刺草の茂みに半ば塞がれていた。茨に衣服を引き裂かれ、いささか骨折りながらも先を進み、古い物語に書かれていたジェラール・ド・ヴァンテヨンと同じように、中庭の北の端を目指した。敷石のあいだには得体のしれない巨大な雑草がはびこり、秋の到来がもたらしたくすんだ栗色や紫色に変色した、分厚く肉付きのよい葉を茂らせていた。それでも物語にあった三角形の敷石はすぐに見つかり、わたしはいささかの猶予も躊躇もなく、右足でそれを押したのだった。

　巨大な敷石が足元でたやすく傾き、物語に記されていたとおりに、黒々とした花崗岩の階段があらわれたとたん、わたしは戦慄と勝利の興奮がいりまじった震えが体を走り抜けるのを感じた。一瞬、修道士たちがほのめかしていた伝説の恐怖が、頭のなかで真実味を帯びたように思え、わたしを呑み込まんと口を開けている黒い穴の前で足を止めた。なんらかの悪魔的な呪いが、未知の恐怖と察知できない危険がわたしを引きずりこもうとしているような気がした。

だが、そのためらいはほんの一瞬にすぎなかった。すぐに危機感はやわらぎ、修道士たちの語っていた恐怖は途方もない夢物語のように思え、はっきりと説明はできないが、いつもごく近くに、得ようと思えばいつでも得られたはずのものの魔力が、まるで愛する者の腕のようにわたしを抱きしめるのを感じた。わたしは蝋燭をつけて階段を下りていった。ジェラール・ド・ヴァンテヨンのときと同じように、三角形の石は音もなく元の位置に戻り、頭上の中庭の敷石の一部と化した。人間の体重がかかると動く仕掛けになっているのだろうが、立ち止まってそのからくりや、帰るときにも内部から同じように動かせるのだろうかなどと考えたりはしなかった。

十段かそこいらの階段を下ると、そこは天井が低く、狭い、黴臭い部屋になっており、埃がこびりついた古い蜘蛛の巣以外には何もなかった。その奥に小さな戸口があったが、次の部屋もまた前のものよりも広く、より埃まみれという以外には最初の部屋と異なるところはなかった。同じような地下の部屋をいくつも通り抜けると、今度は長い通路もしくはトンネルのような場所に出たが、両側の壁から崩れ落ちた瓦礫や岩で半ば塞がれていた。そこはひどくじめつき、よどんだ腐った水や地下にはびこる黴の不快な臭いが鼻をついた。何度か水たまりのような場所に足を突っ込み、頭上からは水滴がぽたぽたと降りかかってきたが、まるで納骨堂から浸みだしでもしたかのように悪臭を放っていた。

蝋燭の揺らめく光の輪の外で、わたしが近づくたびに、蛇のような影が暗闇のなかをずるずると言って逃げる気配がしたが、それらが本当に蛇なのか、あるいはいまだ闇に慣れない目に、揺らぎ退いていく影がそう見えたのかどうかはさだかではなかった。

通路の急な角を曲がったとたん、夢にも思わなかったようなものが見えた——それはトンネルの出口を示す、太陽の光だった。自分が何を期待していたにせよ、それはまったく予期していなかった結末だった。わたしはいささか混乱を覚えながらも急ぎ足で出口にたどり着き、まばゆい太陽の光を浴びて目をぱちぱちさせていた。

目の前に繰り広げられる光景を受け入れるだけの理性と視力が回復するよりも前に、わたしはその不思議な眺めにすっかり心を奪われていた。わたしが地下に足を踏み入れたのはまだ午後になったばかりの時間で、通路を進んだのはたかだか数分にすぎなかったのに、太陽はもはや地平線に近づきつつあった。その光も尋常ではなく、アヴェロワーニュの空で見上げる太陽に比べるとより明るく、より柔らかく豊かに感じられる。そして空も抜けるように青く、秋をほのめかすような青白さはまったくなかった。

茫然自失の体(てい)であたりを見回してみたが、なじみのあるものはおろか、たしかなものさえひとつとしてないことに気がついた。およそ理にかなうあらゆる予想に反して、そこはフォスフラム城が建っている丘やその周辺の土地とはまったく異なっていた。わたしのまわりにはおだやかにうねる草原が続き、月桂樹の梢の向こうに、金色に輝く川が紺碧の海に蛇行しながら流れていくさまが見てとれた。だが、アヴェロワーニュに月桂樹は生えていないし、海は何百マイルも彼方にあるはずだ……どうか、わたしのその時の混乱と驚きを察していただきたい。

それはこれまで見たこともないほど美しい光景だった。足元の草はエメラルド色のベルベットよりも柔らかく、つややかで、一面の菫やさまざまな色のアスフォデルが咲き乱れていた。常盤樫の濃緑色が金色の川に映り、彼方の平原に隆起する低い丘の頂には大理石の城砦が淡く光っていた。何もかもが絢爛たる夏を迎えようとする前の穏やかでさわやかな春の様相を帯びていた。まるでいにしえの神話、ギリシャの伝説の世界に足を踏み入れたかのようだった。当初の驚きや、自分がどうやってここまで来たのかという疑問は、この言語に絶する美しい光景を前にして、いやましにつのる恍惚に呑みこまれていってしまった。

近くの月桂樹の茂みの向こうに、白い屋根が太陽の光を浴びて輝いていた。禁断の書やフォスフラム城を見たときと同じような、むしろもっと強力で切迫した魅惑に引き寄せられるようにして、わたしはその屋敷に近づいていった。直感的にこれこそが探索行の目的地であり、狂気じみた、そしておそらくは不浄な探求心がついに報われるときが来たのだと悟った。

木立に足を踏み入れると、木々のあいだから笑い声が聞こえ、温和な風にそよぐ葉の低いつぶやきと絶妙なハーモニーを作り出していた。近づくにつれ、ぼんやりとした影が幹のむこうに溶け込むのを見たような気がした。一度など、人間の頭部と脚をもった毛むくじゃらの山羊のような生き物が、飛んでいくニンフを追いかけるかのように、わたしの前を横切っていった。

木立の中心に、ドリス様式の柱で支えられた柱廊をもつ、大理石でできた宮殿のような建物が見えた。近づいていくと、古代の奴隷の服装をした女性ふたりがわたしを出迎えた。わたしのギリシャ語はきわめてお粗末だったにもかかわらず、女性たちのまじりけのないアッティカの言葉を難なく理解することができた。

「われらが女主人のナイキアがお待ちです」と彼女たちはいった。わたしはもはや驚くことも忘れ、疑問も憶測も抱くことなく、喜ばしい夢に身をゆだねる者のように、やすやすと状況を受け入れた。もしかしたらこれも夢であり、わたしはまだ修道院のベッドに横たわっているのかもしれない。だが、これほどまでに鮮明で、これほどまでに美しい夜の夢は見たことがなかった。宮殿の内部はあと少しで悪趣味になりそうなほどの奢侈にあふれ、あきらかに頽廃期ギリシャのものであり、東洋の影響も混じっていた。縞瑪瑙と磨き抜かれた斑岩が輝く廊下を抜け、贅沢な調度が並ぶ部屋に案内されると、豪奢な生地を張った寝椅子に、女神のように美しい女性がもたれかかっていた。

その姿を見るやいなや、わたしは不思議な感情のたかぶりに、頭からつま先まで震えが駆け抜けるのを感じた。たしかにある女性の顔や姿を見ただけで、突然狂ったような恋にとわられる男の話は聞いたことはある。だがこの女性を見た瞬間に感じたような、せっぱつまった情熱は、すべてを燃えつくさんばかりの熱狂はこれまで味わったことがなかった。まるでずっと前から彼女を愛していたような気がした。愛している相手が彼女だと知らぬまま、自分の思いの本質を見分けることもできず、あるいはその思いをどうやって向ければいいのかもわからぬままに。

女性は長身ではなかったが、その肢体はこの上もなくなまめかしい曲線を描いていた。瞳は濃いサファイアの青で、その澄んだ深みは、あたかも夏の海の深淵のようで、いかなる魂も喜んで飛びこんでいくものと思われた。唇の曲線には謎めいた表情が浮かび、かすかな悲しみをたたえながらも古代のウェヌス像のように愛らしかった。その髪は金色というよりは茶色を帯び、軽やかに波打ちながら首や耳に流れ落ち、純銀の髪紐で束ねられていた。その表情には矜持となまめかしさが、王族にふさわしい尊大さと女性らしい従順さがいりまじり、身のこなしはまるで蛇のようになめらかで優美だった。

「おいでになることはわかっていました」奴隷女たちの唇から漏れ出たのと同じ、母音を柔らかに響かせるギリシャ語で女性は囁いた。「ずっとあなたがおいでになるのを待っておりました。でも、あなたが嵐を避けるためにペリゴンの修道院に入り、秘密の抽斗であの文書をご覧になったとき、それがすぐそこに迫っていることがわかったのです。あれほど強く、いやおうもなしにあなたを引き寄せた魔力が、わたしの愛がもたらす魅惑の魔法によるものだとは思われなかったのですか」

「あなたは誰です?」わたしは訊ねた。わたしはやすやすとギリシャ語を使っていたが、一時間前だったらさぞ驚いたことだろう。だが、今はどれだけ法外で荒唐無稽なものだろうと、それが奇跡のような幸運、わたしに訪れた信じられないような冒険の一部と受け止める気になっていた。

「わが名はナイキア」女性はわたしの問いに答えていった。「あなたを愛する者です。この宮殿の歓待と、わたしの腕のもてなしはすべてあなたのお心のまま。ほかに何かお知りになりたいことは?」

奴隷娘たちが姿を消した。わたしは寝椅子の前に身を投げだすと、差し出された手に口づけした。わたしの賛辞は支離滅裂だったに違いないが、女性の唇に笑みを浮かべさせるには十分な熱意にあふれていた。彼女の手は唇に冷たく感じられたが、その感触がわたしの情熱に火をつけた。わたしは思い切って寝椅子のかたわらに腰をかけたが、そんななれなれしい動作も彼女は拒まなかった。紫色の柔らかな黄昏が部屋の隅々を浸し始めるあいだ、わたしたちは楽しく語らい、甘い馬鹿げた愛の言葉を、恋人たちの唇に無意識にのぼる他愛もない当意即妙なやりとりを交わした。わたしの腕のなかにいるナイキアは信じられないほど従順で、そのしなやかさは美しい肉体の骨にまったく妨げられていないかのようだった。

やがて音もなく召使たちがあらわれると、精緻な彫刻がほどこされた黄金のランプに火を灯し、わたしたちの前に香辛料のきいた肉や未知のかぐわしい果実を並べ、強いワインを注ぎ始めた。だが、わたしはほとんど食べることもできず、ワインを口にしながらも、ナイキアの唇のさらなる甘美なワインを味わいたくてたまらなかった。

いつの間に眠りこんでしまったのかはわからないが、夜はまるで魔法のように過ぎていった。至福に満ち、絹のごときまどろみに浸るわたしの目に、黄金のランプもナイキアの姿も恍惚の霧のなかでぼやけていき、やがて見えなくなってしまった。

突然、夢もない深いまどろみの底から、わたしはいきなり引き戻された。一瞬、どこにいるのかわからず、なぜ目を覚ましたのかもわからなかった。開いた戸口に足音がしたので、眠っているナイキアの頭越しに目をやると、ランプの光に照らされて、イレール大修道院長が立ちつくしていた。その顔にはまごうかたなき恐怖が刻みこまれ、わたしに気づくや、ラテン語で何やらまくしたて始めたが、そこには狂信者の嫌悪と憎悪がいりまじった怯えのようなものが感じられた。

大修道院長の手には大きな壜と撒水器が握られていた。もちろん壜の中身は聖水であり、なんの目的に使われるのか察しはついた。

ナイキアのほうを見ると、彼女もまた目覚めており、大修道院長がいることに気づいているようだった。彼女は不思議な笑みを浮かべてみせたが、そこには愛情のこもった憐みと、母親が怯えた子供を安心させようとするときに見せる表情がいりまじっていた。

「わたしのことは心配しないで」と彼女はささやいた。

「この汚らわしいヴァンパイア、忌まわしきラミア！　地獄の牝蛇め！」イレールはそう叫ぶやいなや、つかつかと戸口を越えて、撒水器をたかだかと掲げた。同時にナイキアが信じられないほどの速やかさで寝椅子を滑りおり、月桂樹の森に続く扉の向こうに消えた。耳に彼女の声がこだましていたが、それは遠く離れたところから聞こえてくるようだった。

「しばしのお別れです、クリストフ。でも、心配することはありません。あなたに勇気と忍耐があればわたしを見つけることができるでしょう」

その言葉が終わると同時に撒水器から降りかかった聖水が部屋の床や、ナイキアがかたわらに横たわっていた寝椅子に飛び散った。そのとたんにいくつもの雷が落ちたような音がとどろきわたり、黄金のランプが消え、あとには落下する塵や降りそそぐ瓦礫にあふれた闇があるばかりだった。わたしは意識を失い、気がついたときは先ほど通ってきた地下室のひとつで瓦礫の山の上に横たわっていた。蝋燭を手にしたイレールはひどく心配そうな、はかり知れない憐みをその顔に浮かべてわたしの上にかがみこんでいる。大修道院長のかたわらには、聖水の壜とまだ滴をしたたらせている撒水器が置かれていた。

「実に危ないところでした」と彼はいった。「夕方に修道院に戻るとあなたがおられなかったので、何が起こったのかすぐに察しがつきました。あなたがわたしの不在中にあの手稿を読み、多くの者たちやわが前任者たる偉大な大修道院長がそうであったように、その恐るべき呪いのとりこになったことがわかりました。それこそ数えきれないほどの男たちが、何百年も前にジェラール・ド・ヴァンテヨンを皮切りに、この地下に棲むラミアの手にかかって命を落としてきたのです」

「ラミアですって!」わたしは彼のいうことが理解できず、訊き返した。

「そうですとも。若者よ、今宵あなたの腕のなかに抱かれた美しきナイキアは太古の吸血鬼ラミアであり、この不快な地下室を至福の幻惑に満ちた宮殿となしているのです。彼女がいかにしてフォスフラム城に棲みついたのかは不明ですが、人類の記憶よりもさらに古くから存在したといわれています。ラミアの歴史は異教と同じくらい古く、ギリシャ人にもその存在を知られており、かつてテュアナのアポロニウスによって悪魔祓いされたといわれています。もしあなたが彼女の本性を見ることができるなら、あの肉感的な肢体の代わりに、邪悪な蛇の怪物がとぐろを巻いている姿を見ることでしょう。ラミアが愛し、その手厚いもてなしを与える者は、その悪魔のごとき歓喜に満ちた接吻によって、生命と活力を吸い取られたあげくに貪り食われてしまうのです。あなたがご覧になった月桂樹の平原も、常盤樫が立ち並ぶ川も、大理石の宮殿やその贅沢な調度もすべて悪魔の見せる幻影であり、はかり知れぬ歳月のうちに降りつもった太古の死の塵や黴、腐敗からわきあがってきたあぶくに過ぎません。それらはあなたを追う際に携えてきた聖水の接吻によって、たちまち塵と消えてしまいました。だが、ナイキアだけは逃れおおせた！　あの女はこのまま生き続け、ふたたび悪魔の魔法で宮殿を築き上げ、またしても言葉にできぬような忌まわしい罪を重ねていくことでしょう」

新たな幸福があっという間に壊されてしまったことに、そして大修道院長が明かした驚くべき暴露に少なからず茫然自失したまま、わたしはおとなしく彼の先導でフォスフラム城の地下通路をたどっていった。イレールはわたしがおりてきた階段をのぼり、頂上近くで身をかがめると、巨大な敷石が上がり、冷たい月の光がこうこうと降り注いだ。わたしは外に出て修道院に導かれていかれるにまかせた。

しだいに頭がはっきりしてくると、それまでの混乱はつのりゆく怒りに取って代わった――イレールの干渉に対する激しい怒りに。自分が恐るべき心身の危機から救われたことも棚に上げ、わたしは美しい夢を奪われたことを嘆いていた。ナイキアの接吻の記憶はいまだ体の奥にくすぶり続け、彼女がなんであろうと――女性だろうと悪魔だろうと蛇だろうと、わたしのなかにあれほどの愛と歓びをかきたててくれる者はこの世にはいないとわかっていた。それでもわたしは注意深くイレールには真意を隠していた。もしそのような思いをあらわにしようものなら、彼はわたしのことを救いようもないほど失われた魂とみなすだろう。

翌朝、わたしは急ぎ家に戻らなければならなくなったと言い訳して、ペリゴンを発った。そして今、ムーランに近い父の家でこれまでの出来事を書き留めている。ナイキアの記憶は驚くほど鮮明で、まるでかたわらにいるかのように、どうしようもなく愛おしく思えた。あの不思議な彫刻を施した金のランプに照らされた真夜中の部屋の垂れ布が目に浮かび、ナイキアの別れの言葉がまだ耳に残っていた。

「心配することはありません。あなたに勇気と忍耐があれば、わたしを見つけることができるでしょう」

もう少ししたら、わたしはふたたびフォスフラム城の廃墟を訪れ、三角形の敷石の下にある地下へと降りていくことだろう。ペリゴンの修道院はフォスフラム城の近くにあり、大修道院長への敬意と、そのもてなしへの感謝と比類なき図書室への賛美は変わることがないが、ふたたびわが友イレールを訪れることはないだろう。

サテュロス〔初稿版〕 The Satyr

田村美佐子訳

ラ・フレネ伯爵ラウルは、持ち前の性格ゆえとりわけ疑いを抱かぬ夫であった。露ほども疑惑を持たなかったのは、おそらく想像力が欠如していたせいもあっただろうが、おもな理由はアヴェロワーニュ産の濃厚な葡萄酒（ワイン）で観察力が鈍っていたからにちがいなかった。ともかく彼は、妻のアデルと、オリヴィエ・デュ・モントワールなる若い詩人、このような思いがけない不運なできごとに巻きこまれさえしなければ、いずれ七星詩派（プレイヤード）の輝ける星として、かのロンサールとも肩を並べたであろう若い詩人との間にやましいものがあるなどと思ったことは一度としてなかった。じつのところ、すでに詩想の泉（ヘリコーン）で唇を湿らせ、美しい旋律のような田園詩（ヴィラネル）や典雅な物語詩（バラッド）によってアヴェロワーニュ内外にも名の知れわたった、この博識かつ見目のよい若者が伯爵夫人に対する関心を隠せずにいることを、むしろ伯爵は鼻高々に思っていた。しかもラウルは、これらの田園詩や物語詩の多くがどう見ても明らかにアデルの容姿の美しさを称え、濃厚な葡萄酒色をした彼女の髪のひと房や、黄金色の瞳や、それ以外の、魅力的かつ女としての完璧さを形づくるために欠かせないさまざまな細部についてあからさまな言葉で表現したものであることにも、さして悪い気はしていなかった。詩情を理解しているふりなどしなかった。ご多分に漏れず伯爵も、詩というものは、あらゆる常識や俗世における社会性とは一種かけ離れたものであると考えており、押韻や韻律を用いて書かれたものを前にすると、とたんに精神力が完全に麻痺してしまうのだった。

　その年、厳しい冬の雪がうららかな陽気のおかげで一週間のうちに溶け、地は春の初めの穏やかな緑色、橄欖石（クリソライト）や緑玉髄（クリソプレーズ）の色で満たされた。オリヴィエは前にもまして足繁くラ・フレネの館を訪れ、アデルとふたりきりで過ごすことも多かった。なにしろふたりのお喋りはいつまでも尽きなかったが、伯爵にとってはまるで興味もなければ理解もできない話題ばかりだったからだ。

そしていつしか、アデルとオリヴィエはときおり外へ出かけ、館の周囲の、新緑の海がうららかに波立ち灰色の城壁や城門塔にまで打ち寄せているかのような森や、ほころびはじめた野の花が静けさの中にほんのりと香っている、陽光に温められた野原を散策するようになった。ふたりの噂をするときは、人々はみな声をひそめ、ラウルとアデルとオリヴィエの耳にはけっしては入らぬよう気をつけていた。


万事このようだったので、なぜ伯爵が突然、妻の貞節が確実に守られているか否かを懸念しはじめたのかは見当もつかない。狩りや酒に明け暮れるほんのすこしの合間にふと、妻が以前よりも若々しく麗しくなり、恋という魔法の陽光を浴びているとしか思えないほど、女として花ひらいていることに気づいたのかもしれないし、また、アデルとオリヴィエの間に熱い、あるいは温かな愛のまなざしが交わされるのを見とがめたのかもしれない。あるいは春があまりにも早く訪れたせいで、とうに忘れていた想像力や感情がじわりと揺り起こされ、葡萄酒(ワイン)漬けになった脳みそが刺激されて、内なる目が突如としてひらいたのかもしれない。なんにせよ、まさにこの四月初旬のある午後のこと、ヴィヨンヌでの仕事から館へ戻ってきた伯爵は、夫人とオリヴィエ・デュ・モントワールがほんの数分前に森へ散歩に出かけたと使用人から聞かされて、内心穏やかならなかった。だが表情の乏しい顔にその思いを浮かべるようなことはしなかった。彼はしばし考えこむようすを見せ、やがて口をひらいた。

「どっちへ行った？　妻にすぐに用がある」

使用人たちから答えを得ると、伯爵は館の外へ出て、教えられたとおりの小径（こみち）をゆったりと歩いていった。やがて館からはもう見えないと思われるあたりまで来ると、とたんに足を早め、細身の剣（レイピア）の柄（つか）に指をかけて、森の奥深くへ分け入っていった。

「ねえ怖いわ、オリヴィエ。どこまで行くつもり？」

アデルとオリヴィエはいつもの散歩道よりも遠出しており、ほかの場所よりも背の高い古い木々の生えた、アヴェロワーニュの森の一角に近づきつつあった。ここにある楢（なら）の巨木の中には、異教の神々が信仰されていた時代にすでに生えていたものもあるという。この木陰を通るものなど滅多にいなかった。これらの木々については昔から、地元の小作人たちの間に奇妙な迷信やいい伝えがあった。このあたりでは、科学への侮辱か、あるいは神への冒瀆かとしか思えないようなしろものがたびたび見かけられており、太古より存在する野原や茂みがつくるこの仄暗い陰にあえて踏みこもうとする者には、かならず禍（わざわい）が降りかかるといわれていた。さまざまな迷信があり、いい伝えも曖昧なものばかりだったが、そのいずれも、森には人間に敵意を抱くものが棲んでおり、キリストや悪魔（サタン）よりも古くから存在するいにしえの邪悪な精霊が取り憑いている、とされていた。その住処（すみか）に足を踏み入れた者の多くが恐慌をきたし、正気を失い、魔物に取り憑かれ、邪悪な激情にかられて理性をかなぐり捨てて、やがて破滅へ追いやられていった。その悪霊の正体や、実際の性質についておよそ信じがたい話をしたり、顔かたちについてまでまことしやかに語る者もいたが、それらの話はとても、敬虔なキリスト教徒の耳に入れてよいようなものではなかった。

「どうかもうすこし」オリヴィエはいった。「ご覧なさいマダム、いにしえの木々が、四月の翠玉のごとき瑞々しさをまとっているさまを。陽光を照り返して無邪気にはしゃぐさまを」

「オリヴィエ、でもいい伝えが」

「子ども騙しですよ。さあ行きましょう。ぼくらをどうこうしようなどというものはここにはありません。あるのは、目を奪われるような美だけです」

確かに彼のいうとおり、幹の太い楢や年ふりた橅の枝は、若芽に包まれ瑞々しくきらめいていた。森はあおあおとして華やかな季節の輝きに満ちており、いにしえよりの迷信やいい伝えなどとうてい信じがたかった。いまにも弾けそうな秘めた愛を抱えた男女がこのままどこまでもふたりで彷徨いたくなるような、まさにそんな日和だった。そこでアデルも、とりあえず何度かいやがるそぶりをしてみせ、そのたびにオリヴィエになだめすかされてから、ようやく折れてやった。

そしてふたりはさらに森の奥へ向かった。

人間のものではない、おそらく動物の足跡が小径の先まで続いており、話に聞く魔物の森への獣道をつくっていた。あたかも、しなる枝が柔らかな若葉の腕でふたりを包んで引きずりこもうとしているかのようだった。黒々と渦を巻く太い木の根の陰に咲く愛らしい百合の花々を、高い木々の梢からこぼれる陽光の黄色い筋が後光のごとく照らしている。ひねこびた木々は節くれだっていて、何百年という時を経た分厚い樹皮に覆われ、遡ることすらできないほどの歳月をひたすら伸びつづけたあげくに、腰の曲がった老人のような不恰好な形をしていたが、旧き知恵をまとったその姿には、どこか温かみすら感じられた。アデルは歓喜の声をあげた。このいにしえの森が目の前にひろげてみせた、えもいわれぬ美しさと奇妙にねじくれたものとが交ざり合った景色に、彼女もオリヴィエも、まだなんの凶兆も疑念も感じていなかった。

「いったとおりでしょう？」オリヴィエはいった。「なんの害もない木々や花々を怖がる必要など、どこにあります？」

　アデルは微笑んだが、ほかにはなにも答えなかった。ふたりは、いまこうして明るい日射しの輪の中に佇んで見つめ合いながら、たがいの間に、道ならぬ情愛の念が新たに満ちていくのを感じていた。風はなく、嗅ぎ慣れない香気がどこからかふうわりと漂ってくる——ふたりをけだるい愛に誘(いざな)い、このまま情熱に身をまかせてしまえとささやくようなかぐわしい香りが。それがどの花から香っているのかふたりにはわからなかった。足もとが突然、見慣れぬ花々の咲きほこる花畑となっていたからだ。どこか艶(なま)めかしい白やピンクの釣り鐘形の花、くるりと先の丸まった花びら、薔薇色の傷口のような花の芯。それを見て、ふたりは、突如として燃えあがった炎に包まれたかのごとくにたがいを見た。あたかも即効性の媚薬を飲んだように、ふたりの血潮が凄まじい勢いで身体じゅうを巡りはじめた。瞳にまざまざと熱を浮かべたオリヴィエの想いと、頬をほんのりと染めた伯爵夫人の想いは寸分違(たが)わぬものだった。これまでどちらとも口にせぬまま長く温めてきた愛が、いまふたりの血管の内側で騒々しく叫び声をあげていた。ふたたび歩きはじめる。ふたりして同じようなきまり悪さと気まずさを感じ、どちらともなく黙ってしまった。

　なるべくたがいを見ないようにしていたので、迷いこんだ森がいつしか様相を変えていたことにも気づかなかった。両脇から迫る灰色の幹が汚らしくていやらしい奇怪な形をしていることも、木陰に点々と生えた蒼白くぼうっと光るいかがわしい巨大な茸(きのこ)も、日射しを浴びてこれ見よがしに咲いている淫靡な赤い花も目に入らなかった。愛し合う者たちに欲望の呪いが降りそそぎ、情欲という媚薬(マンドラゴラ)を盛られたも同然だった。たがいの肉体と、心と、猛りくるう血潮の脈打つ音のほかは、なにもかもが夢よりも朦朧としていた。

森はますます鬱蒼と茂り、頭上を覆う枝が織物のように重なり合ってあたりを薄暗くしていた。野生動物たちが、暗がりの巣穴から深紅色のずる賢そうな目や緑柱石(ベリル)のような薄青色の獰猛な目でようすを窺っている。秋に散った枯れ葉が積もって水辺が澱み、その湿った匂いがアデルとオリヴィエの鼻先まで立ちのぼってきて、ほんの一瞬、ふたりを捕らえていた妖しい魔力が解けた。

岩に囲まれた池のほとりでふたりは立ち止まった。年ふりた榛(はん)の木が池に覆いかぶさるように生えている。腐りかけの枝が絡み合ったそのさまは、まるで遠い昔のあらぬ姿を永遠にそこにとどめようとしているかのようだった。そしてその榛の木の、下方の枝のあたりに茂った若葉の間から覗いた顔が、好色な目つきでふたりを見ていた。

じつに面妖な幻だった。ひとつ深呼吸をするほどの間、ふたりとも自分の目が信じられずにいた。獣毛のような硬くてもつれた髪の間から角(つの)が二本生えており、その下に半人半獣の顔がある。斜めに切りこみを入れたような細長い目に、牙を剝き出した口、猪の剛毛のような顎鬚(あごひげ)。顔は年老いていた——いかなる考えも及ばぬほど歳を取っており、皺という皺には肉欲に費やした数えきれぬほどの長い歳月が刻まれ、そのまなざしにたたえた、老い僻(ひが)んだ悪意や堕落や残忍さは、見ている間にもじわじわと濃さを増していった。牧神パンの顔が、秘密の森にうっかり迷いこんだ旅人たちを睨みつけていた。

アデルとオリヴィエは古いいい伝えを思いだし、悪夢のごとき恐怖に襲われた。ふたりを情欲の虜にしていた魔力が解け、正気を麻痺させていた欲望という名の麻薬はなりをひそめた。ふたりが深い眠りから覚めた者たちのようにはっと目の前の顔を見て、おのおのの鼓動が激しく脈打つ音のその先に、荒々しく禍々(まがまが)しい、狂気じみた笑い声を聞いたと思ったとき、幻は枝の間に消えた。

アデルは震えながら、ついに愛する男の腕の中に飛びこんだ。

「いまの、見まして?」か細い声でいい、しがみつく。

オリヴィエはアデルを抱き寄せた。彼女との甘美な抱擁に身を委ねていると、先ほど目にした顔も耳にした声も、あるはずのない現実味のないものに思えてきた。おそらく館の外という場所では魔法が二重になっており、ふたつめの魔法が彼の恐怖をなだめてくれたのだろう。だが先ほど見たしろものがつかの間の幻覚だったのか、榛の木の葉がつくる木漏れ日が見せた白昼夢だったのか、アヴェロワーニュに棲むと話に聞く魔物だったのか見当もつかず、思わずぎょっとしたがとりわけ意味や理由があったわけではなかった。正体がなんだったのであれ、むしろあの幻には感謝したいくらいだった。なにしろアデルが腕の中に飛びこんできたのだから。ずっと求めてやまなかった蠱惑的な熱い唇がすぐ近くにある、もはや頭にあるのはそのことばかりだった。やがて、彼女をなだめ、すこしでも恐怖を取り払い、なにも見ていないと思いこませようとした。それはしだいに熱烈な愛の言葉に変わっていった。オリヴィエは彼女に口づけた……そしてふたりともサテュロスを見たことなど忘れてしまった……。

　茂る葉の隙間からひと筋の陽光が降りそそぐ中、黄金色の苔の上に横たわるふたりをラウルが見つけた。ふたりは彼の姿にも気配にも気づいていなかった。彼がそばにいることに、ふたりが最初で最後に気づいたのは、ラウルの細身の剣（レイピア）がオリヴィエの身体を、そしてそのままアデルの胸を貫いたときのことだった。

　アデルが絶叫して身をよじると、その動きによってオリヴィエの亡骸も一緒にぐにゃりとねじれた。ラウルは剣を引き抜き、二度めの突きで女の身体を刺し貫いた。そのまま、おのれの流儀で復讐を果たしたことへの漠然とした達成感と、どこか不愉快でとらえどころのない混乱と、いったいこれはなにごとだ、という狐につままれたような驚きをぼんやりとおぼえながら、みずから手にかけた相手を見おろしたまま立ちつくしていた。

　もはやなんの声も音も発しないふたりの姿は、まさしく不貞をおこなった男女にふさわしいものだった。滅多に人の訪れない寂寥とした森には、なにかが動くようすも命の気配も皆無だった。それゆえ、荒々しくて悪意に満ちた、人ならぬ魔性のものの哄笑が榛の木の枝間から響きわたったとき、伯爵はまさしく跳びあがった。

　血まみれの剣を振りかざして枝間を覗きこむも、なにもいなかった。笑い声がやみ、そのままなんの音もしなくなった。彼は胸の前で十字を切ると、大慌てで、森の入口への小径を引き返しはじめた。

アヴェロワーニュの逢引

A Rendesvous in Averoigne

柘植めぐみ訳

ジェラール・ド・ロートンヌは、アヴェロワーニュの森林地帯からヴィヨンヌへの木の葉が織りなす小道をたどりながら、フルーレット・コシャンを讃える新しいバラードの歌詞について考えていた。百姓娘のようにカシとブナに囲まれながら逢引をする約束を交わしたフルーレットと出会うということで、ジェラールの歩みは歌詞ができるより前に進んでいた。彼の愛はあの段階、玄人の吟遊詩人でもひらめきより気ぜわしさが押し寄せる段階だったので、言葉遣いの巧みさを考えるより、別のものへの思いにくり返し夢中になっていた。

草木は中世の五月らしい新緑を帯びていた。芝生には空色と白色と黄色の小さな花が模様をなし、まるで華麗な刺繍のようだ。道の脇を小石まじりの小川がさらさら流れ、水の精たちが水中で楽しげにおしゃべりしているかのようだった。陽光がやさしく降り注ぐ空気には、若々しさとロマンスがほんのりと含まれていた。そしてジェラールの心にこみ上げてくる想いには、なぜか木の樹脂の香りが混じり合っているように思えた。

ジェラールは吟遊詩人で、それほど年月は経っていないが多くの放浪の旅をしたことから、そこそこの名声を得ていた。おのれの流儀にならい、宮廷から宮廷、城から城へと渡り歩いた。いまはラ・フレネ伯爵の客人となっている。高台にある伯爵の城は、周囲の森の半分を領地としていた。ある日、アヴェロワーニュのその古代の森にきわめて近く、古風で趣のある大聖堂の町ヴィヨンヌを訪れたジェラールは、裕福な反物商ギヨーム・コシャンの娘であるフルーレットに出会った。そして、よくある出会いにすぐ感じ入ってしまう以上に、金髪の彼女の小粋さに心から夢中になった。ジェラールは自分の想いをなんとかフルーレットに知ってもらおうとした。一か月のあいだ、恋文やバラードを送り、ものわかりのよい侍女の助けを借りて密かに顔を合わせたりすると、フルーレットは、父親がヴィヨンヌを留守にする機会に、この森林地帯で会う約束をしてくれたのだった。下女と下男に付き添われ、彼女はその午後早くに町を離れ、とてつもなく古い大きなブナの木影でジェラールと落ち合うことになっていた。その後、召使いたちは気をきかせて引っこみ、恋人たちは本当の意味で二人きりになるのだ。誰かに見られたり邪魔されたりする可能性は低い。ふしくれだった木々からなる太古の森は、農民たちのあいだで嫌がられていたからだ。森のどこかに、幽霊の出没するフォスフラム城の廃墟があるという。さらに二人用の墓があって、なかには当時、妖術使いとして悪名高かったヒュー・デュ・マリンボワ卿とその奥方が、神に捧げられないまま二百年以上も横たわっているという。墓についてや二人の亡霊について、ぞっとするような話がいくつもある。アヴェロワーニュに出没する獣人や小鬼、妖精や悪魔、吸血鬼などの物語も。しかしジェラールは、ほとんど気にしていなかった。そのような生き物が、真っ昼間からわざわざ外に出てくるなどありえない。無鉄砲なフルーレットも怖くなんかないと言い切った。それでも召使い二人は地元の迷信を頭から信じこんでいるので、充分な心付けを約束する必要があった。

ジェラールはアヴェロワーニュの伝説など忘れ果てたまま、木漏れ日の射しこむ小道を急いでいた。約束のブナの木まであと少し、小道を曲がればすぐに見えてくるだろう。鼓動が速まり、心臓が震えた。フルーレットはもう待ち合わせ場所まで来ているだろうか。ジェラールはバラードを作り続けようとする努力をすっかりあきらめた。ラ・フレネから五キロ近くも歩いてきたというのに、とりあえずのバラードですら第一節の半分ほどしかできていない。

ジェラールの想いは、情熱にあふれて待ちきれない恋する男にふさわしいものだった。その想いがいま、甲高い悲鳴によってさえぎられた。恐怖に耐えきれずに張り裂けんばかりの悲鳴で、小道の脇にひっそりとたたずむ青々とした松の木立ちのほうから発せられている。ジェラールはどきりとして密集した枝に目をこらした。悲鳴がとぎれ、沈黙が降りるなか、急ぎ足の鈍い音と数人が取っ組み合うような音が聞こえた。再び悲鳴があがる。明らかに身の危険にさらされた女性の声だ。ジェラールは短剣を鞘から引き抜き、アヴェロワーニュに潜むという毒蛇から身を守ろうと持ち歩いていた長いシデの棒を握る手に力をこめた。即座に考えもなしに、声が聞こえたと思われる枝が低く垂れ下がる場所へと飛びこむ。

木々の向こうに小さな空き地があって、一人の女性が異様に残忍で邪悪そうな容貌の三人のごろつき相手にもがいていた。急を要する激しい状況にもかかわらず、ジェラールは冷静に、男たちも女も見覚えがないことに気づいた。女性は瞳に似つかわしい碧緑（エメラルドグリーン）のガウンをまとっている。顔に浮かぶのは死人のような蒼白さで、同時にうっとりするような美しさも備えていた。唇はあふれ出たばかりの血のような深紅に染まっている。男たちはムーア人のように色黒で、斜めに走る動物めいた剛毛の眉下にのぞく目は、炎の赤い裂け目のようだ。男たちの姿形にはひどく変わったところがあったが、ジェラールはしばらく経つまで、それがどう変わっていたのかわからなかった。あとになって、男たちはずば抜けて機敏に動き回っていたにもかかわらず、三人とも足が湾曲しているように見えたことを思い出した。なのになぜか、どんな服装をしていたのかはまったく思い出せなかった。

ジェラールが枝のあいだから飛び出すと、女性は彼に懇願するような目を向けた。しかし男たちがその登場を気にしたようすはなかった。それでも女性が救出者であるジェラールへ伸ばした手を、男の一人が毛深い手でつかんだ。

ジェラールは棒を振り上げ、ごろつきどもに突進した。手近な一人の頭にすさまじい一撃をお見舞いする。そいつは地面に倒れてもおかしくないはずだった。しかし棒は手ごたえもなく空を切っただけで、ジェラールはつんのめり、頭からひっくり返りそうになりながらなんとか平衡を保った。わけがわからないまま呆然としていると、もみ合っていた連中がすっかり消えていることに気づいた。少なくとも三人の男どもはいなくなっていた。しかし空き地の向こう側、高い松の木のなかほどの枝の間から、死人のように蒼白な女性の顔がほんの一瞬、不可解な狡猾さをたたえてジェラールにほほ笑んだあと、針のような葉のあいだに溶けて消えていった。

ジェラールはいまになって理解した。身を震わせ、胸の前で十字を切る。亡霊か悪魔に惑わされた。間違いなく、よくない目的で、いかがわしい魔法の標的にされたのだ。これまで耳にした伝説、アヴェロワーニュの森の悪しき評判には確かに意味はあったのだ。

ジェラールはたどってきた小道のほうに引き返した。しかし、ぞっとするような甲高い悲鳴を聞いた地点まで戻ったと思ったのに、もはやそこに小道はなかった。現実に思い出せたり、判別できる森の特徴は何ひとつなかった。周囲の木の葉はもはや輝かしい新緑ではない。もの悲しく陰鬱で、木々そのものも墓地に植える糸杉のようなものか、秋が来て朽ちたためにしおれてしまっているものだった。金糸で縁取りしたような小川の代わりに、凝固した血のように黒くどんよりした小さな湖が彼の前に横たわっていた。湖面には、自殺者の髪の毛のようにたなびく褐色の秋スゲも、その上で身もだえする朽ちて骨のようになったコリヤナギも、まったく映っていない。

いまやジェラールは疑いもなく、邪悪な魔法の犠牲者となったことを知った。助けを呼ぶ惑わしの悲鳴に応えたことでおのれを呪文にさらし、その力の円のなかにおびき寄せられたのだ。どのような魔術、どのような悪魔の技が彼をこのように引きずりこもうとしたのか知るよしもなかったが、置かれた状況が超自然の脅威をはらんでいることはわかった。彼はさらに強くシデの棒を握りしめ、思いつく限りの聖人に祈りを捧げた。そうしながら、邪悪な何かが実体をもって存在していないかとあたりを見つめる。

そこは荒涼としてまったく生気がなく、まるで死者が悪魔と密会するような場所だった。動くものは何もない、枯れ葉さえも。乾燥した草や葉がざわざわ音をたてることもなければ、鳥のさえずりも蜜蜂の羽音も、水面のため息もくすくす笑いもない。頭を上げると死体のような灰色の空には、太陽が昇ったこともないかのようだ。その冷たく変化のない光には、光源も、どこを照らすという意志もなく、光線も影もない。

ジェラールは用心深い目であたりを調べ、見れば見るほど気に入らなかった。目をやるたび、新たに認めたくない事実が明らかになってくるからだ。森の中に動く光があっても、じっと目をこらすと消えてしまった。小さな湖には溺死者のいくつもの顔が、その造作を見分ける前に青黒い泡のように浮かんでは消えていく。湖の向こう側をのぞくと、多くの小塔のある灰色の石でできた城があった。手前の城壁の土台は死んだような水中に見えるのに、どうしてこれまで気づかなかったのだろう。城は灰色で静かで巨大であり、計り知れない年月、よどんだ湖と、同じくらいよどんだ空の間にそびえてきたかのようだった。世界が始まる前、光よりも古く、恐怖や暗闇と同時代のものだった。そこにはおぞましいものが住みつき、目には見えないものの、城の形骸に沿って這いずっているのは明らかだった。

城には命あるものの気配はなかった。小塔や天守の上でたなびく旗もない。しかしジェラールには、大声で警告されたかのようにはっきりとわかった。ここここそ、彼が惑わされたあの魔法の源泉だ。わき上がる恐慌が頭のなかでささやき、ジェラールの耳に悪意ある羽のはばたき、悪魔の脅威や陰謀のつぶやきが聞こえたように思えた。彼はくるりと背を向け、葬列のような木々のあいだを逃げ出した。

うろたえ途方に暮れながらも、ジェラールはフルーレットのことを思った。いまも逢引の約束の場所で待ってくれているのだろうか。それとも彼女もその付き添いの者たちもまた罠にかかり、忌まわしい非現実の領域に迷いこんでいるのだろうか。再び祈りを捧げ、自分だけでなくフルーレットの無事を聖人たちに懇願した。

走り抜けている森は、困惑と不気味さをたたえた迷路だった。目印となるものはなく、動物や人の足跡もない。黒ずんだ糸杉と干からびた秋の木々がどんどん密集していき、それはまるで人の不幸を喜ぶ意志が前進を阻んで配置したかのようだった。枝は彼の足を遅らせようとする情け容赦のない腕のようだった。生き物の力としなやかさで絡みついてくるようだったと断言してもよい。狂ったように必死になってそれらと戦ったが、そうする間にも小枝のなかからいやらしい笑い声が聞こえたような気がした。ついに獣道のようなものに行き当たったときには、安堵のあまり泣きそうになった。これでようやく脱出できるという狂おしい希望を抱き、獣道に沿って悪鬼に追われている者のように走った。しばらく後、彼は再び湖のほとりにやってきていた。動きのない水の上には、あの時間から忘れられた城の灰色の小塔がいまも高々とそびえ立っていた。またもや、ジェラールは向きを変えて逃げ出した。そして三たび同じようにさまよい苦闘したあげく、避けようのない湖に戻ってきたのだった。

心臓が鉛のように重く沈むのを感じながら、ジェラールは絶望と恐怖のどうしようもないぬかるみに足を踏み入れるかのように、運命を受け入れてそれ以上逃げるのをやめた。彼のとるに足りない抵抗など許さない超越した意志の力によって、心は麻痺し、粉々に砕かれていた。憎らしいほど強力な衝動によって、不気味にそびえる城へと湖の縁に沿って引き寄せられていったときも、彼にはあらがえなかった。

近づいたところで、城は堀に囲まれているのがわかった。湖と同じようによどんだ水をたたえ、虹色の腐敗の浮き泡に覆われている。跳ね橋は降ろされ、門は開かれていた。まるで予期した客人を迎え入れるかであるにもかかわらず、人が住んでいる気配はなかった。巨大な灰色の建物は、埋葬所の壁のように静まり返っている。そして、もっとも墓を想起させるのは、高々とそびえ立つ巨大な真四角の天守だった。

湖の縁に沿って引き寄せられたのと同じ力に動かされ、ジェラールは跳ね橋を渡り、威圧する楼門をくぐり、がらんとした中庭に入った。格子のついた窓がぼんやりと見下ろしてくる。中庭の向こう側の扉がなぜか開いていて、暗い廊下がのぞいていた。戸口に近づくと、一人の男が敷居に立っていた。ほんの少し前まで、目に見える範囲に生き物が住んでいるとはとても思えなかったのに。

ジェラールはシデの棒をまだ手にしていた。理性は超自然の敵に対してそのような武器は無意味だと告げていたが、何かしらあいまいな本能にうながされ、彼は棒を雄々しく握りしめながら、敷居のところで待っている男に近づいた。

男は異様に背が高く、死人のように青ざめ、時代遅れの黒い衣服を身につけていた。顎髭は青みがかり、顔は埋葬された遺体のように白いなかにあって、唇だけがやけに赤かった。それはさっきジェラールが近づいたとたん、襲撃者たちと一緒に空中に謎の消え方をしたあの女性の唇のようだった。男の瞳は青白く、沼地に浮かぶ明かりのような光を放っていた。その目つきと真紅の唇に浮かぶ冷ややかで皮肉めいた笑みに、ジェラールは身震いした。まるで暴くにはあまりに恐ろしくて忌まわしい秘密だらけの世界がそこにあるかのようだ。

「余はデュ・マリンボワ卿」男が言った。その声はなめらかながらも虚ろで、若い吟遊詩人はますます嫌悪感を強めた。男が口を開いたとき、歯が異様に小さく、獰猛な動物の牙のように尖っているのがちらりと見えた。

「運命が、そなたをわが客人として導いた」男は続けた。「余が提供できるもてなしは粗末で不充分かもしれぬし、余の住まいも寂しくつましいと思われるかもしれぬが、少なくとも心からの歓迎の意を表そう」

「親切なお申し出に感謝します」とジェラールは言った。「ただ、友人との約束がありまして。わたしはどういうわけか道に迷ってしまったようです。ヴィヨンヌに行く道を教えていただければ非常にありがたいのですが。ここからそう遠くないところに小道があるはずなのです。わたしは愚かにもそこから外れてしまったようでして」

自分で言っておきながらも言葉は耳にむなしく希望なく響いた。この奇妙な主人が名乗ったデュ・マリンボワ卿という名が、弔いの鐘の音のように頭につきまとう。が、そのときは名前が喚起させるはずの恐ろしい亡霊のことはまるで思い出せなかった。

「残念だが、余の城からヴィヨンヌに行く道はない」奇妙な男は答えた。「そなたの逢引については、その約束とは別のやり方、別の場所で果たされるはずゆえ、そなたにはどうしてもわがもてなしを受け入れていただかねばならぬ。どうぞお入りくだされ。ただ、そのシデの棒は扉のところに置いていかれよ。もはや必要はなきゆえ」

男が最後の台詞を口にしたとき、異様に赤い唇が嫌悪と反感に歪められたようにジェラールには思えた。男の目はどことなく心配気にいつまでもシデの棒に向けられている。男の言葉と態度が妙に強調されたことで、ジェラールの脳内にまたもや幻影のように気味の悪い考えが呼び覚まされたが、後になるまではっきりすることはなかった。ただどういうわけか、武器は持ったままでいようという気持ちになった。幽霊や悪魔のような類の敵に対して、どれほど役立たずかもしれなくとも。彼は答えた。

「どうかこの棒は持ったままでいさせてください、お願いします。毒蛇を二匹殺すまではこの棒を手放さず、つねに右手に握りしめるか手の届くところに置いておくという誓いを立てているのです」

「それは変わった誓いですな」主人は答えた。「まあ、お望みなら結構。そなたがわざわざ木の棒を持ち運ぶのを、余は構いませぬ」

男は不意に背を向け、ジェラールについてくるよう合図した。吟遊詩人はいやいやながらも従ったが、ふと振り返って、虚ろな空とがらんとした中庭を見やった。城に入るのを待っていたかのように突然、月も星もない暗闇がひそやかに城を包みこむのを知っても、それほど驚かなかった。暗闇は死体を覆う蝋布のひだのように分厚く、長いあいだ封印されてきた埋葬所の暗がりのように、風通しが悪く息苦しかった。ジェラールは敷居をまたいだとき、まぎれもない圧迫感に襲われ、息をするのが心も体も難しくなった。

主人に案内されたほの暗い廊下には、いまでは篝火が燃えていたが、それらがいつどのように点されたのかわからなかった。もたらす明かりはひどくぼんやりとしてはっきりせず、廊下に群がる影は説明がつかないほど数が多く、謎めいて不穏な動きをしていた。炎そのものは、風ひとつない納骨堂で死者のために点される蝋燭と同じほど動かなかった。

廊下の突き当たりでデュ・マリンボワ卿は、黒ずんだ木でできた重々しい扉を開けた。その向こうには明らかに城の食堂と思われる部屋があって、廊下にあったものと同様にわびしく陰鬱な篝火に照らされ、数名が長いテーブルの周りの席についていた。妙なぼんやりした光のなかで、彼らの顔は暗い疑わしさ、ぞっとする歪みを帯びていた。ジェラールには、人々とほとんど区別できないその影が、食卓の周りに集まっているように見えた。しかしそれでも、碧緑（エメラルドグリーン）のガウンをまとった女性がいるのがわかった。ジェラールが助けを呼ぶ声に応えたとき、あまりに怪しいやり方で松の枝の間に消えていったあの女性だ。片側には、ひどく青ざめて哀れなほど怯えているフルーレット・コシャンがいた。召使いや位の低い者のための下手の端の席に、フルーレットに付き添ってジェラールとの逢引に同行した下女と下男が座っていた。

デュ・マリンボワ卿が愉快そうな冷笑を浮かべて、吟遊詩人を振り返った。

「ここに集まった方々とはすでに面識があると存じるが」と述べる。「余の妻アガトは、まだ正式に紹介はしておらなかったはず。食卓の上座の席についておる。アガト、若くして多くの名声と功績をあげられた吟遊詩人ジェラール・ド・ロートンヌ殿をお連れしたぞ」

女性は何も言わずにかすかにうなずき、フルーレットの向かい側の椅子を指差した。ジェラールは腰を下ろした。デュ・マリンボワ卿は封建制の慣習にのっとって、テーブルの上座の妻の隣の席についた。

ジェラールはいまになって初めて、召使いたちが部屋に出入りして、テーブルにさまざまなワインと料理を準備していることに気づいた。召使いたちは異常なほど動きがすばやく、音もたてず、どういうわけか正確な顔だちや服装を見定めるのがとても困難だった。禍々しく、いわく言いがたい黄昏が作る影のなかを歩いているかのようだ。しかし吟遊詩人は、彼らがあのとき緑のガウンの女性と一緒に消えてしまった、浅黒い悪魔めいたごろつきたちに似ているような気がして動揺した。

その後に続いた食事は不気味で陰鬱なものだった。乗り越えられない束縛、息苦しいほどの恐怖、ぞっとするような圧迫感がジェラールにのしかかってくる。フルーレットに山ほど質問をしたい、主人と奥方にもさまざまなことについて説明を求めたいと思ったが、言葉を形にすることも口にすることもまったくできなかった。ただフルーレットを見つめ、その瞳のなかに、彼が感じているのと同じ抑えられない困惑と悪夢のような奴隷状態を読みとるばかりだった。デュ・マリンボワ卿も奥方も何も語らず、食事中ずっと、不吉な知性を感じさせる秘密めいた視線を交わし合っているのみ。そしてフルーレットの下女と下男は明らかに、蛇の催眠の目ににらまれた死すべき鳥のように、恐怖ですくみあがっていた。

料理はぜいたくで変わった味がした。ワインは途方もない年代物で、その黄玉色や菫色の奥深くに、埋もれた何世紀ものあいだ消えない炎をとどめているようだった。しかしジェラールもフルーレットも、料理に口をつけることはほとんどできなかった。デュ・マリンボワ卿とその奥方はまったく食べることも飲むこともない。部屋の薄闇がさらに深まった。召使いたちの動きがいっそうひそやかで幽霊のようなものになる。息苦しい空気が言いようのない脅威をはらみ、命をもてあそぶ邪悪な死霊術の力に支配されているようだった。珍しい食材の匂い、古いワインの香りにも増して、隠された納骨堂と防腐処理をほどこされて久しい、息の詰まるような腐敗臭がただよい出てきていた。そこに、この女主人が発していると思われる奇妙な香水のそこはかとない味わいが加わる。いまになってジェラールは、これまで耳にしても取り合わなかったアヴェロワーニュ伝説に由来する話をいくつも思い出していた。デュ・マリンボワ卿とその奥方の物語がよみがえる。その家名を持つ最後の者にしてもっとも邪悪な者である彼ら二人は、何百年も昔にこの森のどこかに埋葬されたという。そして死後も妖術をふるい続けていると言われ、その墓は農夫たちから避けられていた。最初に名前を聞いたときにまったく思い出さなかったとは、いったいどんな力で記憶を麻痺させられていたのだろう。さらにジェラールは別の話、別の物語を思い出していた。それらすべては、彼を籠絡した者たちの本質への直感を裏づけるものだった。さらにまた、木の棒の使い道についても民間に伝わる迷信を思い出し、なぜデュ・マリンボワ卿がシデの棒に格別な関心を寄せたのかがわかった。ジェラールは腰を下ろしたとき、棒を椅子のそばに置いていた。いまもそれが失せていないのを知って安心する。彼は物音ひとつたてず、気づかれないように棒を足で押さえた。

気味の悪い食事がようやく終わり、主人とその奥方は立ち上がった。

「では、部屋に案内いたそう」デュ・マリンボワ卿は暗くて不可解な視線を客の全員に向けた。「お望みなら、個別に部屋をご用意できる。もしくはフルーレット嬢とお付きのアンジェリークにはご一緒いただき、男のラウルはジェラール殿と同じお部屋でお眠りいただくことも」

フルーレットと吟遊詩人は、後のほうの提案が好ましいと答えた。永遠に真夜中のこの名状しがたい謎に包まれた城で、連れもなく独りきりでいるという考えは、耐えがたい嫌悪感を催させた。

四人はそれから陰鬱な明かりによって、どれほどの長さか判然としない廊下の向かい同士にあるめいめいの部屋に連れていかれた。フルーレットとジェラールは、主人の強制するような目に見つめられ、うろたえながらしぶしぶおやすみを言い合った。逢引は思っていたようなものにはならず、二人とも得体の知れない恐怖と避けようのない妖術にどういうわけか巻きこまれ、その超自然的な状況に圧倒されていた。ジェラールはフルーレットと別れるやいなや、彼女のそばから離れることを拒否しなかった自分を卑怯者だと心中ののしり始めた。そして自分のすべての能力を眠りにつかせた麻薬のような魔法に驚いていた。自分の意志が自分のものではなく、異質な力によって押さえつけられ圧迫されたように感じたのだ。

　ジェラールと下男のラウルにあてがわれた部屋には、長椅子のほかに、古風な様式と布地の天蓋がついた大きなベッドが備わっていた。部屋を照らしているのは、その形状から葬儀を思わせる小さな蝋燭で、死んだような年月のかび臭さのただよう空気のなかでぼんやりと燃えている。

「ぐっすりお休みを」デュ・マリンボワ卿が言った。その言葉とともに浮かんで消えない笑みは、わざとらしい陰気な話し方に負けず劣らず不快だった。彼が出ていき、鉛のような音をたてて扉が閉まると、吟遊詩人と下男は深い安堵を覚えた。その安堵は、錠前に鍵が差しこまれてカチャッと回される音を聞いても、ほとんど減じることはなかった。

　ジェラールは部屋を調べてみた。窓のひとつに近づいたが、深くはめこまれた小さなガラス越しに見えたのは、まさにしっかりと迫りくる夜の暗闇だけだった。あたかもその場所全体が地中に埋められ、粘土によって囲まれているかのようだった。そのとき、フルーレットから引き離されたことに対する抑えられない怒りの発作にみまわれ、ジェラールは扉に駆け寄って体当たりした。握りしめた拳で扉を叩いたが、むなしいだけだった。自分の愚かさを悟ってようやく思いとどまり、ラウルのほうに向き直る。

「さあ、ラウル」ジェラールは言った。「こいつをどう思う?」

ラウルは答える前に胸の前で十字を切った。顔にはいまにも死にそうなほどの恐怖がはりついている。

「思いますに、旦那さま」ようやくラウルは答えた。「わたしたちはみんな、害ある妖術におびき寄せられてしまったようです。旦那さま、わたし、フルーレットお嬢さま、下女のアンジェリーク、誰もの心と体がきわめて危険にさらされています」

「わたしもそう思う」ジェラールは言った。「ならば、おまえとわたしは交代で眠るべきだろうな。寝ずの番をするほうは、シデの棒を手から離さないでおくべきだろう。いまのうちに先端を短剣で尖らせておくつもりだ。誰かが侵入してきたときは、棒をどう使えばよいか、おまえも知っているだろうな。そうした者が来たとなれば、そいつらの性格と意図は明らかだろうから。われわれは、まともな存在などいない城にいる。二百年以上も前に死んでいるか、死んだことになっている者たちの客人として。そんな連中が外に出て動き回るとしたら、何をするつもりかは言うまでもないだろう」

「はい、旦那さま」ラウルはぶるぶる震えた。それでもジェラールが棒を尖らせるのを興味深そうに見つめていた。ジェラールは硬い木を槍の穂先のようになるまで削っていき、削りくずを入念に隠した。棒の真ん中あたりに小さな十字架の形を刻むことまでした。そうすれば効き目が増すなり、妨害から棒を守れるなりするかもしれない。それから棒を手にベッドに腰をおろした。

そこなら天蓋の合間から、明かりに照らされた部屋を観察することができる。

「先に眠っていいぞ、ラウル」ジェラールは扉の近くにある長椅子を指差した。

二人はしばらく、とぎれがちに言葉を交わした。フルーレットとアンジェリークとラウルも松の木立ちで女性の泣き声に誘われ、もとの道に戻ることができなかったという話を聞いたあと、吟遊詩人は話題を変えた。フルーレットの身を案じるという苦痛を抑えるために、彼は頭を占めていることからかけ離れた話をぼんやりつづけた。ふとラウルが返事をしなくなったことに気づくと、相手は長椅子で眠りこんでいた。と同時に、得体の知れない恐怖と不吉な予感が脳内でざわめくのをどうしても抑えられないというのに、抵抗できないほどの眠気が押し寄せてくる。しだいに動きが鈍くなっていくなかで聞こえてきたのは、城の廊下でおぼろげに翼がはためいているような音だった。魔術師の召喚に応える使い魔がたてるような、いやなしゅうしゅうという声も聞き取れた。さらには納骨堂や塔や遠く離れた部屋のほうから、悪意に満ちた秘密の用向きで急いで来る足音が聞こえたような気がした。しかし忘却が黒い網のように彼を取り巻き、不安な心を容赦なく包みこみ、動揺した感覚が警告しようとするのをかき消していった。

ようやくジェラールが目覚めたとき、蝋燭は受け皿のところまで燃え尽きていた。窓から、太陽のものではない悲しげな光が射しこんでいる。棒はまだ手のなかにあった。引きずりこまれた奇妙な眠気のせいで感覚はまだ鈍かったが、自分が無事であることはわかった。しかし天蓋の隙間からのぞいてみると、ラウルがひどく青ざめて生気もなく長椅子に横たわっているのが見えた。消耗しきって死にかけているようなありさまだ。

ジェラールは部屋を横切り、下男の上にかがみこんだ。首筋に小さな赤い傷がひとつある。脈はゆっくりで弱々しく、大量の血液を失った者の脈のようだった。全体の外見は、しなびて血管が浮いていた。そして長椅子からそこはかとなく、女主人のアガトが身につけていた香水の残り香がなおも残って立ち昇っていた。

ジェラールはやっとのことでラウルを目覚めさせたが、とても衰弱して眠そうだった。夜のあいだに何があったのかはまるで思い出せず、真実を知ったときの恐れようは痛ましくて見ておれなかった。

「つぎはあなたの番でしょう、旦那さま」ラウルが叫んだ。「ここの吸血鬼どもは血の最後の一滴を飲み干すまで、わたしたちをこの罰当たりな死霊術のなかにとどめておくつもりです。やつらの魔法はマンドラゴラか東方の催眠甘露（シロップ）のようなものです。誰もやつらの悪意のなかでは目を覚ましていられません」

ジェラールは扉を試してみて、鍵がかかっていないことにいささか驚いた。部屋を出ていくとき、女吸血鬼は満腹のけだるさで不注意になっていたのだろう。城は静かそのものだった。ジェラールには、活気にあふれていた悪霊がいまはおとなしくしているように思えた。恐怖と悪意のおぼろげな翼、邪（よこし）まな用向きに急いでいた足、召喚する妖術師、それに応える使い魔、そのすべてが束の間の眠りについているようだった。

ジェラールは扉を開け、人気のない廊下をつま先だって歩き、フルーレットと下女に割り当てられた部屋の扉をノックした。すっかり服を着たフルーレットが、すぐにノックに応えた。ジェラールは何も言わず彼女を抱きしめ、やさしく気遣う目で彼女の青ざめた顔をうかがった。彼女の肩越しに下女のアンジェリークがベッドにぼんやり座っているのが見えたが、その白い首筋にラウルが負ったのと同じ傷口があった。フルーレットが話し出す前から、彼女と下女の夜の経験が、自分と下男とものとまったく同じであることがわかった。

ジェラールはフルーレットを慰めて安心させようとしながらも、むしろ好奇心をそそられる事柄でいまや頭がいっぱいだった。この城にはいま、誰もうろついていない。デュ・マリンボワ卿とその奥方が夜の饗宴を楽しんだのは間違いなく、二人はそのあと眠った可能性がかなり高そうだ。ジェラールは二人がどこでどんなふうに眠っているかを想像した。そしてさらに思慮を巡らせたところ、いくつかの可能性に思い当たった。

「元気を出して、いとしい人」とフルーレットに告げる。「わたしの考えでは、もうすぐこのいやらしい魔法の網から逃げ出せるかもしれない。でも少しのあいだ、あなたを残していかないといけない。ラウルともう一度話をしなければ。あることで彼の助けが必要なんだ」

ジェラールは自分の部屋に戻った。下男は長椅子に座ったまま、弱々しく胸の前で十字を切りながら、消え入りそうな虚ろな声で祈りの言葉をつぶやいていた。

「ラウル」吟遊詩人はやや厳かに言った。「おまえには力を振り絞って一緒に来てもらわなければならない。われわれを取り囲む陰鬱な壁、薄暗い古い廊下、高い塔、重々しい形骸に、現実に存在するものはひとつしかない。あとはすべて幻を合成した物だ。われわれはいまも言ったように現実にいるやつらを見つけ出さなくてはならない。そして、真の勇敢なキリスト教徒らしく対処しなくてはならない。さあ、来るんだ。主人と奥方が吸血鬼の眠りから目覚めないでいるいまのうちに、城を捜索しよう」

ジェラールは、すっかり見立てをすませたことを示す迅速さで、曲がりくねった廊下を先導していった。銃眼つきの胸壁と小塔の灰色の固まりを、前日に目撃したとおり頭のなかで再構築してみる。あの建物の中心であり拠点でもある巨大な天守が、探し求める場所だろうと感じていた。先端を尖らせた棒を握りしめ、血の気が失せて遅れてついてくるラウルを従え、ジェラールはたくさんの秘密めいた部屋の扉や、中庭の盲目に面している数多くの窓を通り過ぎ、ついに天守の下の階までやってきた。

そこは広いむき出しの部屋で、ほとんどが石で造られ、射手が使うためにうがたれた壁の高いところにある狭い隙間から射しこむ光で照らされているだけだった。とても暗かったが、ジェラールには、本来ならこのような状況で探し出せるはずのない物体のかすかに輝く輪郭が、床の真ん中あたりに浮かび上がっているのが見てとれた。それは大理石の墓だった。近づくにつれ、それは奇妙なことに風雨にさらされていること、日の当たるところでしか繁茂しない灰色と黄色の苔で汚れていることがわかった。墓を覆う平石はふつうの二倍は大きくどっしりしていて、持ち上げるには男が二人がかりでも全力が必要だろう。

ラウルはぽかんと墓を見つめていた。「それでどうすれば、旦那さま?」と尋ねる。

「ラウル、おまえとわたしとで、われらが主人と奥方の寝所に踏みこもうというわけだよ」

ジェラールの指示で、ラウルが平石の一端をつかんだ。ジェラールも反対側の一端をつかむ。

そしてそれを取り除こうと、骨も腱もちぎれんばかりに思い切り力をこめた。しかし、平石はびくともしなかった。二人一緒に同じ端をつかむことでようやく傾けることができ、平石はそのまま向こうに滑って床に落ち、ものすごい音をたてた。なかには蓋のない棺が二つあって、ひとつにはヒュー・デュ・マリンボワ卿が、もうひとつには奥方のアガトがおさまっていた。二人とも幼子（おさなご）のようにすやすやと眠っているように見える。その顔には、穏やかな邪悪、なだめられた悪意の表情が刻まれていた。二人の唇は、以前よりも新鮮な真紅に染まっていた。

ためらうこともなく間髪入れず、ジェラールは槍のような棒の先端をデュ・マリンボワ卿の胸に突き立てた。その体はまるで人間に見せかけるために灰をこねて色づけしてあったかのように、ぼろぼろと崩れた。年を経て腐ったようなかすかな臭いがジェラールの鼻孔に立ち昇った。つづけて吟遊詩人は同じように奥方の胸にも突き立てた。奥方の体が崩れるのと同時に、天守の壁と床が、どんよりした蒸気のように溶け始めた。それらは聞き取れない雷のような衝撃とともに、四方八方へ漂っていった。ジェラールとラウルは、気味の悪いめまいと困惑を感じながら、過去の嵐のように塔や胸壁、城全体が消え失せているのを目の当たりにした。死んだような湖もその腐りかけた岸も、もはやその有害な幻影を見せてはいなかった。二人は森の空き地にいて、そこには午後の太陽がさんさんと照りつけていた。陰鬱な城の唯一の名残りといえば、二人のそばで口を開いている苔むした墓だけだ。フルーレットと下女は少し離れたところにいた。ジェラールは反物商の娘に駆け寄って抱きしめた。フルーレットは驚きのあまり呆然としていた。まるで夜通しさまよった悪夢の迷宮から出てきて、万事うまくいったことを知ったばかりのように。

「思うに、いとしい人」ジェラールは言った。「われわれのつぎの逢引が、もはやデュ・マリンボワ卿と奥方に邪魔されることはないだろうよ」

しかし、フルーレットはまだ不思議なできごとに困惑しており、ジェラールの言葉に口づけで応えることしかできなかった。

ガーゴイル像彫刻師

The Maker of Gargoyles

田村美佐子訳

ヴィヨンヌに新築された大聖堂の屋根から険しい表情や好色な目つきでこちらを見おろす数多（あまた）の怪物像（ガーゴイル）の中でも、とりわけ二体が、そのみごとなできばえと、凄まじくグロテスクであることにおいて群を抜いていた。これら二体はブレイズ・レイナールという石像彫刻師の手になるものだった。ヴィヨンヌ生まれの彼は、長期にわたりプロヴェンスを点々としていたが、近頃故郷に戻り、建築と内装が三年がかりでようやくほぼ完成した大聖堂のガーゴイル製作を任された。かの大司教アンブロシウスもレイナールの驚くべき芸術的手腕を目の当たりにして、いっそすべてのガーゴイルを、繊細で熟練した技を持つこの職人に任せられたならどれほどよかったか、と歯噛みしたほどだった、だが、アンブロシウスのような偏りのない審美眼を持ち合わせていない者たちは意見を異にしていたようだった。

　そうした背景には、レイナール本人がヴィヨンヌでは疎まれていたことも関係していたかもしれない。そもそも少年時代から嫌われ者だったが、このたび帰郷してみると、人々の態度はさらにとげとげしくなっていた。是非はともかくとして、レイナールの容貌そのものが人々の反感を買うことが多かった。常に暗い雰囲気をまとい、髪と髭はまるでこの世のものではないような青みがかった黒、左右不釣り合いなつりあがった両目が、陰険で狡猾そうな印象を与えた。そのうえ寡黙で気難しいものだから、迷信深い連中は、おそらくやつは黒魔術（サタン）を嗜んでいるか、あるいはそうした組織に関わっているにちがいない、と思いこんでいた。悪魔と契約していると密告する者たちまでいた。だがいずれの話も出どころ不明で曖昧な噂以上のものはなく、結局最後に至るまで、確たる証拠はひとつも出なかった。

だが、レイナールが悪魔と通じていると疑ってやまない連中はしばらくの間、例の二体のガーゴイルを、まさにその証拠だとして槍玉にあげていた。人類の敵たるサタンに霊感を与えられたのでもなければ、あれほど邪悪で禍々(まがまが)しい像を彫りあげることも、また、あらゆる罪深きものの中でもとりわけ不吉なものたちの生き生きとした姿を、ただの石にあれほど完璧に映し出すこともできるはずがない、とみな声高に主張していた。

二体のガーゴイルは、大聖堂の尖塔の左右の角にそれぞれ据えられていた。一体は歯を剝き出した、凶暴そうな、猫の頭をした怪物で、めくれあがった唇から恐ろしい牙が覗き、凄まじい憎悪に燃える両目が毛深い眉の下から睨(ね)めつけていた。この化けものにはグリフォンの鉤爪と翼があり、獲物を狙うハルピュイアよろしく、いまにもヴィヨンヌの町に舞い降りんとしているかのようだった。もう一体は角を生やしたサテュロスで、いかにも地獄の洞穴に潜んでいそうな巨大な蝙蝠の群れを引き連れ、鋭い鉤爪を立てて、穢れた欲望にまみれた救いようのない輩(やから)どもを見おろしてほくそ笑むかのように、地獄のごとく禍々しい、暗い肉欲のにじんだ表情を浮かべていた。二体とも下半身に至るまで完璧なつくりで、いわゆる屋根飾りの域を超えていた。嵌めこまれた石の中からいまにも飛び出してくるのではないかとすら思われた。

芸術愛好家だったアンブロシウスは、これらの作品には彫刻としての高い技術的価値と真に迫った凄まじさがある、と忌憚なく褒め称えた。だが彼以外の者たちは、下位の聖職者たちまでもが、みな多かれ少なかれ目くじらを立て、件の職人は神よりも堕天使(ベリアル)を称え、あの二体におのれの悪徳を注ぎこんで形にした、つまり冒瀆的行為を犯したも同然だ、と口々にいった。ガーゴイルというものは多少グロテスクであるべきなのはむろん彼らも承知していたが、このたびにかぎってはあまりにも行き過ぎている、と考えていた。

とはいえ大聖堂が完成すると、こうした批判にもかかわらず、高みに据えられたブレイズ・レイナール作のガーゴイルは、大聖堂の建物のほかの部分と同様に、やがて当たり前の光景となり、そのうちすっかり忘れ去られてしまった。悪しざまにいう声もやみ、彫刻師本人も、道行く人にはあいかわらず白い目で見られていたものの、贔屓のパトロンのおかげで仕事にあぶれることはなかった。ヴィヨンヌにとどまった彼は、見目の悪さをものともせず、居酒屋の娘ニコレット・ヴィリョームに傍惚れしていた。無愛想で無口ではあるものの、じつはずいぶんと前からご執心だったようだ。

だがレイナール自身はガーゴイルのことを忘れてはいなかった。そびえ立つ壮麗な大聖堂のそばを通りがかり、なぜなのか自分にもうまくいいあらわせないものの、彫像を見あげてはひそかな満足感をおぼえることも少なくなかった。あの二体の彫像が彼にとっては希有で神秘的な意味合いを持っており、おぼろな、だが心地よい勝利に酔わせてくれるように感じられた。

理由を訊ねられたならば、おのれの熟練の技に誇りを持っているからだ、と答えたことだろう。だが、じつは自分がガーゴイルのうちの一体に、身の内にわだかまる怨みつらみや、彼を疎みつづけてきたヴィヨンヌの人々への鬱憤と憎悪のすべてを閉じこめて、怨恨の塊であるこの彫像の毒々しい視線が、絶えず高みから降りそそぐよう仕向けたなどとは口が裂けてもいわなかったし、そもそも自分でそのことに気づいていないようでもあった。そしてじつは二体めのガーゴイルにも、ニコレットという娘への、サテュロスのごとき暗い情欲が——流浪の日々ののちに、少年時代を過ごした憎き故郷の町へ彼を呼び戻した情欲、ひとつのものに固執するがゆえに、月並みなものとはかけ離れた、野卑きわまりないものとなってしまったレイナールの情欲が——詰めこまれていたなどとは、われながら夢にも思っていなかったのではなかろうか。

彼の作品を批判し忌み嫌う人々が感じる以上に、この彫刻師にとってはこれら二体のガーゴイルは生きており、活力にあふれ、それぞれに意思を持っていた。とりわけ、夏が終わりに近づき秋雨がヴィヨンヌの町を濡らす頃になると、彫像はそれまで以上に生き生きとして見えた。やがて、大聖堂の雨樋があふれて通りに降りそそぐまでになると、あたかも穢らわしい魔物がほんものの唾を吐いたり、淫らな欲望まみれの涎をじっさいに垂らしたりしており、それがガーゴイルどもの口から流れ出て、雨水に混じって落ちてくるような気がしてならなかった。

われらが主の年である一一三八年には、ヴィヨンヌはアヴェロワーニュの首都であった。四方を囲む壁のうちのふたつは鬱蒼とした広大な森に面していた。この森については解釈の異なるさまざまないい伝えがあり、夜明け前や黄昏どきになると、人狼や幽霊どもがまさにこの壁際へ近づいてきては、暗い茂みを跳び越えてこちらへやってくるのだといわれていた。反対側の二方には畑がひろがり、柳やポプラの木々の合間を小川がうねりながら穏やかに流れていて、ひらけた平地に走る何本もの道が、高くそびえ立つ貴人たちの城へ、そしてさらにアヴェロワーニュの外の地域へ続いていていた。

町そのものは栄えており、隣接する森のような悪い噂はいっさいなかった。女子修道院がふたつと男子修道院がひとつあることから、いにしえより神聖な場所とされてきたが、このたび待望の大聖堂が完成したことにより、このヴィヨンヌの町には今後ますます、より尊い聖なるものの庇護があるだろう、とみなが思っていた。悪霊やストライジ（半人半鳥の女の魔物）や夢魔（インキュバス）も今後は神経を尖らせ、この天の恵みを受けた領域には近づくまいとするにちがいない、と。

むろん、あらゆる中世の町と同様、怪しげな妖術や悪魔憑きなどの噂が聞こえることもあったし、一度や二度は、ヴィヨンヌの敬虔なる道徳が女夢魔（サキュバス）の危険な誘惑に揺れたこともあった。だがその程度のことは、悪魔が好きに暴れまわっているこの世界においては、それほど予想のつかぬことではなかった。だが、大聖堂が建立された直後にこの町が地獄のごとき恐怖に包まれ、晩秋の日々が世にも禍々しいものになろうとは誰ひとり思っていなかったことだろう。

ものごとが厄介さを増し、どう転ぶよりも冒瀆的で恐ろしい状況となったのは、これらの忌まわしいできごとの最初のひとつが、まさしく大聖堂のそば、それも目と鼻の先で起こったからであった。

とある十一月の夜も更けた頃、腕のよい仕立屋ギヨーム・マスピエと、評判のよい酒屋の主人ジェローム・マッザールというふたりの男が、居酒屋を梯子して田園地方産の赤白の葡萄酒（ワイン）をしこたま聞こし召したあと、家路をたどっていた。ただひとりの生き証人となったマスピエの話によれば、彼らはふたりで大聖堂の広場沿いの通りを歩いており、巨大な建物の向こうには星空が見えていた。するとそこへ、地獄（アバドン）の底の煤煙のごとき漆黒の空飛ぶ怪物が舞い降りてきて、ジェローム・マッザールに飛びかかり、分厚い翼の羽ばたきでなぎ倒すと、一インチもあろうかという歯と鉤爪をその身体にがっしりと喰いこませた。

　通りには灯りがなく、ぼんやりと、しかも一部しか見えなかったので、相手がどんな化けものだったのか、マスピエにも詳しく語ることはできなかった。しかも連れが牙を剝き出した漆黒の悪魔に喉を喰いちぎられ、石畳の上にくずおれるさまを目の当たりにしては、さすがにいつまでもそこにぐずぐずしている気にはなれなかった。彼は一目散にその場を逃げ出し、通りを何本も駆け抜けて、司祭の家まで来るとようやく足を止め、身体をがたがた震わせてしゃっくりを連発しながら、たったいま起こったことを司祭に話した。

　司祭は聖水の入った散水器を手に、棍棒や鉾槍（ハルバード）や松明（たいまつ）を掲げた町の者をおおぜい引き連れて、マスピエに案内され、惨劇の起こった現場へ向かった。そこにあったのはマッザールの亡骸だった。顔はずたずたに引き裂かれ、喉と胸には血みどろの掻き傷が幾筋も走っていた。彼を襲った魔物はすでに飛び去っており、その晩はその姿を見かけた者も、うっかり出会ってしまった者もいなかった。だがその凶行の跡を目にしてしまった人々はすっかり肝を潰し、化けものが地獄の底からやってきてこの町にあらわれ、しかもまだとどまっているらしい、と怯えつつ家路についた。

　翌朝ことがおおやけになると、人々の間に不安がひろがった。しのび寄る魔物を撃退すべく、あらゆる公共の場所でも家の玄関口でも、聖職者たちによる悪魔払いの儀式がおこなわれた。だが聖水を振りまき、ふさわしいはずの呪文を唱えても効果はなかった。邪悪な魔物はまだうろついており、ジェローム・マッザールがおぞましい死を遂げたつぎの夜、その悪行がふたたび繰り返された。

こんどの犠牲者はふたり、しかもそれなりに身分のある中産階級の者たちだった。魔物は狭い路地で頭上からあらわれ、一瞬にしてひとりの命を奪うと、逃げようとしたもうひとりを背中から引きずり倒した。なす術もない男たちのかん高い悲鳴と、魔物のざらついた耳障りな咆哮が、路地沿いに立ち並ぶ家々の住人たちの耳にも届いた。窓から外を覗く度胸のあった者たちは、ふたりを襲った忌まわしい魔物が飛び立つ姿を目にした。ねじくれた漆黒のいやらしい翼で秋の星々をさえぎりながら、世にも恐ろしい姿で屋根の上へ飛び去っていく姿を。

それ以来、よほど火急の用事でないかぎり、夜間にわざわざ外へ出ようという者はほとんどいなくなった。それでも出かけようという者は、武器を携え、さらに誰かをともなって、手に手に松明を掲げていった。魔物どもは闇のものだから光を嫌い、光を見れば怯んで逃げていくにちがいないと踏んだからだ。しかしこの魔物の図太さは度を超えており、連れ立って歩く善良な市民たちに一度ならず襲いかかった。燃えさかる松明を顔に突きつけられようがものともせず、巨大な翼で腐臭に満ちた風を起こし、火を消してしまった。

間違いなくこの魔物は、人間に対して殺意に満ちた憎悪を抱いていた。餌食にされた者は歯と鉤爪で容赦なく切り刻まれ、ずたずたに引き裂かれていたからだ。目の前でそれを見て生きのびた者に話を聞くとたいがい、それぞれいうことが違ううえにひどく曖昧だった。だが猛獣の頭と巨大な鳥の翼があったということだけは一致していた。悪魔研究に通じた学者たちなどは、これは人殺しの精霊モドであると熱弁し、また、これはサタンの重要な幹部のひとり、おそらくアマイモンかアラストルあたりが、聖なる都市ヴィヨンヌにおけるキリストの支配が揺るぎないことに業を煮やして荒ぶっているのだと考える者たちもいた。

悪魔のごとき襲撃と残虐行為の範囲がひろがるにつれて恐怖はみるみるうちに蔓延し、いかなる信仰も役に立たなかった——悪魔に魅入られた、煮えたぎるような、迷信にがんじがらめにされたまったき絶望感は、現代の言葉ではとうてい伝わらないだろう。日中ですら、町そのものがゴシック様式の翼の下にすっぽりと覆われているかのようだった。流行病(はやりやまい)の不潔な病毒のごとく、不安がそこここに漂っていた。道を行くときはみな、震えながら祈りを唱えた。大司教も、低位の聖職者たちも、膨らみつづけるばかりの不安に打ち勝つのは困難だと認めるよりほかなかった。法王の手で特別に浄められた聖水を求め、ローマへ使者が送られた。恐ろしい来訪者を追い払うにはほかに頼れる手はなかった。

その間にも恐怖は増大し、やがて頂点に達した。十一月なかばに差しかかろうというある宵のこと、地元のフランシスコ会修道院(コルドゥリエ)の大修道院長が、死にゆく友人に終油の秘跡を授けるために出かけたさい、相手の玄関口に近づいたところで黒い悪魔にいきなり襲われ、ほかの犠牲者と同じ残虐きわまりない方法で命を奪われたのだ。

この背徳をふたつ重ねたような凶行がなされた直後、とうてい信じがたい冒瀆行為がさらにおこなわれた。翌日の夜、大修道院長の切り裂かれた亡骸が大聖堂の豪華な棺台に横たえられ、蝋燭が灯されてミサがおこなわれていたまさにそのとき、例の魔物が、開け放たれた扉から天井の高い身廊へ舞いこんできて、煤(すす)けた翼をばさりとひとつ羽ばたかせて蝋燭の炎を一本残らず消し去ると、式をとりおこなっていた少なくとも三人の司祭を、闇の中の不浄なる死へ引きずりこんだのだ。

いまや誰もが感じていた。邪悪な力を持つものが、ヴィヨンヌの清廉なるキリスト教信仰に対してじつに恐るべき襲撃を仕掛けてきている、と。絶望的な恐怖と、この新たな凶行によって生まれたとてつもない無秩序と困惑の中で、嘆かわしいことに、殺人や略奪や窃盗といった人間による犯罪がはびこりだし、同時に悪魔信仰まで流行りはじめて、黒ミサは新たな帰依者たちであふれかえった。

やがて、この混沌とした恐怖と混乱のさなかに、二匹めの悪魔がヴィヨンヌで目撃されたという噂が流れた。例の殺人魔とともにもう一匹、負けじと醜怪な闇の魔物がいたという。そいつの食指はもっぱら淫らなおこないに向けられており、餌食となるのは女だけだった。この化けものは、寝室の窓から中を覗きこんで貴婦人や乙女や女中を震えあがらせて凄まじい恐怖に陥れたり、顔を歪めて下卑た表情を浮かべながら、蝙蝠のような翼を不気味に羽ばたかせ、夜、たまたま家々の間の通りを歩いていた女たちにへらへらと近寄ってきた。

だが奇妙なことに、このいやらしい夢魔に貞操を奪われたという話はひとつも聞こえてこなかった。近づかれ、醜悪で淫らなふるまいをされて心底怯えた女たちはおおぜいいたが、じっさいに触れられた者はひとりもいなかった。誰もが精神的にも肉体的にも恐怖に苛まれていたときだったにもかかわらず、魔物が奇妙にも女にいっさい手を出さないことを卑猥な冗談に仕立てあげ、おおかた、やつはまだ見ぬ誰かを捜し求めてヴィヨンヌを彷徨っているのさ、などといいだす者まで出る始末だった。

ブレイズ・レイナールの住処と、ニコレットの父親であるジャン・ヴィリョームの商う居酒屋とは、曲がりくねった暗い路地を一本隔てただけだった。この居酒屋で夜を過ごすのがレイナールの常だったが、しつこく通ってくるこの男にジャン・ヴィリョームはよい顔をせず、肝心の娘のほうも素っ気なかった。だがレイナールの財布には金がたんまり入っていたし、そのうえ葡萄酒をどんどん空けるので追い出されることはなかった。毎夕、彼は日暮れとともに早いうちからあらわれて、無言で何時間もすわったまま、熱をおびた暗い目でニコレットを見つめながら、アヴェロワーニュ産の年代ものの葡萄酒をつまらなそうにぐびぐびと飲っていた。通いつづけてほしい客ではあるものの、居酒屋の父娘は彼をすこし恐れていた。妖術を使うという怪しげな噂もあるうえ、常に苦虫を噛みつぶしたような顔をしていたからだ。できるだけ敵には回したくない相手だった。

ほかのヴィヨンヌの住人に違わず、レイナールも毎夜、迷信めいた恐怖がもたらす息苦しい重圧を感じていた。なにしろ、悪魔のごとき襲撃者が町じゅうをところかまわず飛びまわり、道行く不運な者の頭上にいつ舞い降りてくるかわかったものではないのだ。ニコレットに恋い焦がれる野獣めいた執着心がほかのなによりも彼を追いつめ駆り立てて、日暮れのあとの、居酒屋の扉へ続く曲がりくねった路地を急がせた。

しばらく月の見えない秋の夜が続いていた。残忍な悪魔によって大聖堂そのものが穢されたつぎの夜のこと、生まれたばかりの三日月の、折れそうに細い、血の赤色をした先端が家々の屋根に低くかかる頃、レイナールはいつもどおりに家を出た。高い壁に挟まれた狭い路地に入ると柔らかな月光が届かなくなり、彼は思わず身を震わせて、階上の窓から漏れる薄明かりがところどころをぼうっと照らすだけの暗がりをひたすら急いだ。あたかも、曲がり角という曲がり角、建物の隅という隅に悪魔の翼の落とす薄汚い影が澱み、永遠に燃える地獄の熾火をもらい受けたぎらぎらと光る不気味な目がいまにもあらわれるのではないかという気がした。路地を抜けるとき、雲の陰の三日月が、いびつな曲線を描くぎざぎざの翼そっくりに見え、思わず心臓がびくんと跳ねあがった。

居酒屋まで来ると心底ほっとした。物音もたてず姿も見せない誰か、あるいはなにかに——黄昏の空気に不気味な威圧感を与えているなにものかに——明らかに跡をつけられている、という直感がしはじめていたからだ。恐ろしい追っ手を鼻先で締め出すかのように、彼は店に入ると、即座に背中の扉を閉めた。

その晩、居酒屋に客は数人しかいなかった。娘のニコレットはラウル・クーパンという、織物商の見習いに葡萄酒を注いでやっていた。近頃このあたりにやってきた伊達男だ。このラウルの卑猥な冗談と口説き文句に、ニコレットはげらげらとはしたない笑い声をあげている、とレイナールの目には映った。ジャン・ヴィリョームは昨今の凶行についてぼそぼそと小声で話しながら、客に負けじと酒をあおっていた。

自分よりも一歩先んじたとおぼしき恋敵ラウル・クーパンを妬ましげに睨めつけると、レイナールは無言でテーブルにつき、はしゃぎ合うふたりを憎しみのこもったまなざしで見つめた。彼が入ってきたことに誰ひとり気づいていなかった。ヴィリョームはなじみ客とずっと話しこんでいたし、ニコレットと相手の男もまわりなど見えていないようだった。嫉妬の炎に加え、わざと無視されているらしいと感じて、レイナールの怒りはさらに増した。なんとか気づかせようと、彼は力強い拳でテーブルを叩きはじめた。

それまで背を向けてすわっていたヴィリョームが、椅子に腰かけたまま振り向くことなくニコレットに声をかけ、レイナールの給仕をするよう命じた。彼女はクーパンにはにかんだ笑顔を向けると、いかにも億劫そうに、しぶしぶ彫刻師のテーブルへやってきた。

彼女は小柄で豊満な胸をしており、赤みがかった金色の豊かな巻き毛が、ちいさくて愛らしい卵形の顔にかかっていた。身体にぴったりと沿う青林檎色のワンピースを着て、腰のあたりと胸まわりの悩ましい曲線があらわになっている。無愛想でややぶっきらぼうな態度なのは、レイナールを嫌っていたうえ、たいていの場合、わざわざそれを隠そうともしていないからだった。だがレイナールにはそれが可愛らしく見え、ますます彼女が欲しくなって、いっそラウル・クーパンや彼女の父親の目の前で娘をこの腕に捕らえ、抱えあげて、この居酒屋から連れ去ってしまおうかという荒んだ衝動すら浮かんできた。

「〈ラ・フレネ〉をデカンタでくれ」怒りと欲望の交ざり合う感情を押し殺し、しわがれ声で彼は注文した。

娘は小ばかにするように頭をつんと軽く反らすと、ふたたびクーパンに視線をちらちらとやりながら、いわれたとおりにした。血のように赤黒い、強い葡萄酒をなにもいわずにレイナールの前に置くと、また織物商の見習いのところへ戻っていき、ぺちゃぺちゃとお喋りを始めた。

レイナールは一杯飲りはじめたが、年代ものの濃いめの葡萄酒は、むしろ胸にくすぶる憎悪と激情に火をつけるばかりだった。しだいにまなざしが毒をおび、歪んだ唇はまるで新しい大聖堂のために彼自身が彫りあげたガーゴイルのごとく邪悪に満ちていた。気難しいファウヌスが邪魔立てをされて激怒しているかのような禍々しい草昧な怒りが、赤い炎となってじりじりと彼の内で燃えさかった。だが彼は必死にそれを押し隠し、じっとすわったまま、無言で杯に酒を注いでは飲みほした。

ラウル・クーパンもかなり景気よく葡萄酒の杯を空けていた。気が大きくなったのか、やがて彼は人目もはばからずニコレットを口説きだし、ついには隣にすわった彼女の手にキスを迫りはじめた。彼女はおどけたように手を引っこめてから、ラウルの頬をごく軽くぱちんと叩くと、相手に望みのものを与えてやった。尻軽女さながらのそのそぶりにレイナールは打ちのめされた。

このまま突進していって、抜け駆けした恋敵を素手でくびり殺してやりたい衝動にかられながら、彼は言葉にならない唸り声をあげて立ちあがり、じゃれ合う男女のほうへ踏み出した。店の奥にいた客のひとりが彼の動きに気づき、ヴィリョームに声をかけて注意を促した。居酒屋の主人は少々千鳥足だったがそれでも立ちあがり、万が一レイナールが暴れだしたら取り押さえようと、じっと彼に視線を注いだまま店の奥から近づいてきた。

レイナールは一瞬迷って足を止めたものの、ふたたび歩みだした。すべてに対する憎悪がつのり、正気を失いはじめていた。手始めにヴィリョームとクーパンを、それから店の奥にすわってこちらをじろじろ見ているなじみ客たちをみな殺しにしてやり、それからくびり殺したやつらの死体の山の上でニコレットの唇を無理やり奪い、身体を乱暴にまさぐってやろうか。

彫刻師が近づいてくることに、しかも凄まじい悪意とどす黒い嫉妬を向けられていることに気づいたクーパンは、みずからも立ちあがり、身につけていた小ぶりの短剣をマントの下でそっと引き抜いた。いつの間にかジャン・ヴィリョームの大柄な身体が恋敵ふたりの間に立ちはだかっていた。居酒屋の主人としては、店の評判が落ちるような余計な諍いはごめんだった。

「テーブルに戻んな、彫刻師さんよ」居酒屋の主人は怒鳴りつけた。

丸腰のうえ多勢に無勢であることを見てとったレイナールはいま一度足を止めたが、いまだ胸中では、妖術師の大釜の中身さながらに怒りが煮えたぎっていた。虚ろな細い目に殺意みなぎる炎を赤くともらせて目の前の三人を睨(ね)めつけ、そのままその奥にある鉛枠ガラスの窓をなんとなく見やった。ガラスには店内がぼんやりと映っており、明るく燃える蝋燭の光や食器類のきらめき、クーパンとヴィリョームとニコレットの頭、それから暗く陰になったおのれ自身の顔も見えた。なぜか唐突に、先ほどの、月にかかっていた怪しげな黒い雲が頭に浮かび、路地を横切るときに感じた、得体の知れないものに追われているという焦燥感がよみがえった。

踏ん切りがつかないまま、目の前の連中とその奥のガラスに映るぼやけた影を見つめていたそのとき、なにかが割れる凄まじい音が雷鳴のごとく響きわたり、映った景色ごと窓ガラスが粉々に叩き割られて店の内側に降りそそいだ。ガラスの破片が雨あられと床を叩くより早く、黒ずんだなにやら不気味な姿が飛びこんできた。力強い羽ばたきで蝋燭の炎が激しく燃えたち、まるで異形の悪魔たちの宴会(サバト)がおこなわれているかのごとく、影という影が揺らめいた。そのなにものかは羽ばたきながらふいに空中でとどまっていたが、その姿はまるで、そちらへ顔を向けているレイナールやその他おおぜいの頭上を覆う天井よりも、はるかに上空の闇の中から見おろしているかに思えた。両の眼(まなこ)は地獄の深淵で燃える熾火さながらの邪悪な炎を宿し、見るも不快な唇をめくりあげて剝き出している歯は、蛇の牙よりも長く鋭かった。

その後ろから、やはり空を飛ぶ黒い影のような別の化けものが、大きな音をたてて骨ばったぎざぎざの翼を羽ばたかせつつ、割れた窓から飛びこんできた。一匹めの飛びかたには殺意みなぎる憎悪と深い怨念とが感じられたが、こちらの魔物の飛びかたはどことなく扇情的に思えた。サテュロスを彷彿とさせる、貼りついたような好色な目つきを浮かべた顔を不気味に歪め、淫らな視線をニコレットにじっと注いだまま、一匹めの隣で同様に空中で羽ばたいている。

レイナールもほかの男たちも、恐怖すら色褪せるほどの衝撃と驚愕に石のごとく固まっていた。みな声も出せずに硬直したまま、悪魔の襲来をただ見つめていた。中でもレイナールが受けた衝撃は、言葉にならない驚きと、あることを見てとった恐怖とが交ざり合ったものだった。ところが、ニコレットが狂ったような悲鳴をあげて身をひるがえし、戸口へ逃げようとした。

まるで彼女の悲鳴が合図だったかのように、二匹の魔物が舞い降りて獲物に飛びかかった。鉤爪が伸びてジャン・ヴィリョームの喉笛を容赦なく切り裂くと、彼はゴボゴボと血を喉に詰まらせながら倒れ伏した。同じようにラウル・クーパンもやられた。もう片方の魔物はその間に、逃げるニコレットに追いつき、獣のような両腕で彼女を捕まえると、まるで悪魔のマントをかぶせたように、骨ばった翼の内側に取りこんでしまった。

逆巻くつむじ風が呻き、あちこちから泣き叫ぶ声があがり、そこらじゅう、もがきのたうちまわる黒い影だらけとなった。凶暴なほうの魔物のざらついた唸り声がレイナールの耳に届いた。こもったように聞こえるのは、やつがクーパンの身体を噛み裂いている真っ最中で、口が塞がっているからだった。さらに、ニコレットの凄まじい悲鳴に重なるように、夢魔（インキュバス）の淫らな笑い声が響いた。すると不気味なほど燃えあがっていた蝋燭の炎が渦巻く一陣の風に巻かれてすべてかき消え、あたりが漆黒の闇に包まれたとたん、レイナールは強烈な一撃を喰らわされた――凄まじい勢いで当たってきたそのなにか、おそらく羽ばたいた翼とおぼしきそのものは、石のように硬くて重かった。彼は倒れて気を失った。

　意識が朦朧とする中、レイナールはとにかく必死に目を覚まそうとした。一瞬、自分がどこにいて、なにがあったのかすらおぼろげだった。頭が疼き、興奮したようすのくぐもった声がまわりでしている。瞼をひらくとまばゆい光がいくつも目に飛びこんできて、おおぜいの顔がこちらを覗きこんでいた。だがなによりも、初めに意識を取り戻したときから心に重くのしかかっていた、名状しがたい、だがとてつもなく悲惨なことが起こってしまったという思いと、底知れぬ恐怖とにひどく胸が騒いだ。

　じわじわと記憶がよみがえり、それとともに状況も摑めてきた。彼は居酒屋の床に横たわっていた。ずきずきと痛む頭の傷から、ねばついた生温かい血が顔をつたって流れている。奥行きのある店内は近所の連中でごった返していた。みな、それぞれに松明やナイフや鉾槍（ハルバード）を手に、葡萄酒の混じった血だまりや木っ端微塵にされた家具や食器の残骸にまみれて転がったヴィリョームとクーパンの屍を覗きこんでいた。

緑色のワンピースをずたずたに引き裂かれ、魔物の凄まじい腕に抱き潰されたニコレットは弱々しい呻き声をあげていた。女たちがそのまわりに集まって、嘆いたり彼女に問いかけたりしているが、本人には聞こえてもいなければ言葉の意味すら理解していないようだった。ヴィリョームのなじみ客ふたりは鉤爪で身体をずたずたに引き裂かれ、ひっくり返ったテーブルのかたわらで息絶えていた。

レイナールは恐怖のあまり茫然とし、また気絶するほど殴りつけられたせいで、立ちあがったものの足がふらついた。とたんにもの問いたげな顔や声に囲まれた。店にいた中で生き残った男は彼だけ、しかももともとよりあまりよい噂がないこともあり、彼に不信の目を向ける者もいた。だが彼を問いただしたところ、どうやら新たに起こったこれらの凶行もやはり、この数週間ヴィヨンヌを異様な空気に包んでいるあの魔物どもの仕業だったらしい、という意見にみな落ちついた。

だがレイナールには、その目で見たすべてを語ることも、恐れおののき茫然としているそもそもの理由を打ち明けることもできなかった。彼はおのれだけが知る秘密を、悪魔に魅入られて苦悶する、逆巻く魂の奥底へしまいこんだ。

荒れ果てた居酒屋をとにかくあとにし、ひそひそと怯えた声を交わし合う野次馬連中をかき分けて、いつしか彼は夜も更けた通りにひとり佇んでいた。命が危ういかもしれないことすら忘れ、何時間もヴィヨンヌをあてどなく彷徨った末、いつしか自分の工房にたどり着いていた。なんとなく中に入ったものの、出てきたときには重い金鎚を手にしており、彼はそれを持ったまま、ひたすら道行きを続けた。そして、和らぐことのない凄まじい苦痛に追い立てられるかのように、しらじらと夜が明け山々の頂や家々の屋根から淡いきらめきが漏れだすまで、ただ歩きつづけた。

なにかほかの力がはたらいているかのように、自然と足が大聖堂前の広場に向いていた。扉を開けるなり仰天して跳びあがる聖堂番を後目に、レイナールは堂内に入るとあたりを見まわし、塔の上方へ螺旋状に続く階段をのぼって、彼自身が手がけたガーゴイル像のもとへやってきた。

日の出前の冷ややかな鉛色の光の中、彼は屋根の上に出た。屋根の端から落ちそうなほど身を乗り出し、彫像をひとつひとつ丹念に見ていった。驚きはなかった。言葉でいいあらわすにはあまりにも不気味すぎる、恐ろしい想像が現実となっただけのことだった。猫の頭をした禍々しいグリフォンの歯と鉤爪には赤黒い血がべったりとつき、また、蝙蝠の翼をした好色なサテュロスの鉤爪には、青林檎色の端布がぶらさがっていた。

仄暗い灰白の光のもと、二体めの彫像の顔にはなんともいえぬ勝ち誇った表情と、癇に障る皮肉めいた表情が浮かんでいるようにレイナールには思えた。恐怖と苦悶に苛まれながらも目を離せずにいると、奈落の底よりも深い、やり場のない怒りと嫌悪感と後悔の念とが、すべてをのみこむ洪水のごとくせりあがってきた。いつしか彼は鉄の金鎚を振りあげ、角を生やしたサテュロスの横顔をしたたかに殴りつけていた。鈍い衝撃音が響きわたり、彼はふいにわれに返って、ふらつく足で必死に身体を支えようとした。

怒りの一撃を受けてもガーゴイルの顔はすこし欠けたのみで、禍々しい好色な表情といやらしい笑みはあいかわらずだった。ふたたび重い金鎚を振りあげる。

金鎚は虚しく空を切った。振りおろしたと同時に、先端がいくつかの又に分かれた刃物に肉を貫かれ、身体を持ちあげられて後ろへ引きずられたからだった。彼はなす術もなくよろけて足を滑らせ、そのままみかげ石の上に倒れた。頭と肩が、暗くひとけのない通りの上空にはみ出ている。

気を失いかけ、激痛に吐き気をおぼえながらも見あげると、もう一体のガーゴイルが右前肢で彼の肩をむんずと摑み、さらに凄まじい力でじわじわと鉤爪を喰いこませていた。獲物に覆いかぶさる架空の獣そのものだった。しかも最初の位置に戻ろうとしているのか、ガーゴイルがしきりに身をよじるので、レイナールの身体は大聖堂の雨樋の端へじりじりと追いやられていった。相手の緩慢で非情な動きすら眩暈の一部に思えてきた。奇妙な悪夢を見ているかのように、大聖堂の塔そのものが身体の下で傾き、回転した。

恐怖と苦痛に気が遠くなりながらも、虎に似た無慈悲な顔が、口の奥にある底なし沼に邪悪な憎悪をたたえ、恐ろしい歯を剝き出して迫ってくるのがぼんやりと目に映った。だがありがたいことに、金鎚がまだ手の中にあった。とっさに防衛本能がはたらき、レイナールは金鎚を振りあげた。究極の錯乱状態に陥ったときに見る歪んだ幻覚のような、残忍な顔を近づけてくるガーゴイルに向かって。

殴りつけた瞬間も、眩暈のように周囲が回転していた。鉤爪が彼を宙に持ちあげようとする。倒れたまま押さえつけられていたので、レイナールの一撃は相手の忌々しい顔には届かず、ガァン、と鈍い音を響かせて前肢に当たった。そこから生えた、まるで肉を吊す鉤のような爪が彼の肩に喰いこんでいた。鈍い音がしだいにやむと、それに重なるように、なにかが割れる鋭い音がした。覆いかぶさっていたガーゴイルが視界から消え、レイナールは墜落していった。黒くそびえ立つ大聖堂の尖塔がみるみる空の彼方へ飛び去り、遅い日の出すらまだ訪れない、星のない鉛色の空へ信じがたいほどの速さで消えていくように見えたが、それ以上彼の目になにかが映ることはもうなかった。

広場にうつ伏せに横たわるレイナールのひしゃげた死体を見つけたのは、早朝ミサに向かおうとしていた大司教アンブロシウスであった。彼はその光景に身をこわばらせて十字を切ると、やがてレイナールの肩に喰いこんだままのものを目にし、懸命に祈りながら、さらに幾度も十字を切った。

そして屈みこんでじっくりと見た。大司教は芸術愛好家として揺るがなき記憶を持ち合わせていたため、それがなんであったかはすぐに思い当たった。しかも細部にわたるまではっきりと憶えていたので、レイナールの肉に喰いこんだこの石の前肢が、どういうわけか微妙に形を変えていることにも気づいた。記憶によれば確か、前肢はゆったりと緩い曲線を描いていたはずだった。ところが目の前にあるこの前肢はぴんとこわばって伸びている。あたかも生きて動くものが、前肢をなにかに向かって伸ばしていたか、あるいは凶暴な鉤爪になにやら重いものをぶらさげていた、とでもいうように。

聖なるアゼダラク

The Holiness of Azedarac

安田均訳

I

「千の雌羊を従える雄羊に誓い、ダゴンの尾とデルケトの角に賭けて！」

アゼダラクは前の卓にある、真紅の液体の入った中膨れの小瓶に触れた。

「このうとましいアムブローズ修道士には、やっておかねばならぬことがある。こやつがアヴェロワーニュの大司教の手でクシムへと送り込まれてきたのは、もはや他でもない、わしとアザゼルや〈古き神々(ジ・オールドワンズ)〉との秘密のつながりの証拠を集めるのが目的だと知れた。こやつは納骨堂で、わが召喚をこっそり探っておった。わが秘術の語りを耳にし、リリスや、あるいはこの世よりさらに年ふりた魔物たるイォグ＝ソトートやソダグイのまぎれもない顕現を目にしおった。さらにこの朝、一時間前に、こやつは白いロバの背に乗ってヴィヨンヌへの帰路に就いた。わしが妖術とかかわったというわずらわしい裁判を避けるには、方法は二つしかない――いや、ある意味、同じ一つとも言える――あのアムブローズが目的地に着くまでに、この瓶の中身を飲まさなければならん。これに失敗すれば、今度はわしが似たような薬を自分に使わねばなるまいて」

　ジャン・モーヴェソワールは小瓶を見、アゼダラクに視線を移した。彼はこのクシムの司教からいま聞いた、まっとうとは言えぬ罵りや教典をいささか逸脱した台詞にも、まったく驚きや恐れを感じることはなかった。彼はこの司教と以前から親しくしており、とても正統とは言えぬような奉仕行為にも数多く手を貸していたので、特に意外でもなかった。実際、ジャンはアゼダラクが高位聖職者――クシムの民がまったく疑うこともないような地位――を夢見るずっと前からこの妖術師を知っており、アゼダラクもジャンの前では多くの秘密を隠すのに困ることもなかった。

「わかりました」ジャンは答えた。「瓶の中身を飲ませること、確かにお引き受けしました。あのゆっくりとしか歩けぬ白いロバでは、アムブローズは早急には進めぬでしょう。明日昼までにヴィヨンヌに着くのは無理。追いつく時間は充分にございます。もちろん、やつはわたしを知っております……少なくとも、ジャン・モーヴェソワールを……が、それもたやすく変えられること……」

アゼダラクは自信たっぷりに笑みを浮かべた。「この件はまかせよう。その瓶――おまえの手にあるそれもな、ジャン。まあ、いかなる結果になろうと、わが意に沿ったあらゆる悪魔や、さらに悪魔以前の方のお恵みによって、わしはこんな頭のおかしい偏屈どもからはさしたる危害も受けんだろうがな。とはいえ、わしはここクシムで心地よく暮らしておる。香と信心の匂いに包まれながら、あの大敵サタンとお互い理解しあえるようなキリスト教司教でおれる立場の方が、三流妖術師の情けない人生よりはよほど好ましいからな。この件で悩まされたり、あくせくさせられたり、形ばかりの職とはいえ追放されたりは、できるだけ避けたい」

彼は続けた。「信心深いだけのアムブローズなるちっぽけな弱虫は、モーロックにでも喰われよ。わしも年老い、鈍くなったものよ。これまでやつを疑ってこなかった。あの恐怖に打たれたような、顔を背ける態度が最近見られるようになって、これはこやつ、鍵穴からあの秘密の儀式を覗いたなとわかった。そこで、こやつが去ると聞き、わしは賢くも自分の書斎を調べておこうと思い立った。すると、最も古き詠唱が記述され、あの人類から忘れ去られた、秘密のイォグ＝ソトートやソダグイの知識が載った『エイボンの書』がきれいに消え去っておった。知っての通り、わしは原初の亜人の皮装丁本をキリスト教のミサ典書のごとき羊皮に取り替え、正統な祈祷書の列に並べておいたのにだ。アムブローズはそれを、わしが黒魔術に耽っておる決定的な証拠として、ローブの下に隠して持ち去ったのだろう。アヴェロワーニュの者は誰一人として太古のハイパーボリアの稿本を読むことはできまいが、竜の血で描かれた彩飾や絵はわしを破滅させるに充分じゃ」

主と手下がお互いを見やる、意味ありげな沈黙の間合いがあった。ジャンはアゼダラクの傲岸不遜な姿、陰鬱な皺の寄った容貌、ごま塩の剃髪、青白い額から三日月状に走る妙な赤い傷跡、熱くたぎる橙色の炎の点が寒々とした黒檀を焼き尽くし、溶かしたかのように見える瞳、などを深い尊敬のまなざしで見つめた。一方アゼダラクは、ジャンの——織物商人から聖職者までどうともとれ、これからもそう思われかねない——小ずるそうな顔つきと慎重で無口な雰囲気を、安心するかのようにじっと見ていた。

「残念なことだ」アゼダラクが口を切った。「わが聖性と献身的な行為に疑問があると、アヴェロワーニュの聖職者たちに問題にされるとはな。しかし思うに、これは遅かれ早かれ起こるのが必定——わしと他の聖職者どもの主たる違いは、わしは意図して自分の自由意志で悪魔に奉仕し、やつらはこれ見よがしな神聖さをかぶせて、ただ盲目的に同じことを行なっているにすぎぬのに……しかし、この醜聞が公開され、ぬくぬくと羽毛にくるまれたこの巣からわれらが追放されることはできるだけ遅らさねばならぬ。アムブローズのみが、現在のわしの障害となろう証拠を明かそうとしておる。ジャン、アムブローズがつまらぬことを囀ろうとも、さしたる結果が起こらぬようなところへと取り除け。そうすれば、わしはもっと用心しよう。誓って言うが、つぎのヴィヨンヌからの使節は、われらの聖性と聖なる祈りを報じるほかには何もできぬようにするわい」

II

アヴェロワーニュのクシムとヴィヨンヌ間の森を、ロバで行くアムブローズ修道士の心は、木々に包まれた静かな美観とはうってかわって、ただただ悩み多いものだった。恐怖が毒に満ちた蛇のように結ぼれあって心に巣くっていた。そして、あの邪悪な『エイボンの書』――原初の時代からの魔道書――が、ローブの下で胸に押し付けられ、巨大な熱い悪魔のような印で焼き焦がそうとしている。このアゼダラクの黒々とした背徳行為を調査するのに、大司教であるクレマン師が誰か他の者を派遣してくれればいいのにと、彼が心から願ったのはこれがはじめてではなかった。

アムブローズはひと月ほどこの司教の住まいに滞在し、信心深い修道士の心の平安には耐えられぬものを感じ、自分の記憶の真っ白なページに秘密の黒い恥や恐怖の汚点が記されるのを見た。キリスト教の高位聖職者が地獄の最下層の力あるものに奉仕し、アズモディより古く穢れたものと密かにうち興じていると知るのは、信心深い魂にとって底知れぬ困惑を感じることだった。その時以来、彼は腐敗の臭いをいたるところに嗅ぎとり、暗黒のサタンが蛇のようにあらゆる場所を侵食していると感じるようになった。

うっとおしい松林や青々としたブナの木立を抜けていくうちに、アムブローズは大司教から使うよう指示された、このおとなしい乳白色のロバよりももっと早い乗り物があればと考えるようになった、暗い何ものか――流し目をくれる屋根の怪物（ガーゴイル）のようなもの、あるいは目に見えない割れた蹄のあるもの――が、密集した木々の後ろや曲がりくねった陰鬱な道に沿って自分をつけ、追いかけてきていた。

衰えゆく午後の光は斜めに傾ぎ、できた長い影が網目模様に交錯する。名づけえぬものが押さえた息遣いでこそこそと嫌な雰囲気で通り過ぎるのを、森はじっと見守っているようだった。とはいえ、アムブローズはここ数マイル、何にも出会っていなかった。そして夏の森にもかかわらず、鳥も獣も、毒蛇すら見かけることはなかった。

彼の想いは、繰り返しあの恐るべきアゼダラクへと舞い戻った。その姿は、彼の前に奈落（アバドン）の炎の沼から黒々とした翼と巨体を起こす、長身で並外れた体躯の反キリストとしか見えなかった。

再びアムブローズは司教の館の地下にある納骨所に舞い戻っていた。そこである夜、彼は戦慄と嫌悪に満ちた地獄の光景を覗き見た。不浄な香炉から渦を巻いて立ち昇るきらびやかな煙が、深淵（ピット）の硫黄と瀝青の蒸気に宙で混じりあう中、それらに包まれた司教の行為を。その蒸気を通してみだらに揺れ動く四肢が、不潔で巨大な存在に膨れ上がり、やがて溶けてゆくその相貌も覗けた……それを思い起こすと、アダム以前のリリスの艶やかさが眼前に浮かび、彼はまたも震えた。悪魔ソダグイの銀河を貫く恐怖や、アヴェロワーニュの妖術師にはイォグ=ソトートとして知られる超次元存在のおぞましさに、さらに戦慄もした。

こうした太古の悪魔どもは、なんと破壊工作の狡知に長けているのだろうか。手下のアゼダラクを高邁で聖なる場所、教会のまさに胸もとの高い位置に配置したのだ。九年もの間、この邪な高位聖職者は資格を問われることも疑念をもたれることもなく職に留まり、クシムの司教の地位を汚してきた。それはイスラム邪教徒の背徳よりもひどいといえるだろう。やがて、どこからか匿名の情報を通じて、噂がクレマンに届いた。大司教でもとても大声で警告を発することのできない、警告のささやきが。そして、若きベネディクト会の修道士、クレマンの甥であるアムブローズが、教会の高潔さを損なう汚染がはびころうとしていないか、極秘に調べるために派遣されたのである。そのときから、アゼダラクの素性については誰も実際にはさして知らないことがわかりだした。教会の高位聖職者たるべき、いや、単なる聖職者としての資格すら実に疑わしい。彼の教会組織内での昇進は帳(とばり)に隠され、疑わしいものだった。強大な魔術が使われたにちがいない。

アムブローズは不安げに訝った。アゼダラクはすでに『エイボンの書』が、その冒瀆的な存在によって穢されたミサ典書の中から持ち出されたのを知っただろうか。そのことでアゼダラクがどうするのか、本の消失と訪問者の出立を結びつけるのがいつになるかは、さらに不安のつのる疑問だった。

この時点でアムブローズの瞑想は、後ろから駆け足で近づいてくる蹄の強く打ちつける音で遮られた。最古の異教の森からケンタウロスが出現したとしても、これほど激しい狼狽には陥らなかっただろう。近づいてくる馬上の男を、恐る恐る肩越しに見やる。その人影は豪勢な馬具を整えたすばらしい黒馬を駆り、顎鬚を伸ばした、明らかにそれなりの地位にある人物に見えた。派手な衣装は貴族か廷臣を思わせる。彼はアムブローズに追いつくと、丁重にうなずいてから通り過ぎていった。自分の仕事に全力を傾けている様子だ。修道士は安堵しつつ、思い出すことはできないがどこかで男を見たような気がして、しばらくぼんやりと戸惑っていた。細い眼と尖った横顔が、その豪放な髭面と妙な対照を見せていたからである。しかしほっとした気分だったので、クシムでは見たことのない男だと決め込んだ。乗り手はすぐに木々の生えた街道を曲がって、梢の彼方に消えた。アムブローズはこれまでのように、信心ぶかさから来る恐怖や懸念にまた独りごちはじめた。

進んでいくうちに、嫌なことに陽は思いもかけぬ速さで沈んでいった。頭上には雲もなく、低い大気には靄もかかっていないというのに、森は影が濃くなり、説明できない薄闇が四方に漂うように感じられた。この陰鬱さの中で、木の幹は妙に捻じ曲がり、低い枝の葉群は不自然で不安を醸しだすように見えた。アムブローズには周囲の沈黙が薄い膜のようなものであり、いつ耳障りな悪魔の喉音や呟きが――まるで滑らかに流れている水面に、急に汚い沈没船の漂着物が浮き上がるかのように――出現するかわからないように思えた。

街道にある宿屋〈よき楽しみ(ボン・ジィサンス)〉亭がそれほど遠くないことを思い出して、彼は救われた気持ちとなった。そこならヴィヨンヌへの旅程も半分を少し過ぎている。夜はそこで過ごすとしよう。

一分後、その宿屋の明かりが見えた。その暖かい金色の光の前では、いかようにもとれる森の影もつきまとうのをやめて引き下がったようだ。アムブローズは避難地である宿屋の中庭にたどりつき、小鬼（ゴブリン）の集団の危機からとりあえず逃れられたような気になった。

厩舎の係にロバを預け、アムブローズは宿屋の大広間に入った。そこで修道士の装いをしていることから、がっちりした愛想のよい宿の主人に敬意のこもった挨拶を受けた。ここで自分の好みの最高のもてなしが受けられると聞いてから、彼は食卓の一つについた。他の客たちもすでに夕食を待って集まっている。

アムブローズはその中に、一時間ほど前、森で彼を追い抜いていった豪放な髭面がいると知った。この男は一人、集団と少し離れて座っていた。他の客は男女の旅の織物商人、公証人、二人の兵士だったが、いずれも修道士の存在にいかにも礼儀正しい反応を示した。ただ、馬に乗っていた男は席を立ち、アムブローズの側まで来ると、直ちに普通の礼儀以上の馴れ馴れしさで話しかけてきた。

「修道士殿、わたしと食事をともにしていただけないでしょうか？」がさつだが、歓心を買いたそうなその声は耳になじみがあり、アムブローズはどこか心に引っかかったものの、その狼めいた顔つきにとっさに思い当たる者はいなかった。

男は続けた。「わたしはトゥレーヌの、とあるデゼモーと申すものです、お見知りおきを。わたしたちはどうやら同じ道を行くようです――おそらく行き先も同じかな。わたしは聖都ヴィヨンヌ、あなたは？」

どこか納得がいかず、何かおかしいと思いながらも、アムブローズはその誘いを断れず、相手の最後の問いかけに、自分もまたヴィヨンヌへの途上だと認めてしまった。が、まったくもってこのデゼモー氏に好感を持てなかった。相手の細い目に宿屋の蝋燭がいかにも秘密めいた燦きを照り返し、態度は露骨に不快とまでは言えないがどこかあつかましい。だが明らかに好意に見える気取らない申し出を、むげに断る形だけの理由もなかった。デゼモー氏は修道士を連れて別の卓へと移った。

「どうやらベネディクト会の方でいらっしゃるようですな」デゼモー氏はあいまいな笑みを浮かべて相手を見つめ、妙に皮肉っぽい口調で言った。「わたしはいつもあなたの会を高く評価しております――気高く尊敬すべき教団だと。お名前をお訊きしてよろしいかな」

アムブローズはどこか抵抗を感じながら、相手に求める情報を伝えた。

「これはこれは、アムブローズ師。では、夕食が出るまでの間、アヴェロワーニュの赤葡萄酒であなたの健康とあなたの教団の繁栄を祝して飲むことにしましょう。長旅には葡萄酒こそ常に歓迎されるものだし、食後同様、食前のそれは恵み深いものです」

アムブローズは気が乗らない様子で同意をつぶやく。なぜだかわからないものの、その男の性格がますます嫌なものに思えてくる。喉の奥を鳴らすような気持ちの悪い小声の上、垂れた目蓋の奥からの目つきには邪悪な意図が隠れているようでぎょっとさせられる。その間、修道士の頭脳は消えた記憶がほのめかす何かに悩まされ続けていた。クシムでこの相手の教義問答でも見たのか？　デゼモー氏とやらは、あのアゼダラクの手下が変装しているのではないか？

この主導役（ホスト）は葡萄酒を注文するために、立って宿の主人に相談に行った。自分で最適の銘柄を選びたいので、貯蔵室を訪れてみたいと言っているようだ。宿の人々が、敬意を払って彼の名前を呼んでいることにアムブローズは気づいて、少しばかりの安心した。宿の主人がデゼモー氏を従え、陶器の葡萄酒入れを二つもって戻ってきたとき、アムブローズは漠然とした疑念と、もっと曖昧だった恐怖をほぼ抑え込めていた。大きな酒盃が卓に二つ置かれており、デゼモー氏は即座に葡萄酒入れの一つからそこに酒を満たした。アムブローズには最初の酒盃に、酒が注がれる前から何か赤味のある液体が少し入っていたように思えたのだが、ぼんやりとした明かりでは断言できず、自分の見まちがいに違いないと考え直した。

「この二つは比べようもない銘柄ですぞ」デゼモー氏は葡萄酒入れを指した。「どちらもすばらしく、二つから選ぶのも気が引けまして。あなた、アムブローズ師ならわたしより目利きと思われますので、おそらくどちらがよいか決めていただけるのではないかと」

彼は満たされた酒盃の一つを押し出した。「これはラ・フレネの葡萄酒、お飲みを。心に眠っている力強い炎の徳によって、まさにこの世から運ばれていく気持ちになれます」

アムブローズは勧められた酒盃をとり、唇に当てた。デゼモーは前屈みになって、自身の葡萄酒の香りをかいでいる。その姿勢にはどこかに見覚えがあり、アムブローズはぞっとした。背筋も凍る恐怖の中で、その四角い髭の下の尖った細面が、ジャン・モーヴェソワールに似ていると、彼の記憶は半信半疑のうちに告げていた。しばしばアゼダラクの館で見、あの司祭の黒魔術に絡んでいると信ずべき理由のあった男である。なぜこれまで気づかなかったのだろうと訝かしんだが、なにかしら魔術の力が自分の記憶に働いたのだろう。いまですら信じられない気持ちだが、そうした疑惑を抱くだけで、なにか死を招く蛇が卓越しに鎌首をもたげているようで、アムブローズは恐怖におののくのだった。

「お飲みあれ、アムブローズ師」デゼモーは自分の酒盃をあけながら急かした。「あなたの健勝とベネディクト会のすべて良き方々のために」

アムブローズはためらったが、相手の眠気を催させる冷たい視線を受け、どうなるのか不安だらけだったにもかかわらず、抵抗する力はもはや残っていなかった。なにか逆らえない力に縛られるように震えつつ、急激な毒の作用で急死するやも知れぬと感じながら、彼は酒盃を空にした。

その瞬間、アムブローズは最悪の恐れがまちがいないものだったと悟った。葡萄酒が唇と喉で液体の炎となってフレゲートン河（冥府の河）のように燃え上がり、動脈が熱い地獄の水銀で満たされたようだった。次いで突然、今度は耐えられない寒さが全身を浸した。冷たい旋風が荒れ狂う渦となって取り巻き、椅子は足元で溶け、アムブローズは果てしない氷河の深淵へと投げ出された。宿屋の壁は退く蒸気のように流れ出し、灯火は沼地の霧に星々が隠れるように消えてゆく。真夜中の渦巻く水面で泡がはじけるように、デゼモーの顔も渦巻く影とともに色あせていった。

III

アムブローズが自分は死んだのではないと確信するには、なかなか難しい状況だった。永遠に落ちていくように思え、通過していく周囲の灰色の夜には、そこに集う物質が確固とした存在となる前に他の物質と溶けあい、不安定にぼやけながら形態をつぎつぎ変えていったからだ。束の間、彼は自分の周囲に、一瞬前のように建物の壁があるのかと思った。それから今度は、〈段丘(テラス)〉のようになっている幻覚の森の世界をつぎつぎ飛び移っていった。ときどきいくつかの人間の顔が見えたようにも思えたが、すべて疑わしくもはかなく消えやすい、漂う煙や寄せくる影のようなものにすぎなかった。

急に彼は、移動し終えたとか衝撃を受けたなどの感覚もなく、もはや落ちていないと知った。周囲でぼんやりと千変万化していた光景が現実のものへと戻る。だがそこには、〈よき楽しみ(ボン・ジィサンス)〉亭もデゼモーの姿も形もなかった。

アムブローズはまさしく信じられない状況に、不審の目で辺りを覗き見た。彼は陽光を全身に浴び、荒々しく切り出された大きな花崗岩の四角い塊りの上に座っていた。ここ草むした空き地の周囲から少し離れた彼方に、背の高い松や繁茂するブナの古森があって、その枝々の先は、もう落ちていく太陽の金色の光に触れていた。そして、彼の前に数人の男が立ちはだかっていた。

この男たちはアムブローズを敬意と驚異の目で見つめているようだった。髭面で獰猛そうな雰囲気を漂わせ、その白いローブ姿はこれまで見たこともない。髪は伸びてもつれ、黒い蛇が絡んでいるようだし、眼は狂熱の炎で燃えている。それぞれ右手に切先を鋭く削った粗末な石のナイフを握っていた。

アムブローズは結局のところ自分は死んでおり、こいつらはどこか聞いたこともない地獄の妙な悪魔どもかと訝った。起こったことだけを見ても、自分の信仰の光に照らして見ても、あながち的外れな意見とも思えない。アムブローズはちらと流し見て、悪魔と思しきものに戦慄し、自分をこんな説明のつかない悪霊めいた敵に委ねた神に、小声で祈りを唱え始めた。しかし、そのうちアゼダラクの死人使いの魔力を思い出し、別の推測を抱いた——彼は〈よき楽しみ(ボン・ジィサンス)〉亭から体ごとさらわれ、悪の妖術司祭に仕える悪魔以前の存在の手に委ねられた結果なのではあるまいか。自身の肉体がしっかり無傷で統合性が保たれているのは、肉体を離れた魂にはほぼありえないし、地獄界の特徴として余り見られない緑の森の光景に、彼はいまの説明を真実のように受け入れた。自分はまだ生きていて、この地上界に存在しているが、周囲の環境は謎めいており、未知の恐るべき危険にも相対していると。

異様な者たちは驚きに言葉を忘れたかのように、完全な沈黙を続けている。と、アムブローズの祈りの呟きを聞いてどうやら驚きからも覚めたらしく、はっきりとした騒々しい声を出し始めた。その耳ざわりな音には、歯擦音、帯気音、喉音などが、とても普通の人間の舌にはまねできないようなやり方で交じり合っており、修道士には何も理解できなかった。しかし「タラニト」という語だけは何度も繰り返されたので、それが特に害のある悪魔の名のようにも思えた。

やがてこの異様なものたちの話しぶりは一種の粗雑なリズムを持ち始め、何か太古の詠唱めいた抑揚を持ちはじめた。二人が前に進み出て、アムブローズの腕をつかむ。その間、仲間の声の調子はかん高く、陶酔感のある連祷風に聞こえ始めた。

何が起こっているのかよくわからず、ましてどうなるのかなどわからないまま、アムブローズは花崗岩の塊りに仰向けに投げ出され、捕縛者の一人に押さえつけられた。他の一人が火打石を彫った鋭い刃をふりかざす。刃はアムブローズの心臓の真上に位置し、あと一瞬でそれが恐るべき速度で自分の胸に突き刺さると知り、修道士はこみ上げてくる恐怖に襲われた。

そのとき、悪意に満ち、狂熱にまで高まった悪魔じみた詠唱を抑えて、心地よいが権威に満ちた女性の声が響きわたった。その言葉は、恐怖の極みで混乱しきっていたアムブローズには奇妙で意味の通らぬものだったが、明らかに彼の捕縛者には理解でき、拒絶などできない命令だったようだ。石の刃がいやいや下ろされ、修道士は平らな石塊に再び座った姿勢をとることを許された。

アムブローズを助けた女は開けた場所の端、古い松林に広がる影にいた。彼女が進み出ると、白いローブの者たちは明らかな敬意を見せて、前から引き下がった。彼女は背が非常に高く、恐れを知らぬ堂々とした態度で、夏の夜空の星が散りばめられたような、燦く暗青色のガウンを身に着けていた。金茶の髪は長く豊かに編み込まれ、どこか東方の蛇が輝きながらとぐろを巻いているようにも見えた。目は一風変った琥珀色で、唇は森影の怜悧さを表すかのように真紅、肌は雪花石膏（アラバスター）のごとき白さだった。アムブローズは美しさにうたれた。まるで女王の御前にいるかのような畏れにも似た気持ちが湧き上がったが、同時に、なぜか若い有徳な修道士を誘惑する女夢魔（サキュバス）めいた危険な存在でもあるかのような、恐怖と動揺に似た気分に襲われた。

「ついて来られよ」アムブローズは修道士としての学習によって、その言葉がアヴェロワーニュ地方のフランス語の廃れてしまった変形だと理解できた。おそらくは数百年、誰もしゃべらなくなった言葉。大いなる驚きにうたれ、彼は立ち上がると素直に従った。しぶしぶといった風情で睨みつけてくる捕縛者も別に気にならない。

　女は深い森をくねくねと曲がる細道を進んだ。しばらくすると深い葉群に入り、開けた場所も、花崗岩の岩も、白ローブの男たちの群れも見えなくなってしまった。

「そなたは何者?」女性はアムブローズに振り向いて訊いた。「近頃アヴェロワーニュに入り込み始めた、あの狂える伝道者どものような姿をしておる。あの者どもはおそらくキリスト教と呼ばれる宗教の信者であろう。ドルイドたちはその多くをタラニトに捧げたが、そなたのように無鉄砲にもここまで来るとは驚いたことだ」

　アムブローズには古代の言葉づかいを理解するのは難しかった。言葉の意味が妙で混惑し、聞き違えたにちがいないと思った。

「わたくしはアムブローズ修道士と申します」彼は長く使われていなかった古い方言で、つっかえながら語った。「その通り、わたくしはキリスト教徒です。しかし正直申しまして、わたくしにはあなたの語っておられることがわかりません。異教のドルイドのことは聞いておりますが、確か彼らは数世紀前にアヴェロワーニュから駆逐されたはず」

　女は明らかな驚きと哀れみのこもった目でアムブローズを見つめた。その黄色味がかった茶色の目は明るく澄み、美味な葡萄酒のようでもあった。

「哀れな者よ」女は告げた。「恐しい体験での不安によるものであろう。われがああしたように通りがかり、関与したのは幸いだった。ドルイドの生贄にはほとんど関与せぬのだが、少し前にあの祭壇に座っていたそなたの若さと美しさには心うたれたのでな」

アムブローズは徐々に、きわめて妙な魔術の虜にされてしまったにちがいないと思いはじめた。それでも、まだこの魔術の真の凄さには少しも感づいてはいなかった。しかし、彼は困惑と狼狽の最中にあっても、そばにいるこの奇妙で愛らしい女性に命の借りがあることはわかったので、言葉につまりながらも感謝の念を表そうとした。

「感謝するには及ばぬ」女は甘美な笑みを浮かべた。「われはモリアミス。魔女と呼ばれ、ドルイドも怖れておる。われの魔術は彼らのものよりはるかに尊く、はるかに優れておるゆえ。われはそれを人々の幸福のために使う。決して不幸や災いのためではない」

修道士は自分の美しい救助者が魔女と知り、例えその力を慈悲深く使うと聞いても、驚きを禁じえなかった。その言葉は警戒をも呼び覚ましたが、今はそれを隠すのが得策だろうと思えた。

「その通りで、心から感謝をしております」アムブローズは答えた。「もし、更なるご助力におすがりできるなら、少し前にわたくしが後にした〈よき楽しみ（ボン・ジィサンス）〉亭への道を教えていただければ、本当にありがたいのですが」

モリアミスは眉根に皺を寄せた。「〈よき楽しみ（ボン・ジィサンス）〉亭など聞いたこともない。この辺りにそのような場所はない」

「しかし、ここはアヴェロワーニュの森なのでは?」アムブローズは不可解だった。「クシムとヴィヨンヌの間を走る道からも、そう遠くは離れておらぬと存じますが」

「クシムもヴィヨンヌも聞いたことなどない。確かにここはアヴェロワーニュとして知られるし、太古の時代から、この森はアヴェロワーニュの大森と人に呼ばれてきたが、アムブローズ師とやら、そなたの申したような町はない。そなたはまだ少し心が落ち着いておらぬようだの？」

アムブローズは、己れが困惑していらついているのに気づいた。「そんな馬鹿な、騙されたんだ」半ば独り言のように言う。「すべてあのおぞましい妖術師アゼダラクが仕組んだものだ。まちがいない」

女性は野生の蜂に刺されでもしたかのように驚いた。アムブローズを探るような視線には、熱意と厳しさの両方が感じられた。

「アゼダラク？」女は聞き返した。「アゼダラクの何を知ってるのか？　かつてわれはその名の者と親しかった。あるいは同じ人物やもしれぬ。背が高く、髪に白いものが混じり、熱っぽい黒い目をした？　傲慢で怒っているような雰囲気を漂わせ、額に三日月の傷跡がある？」

かなり困惑し、不可解感にもうたれながら、アムブローズは彼女の質問にその通りだと答えた。何かよくわからないながらも、あの妖術師の隠された経歴にぶつかったことを感じ、修道士はモリアミスにそれまでの冒険を打ち明けた。彼女からもアゼダラクに関する更なる情報がもらえるのではないかと思ったからだ。

女はとても興味を惹かれたものの、まったく驚きはしなかった。

「充分だ」アムブローズが話しおえると彼女は言った。「われはそなたが悩み苦しんでいるすべてを説明できる。このジャン・モーヴェソワールについてもおそらく知っている。長い間アゼダラクの従者で、往時の名はメルキールといった。この二人は常に邪悪のしもべで、ドルイドももはや忘れた、今では決してわからぬ〈古き神々（ジ・オールドワンズ）〉に仕えておる」

「あなたには、わたしに何が起こったのか教えていただけるのですね。これは奇怪でぞっとする、神をも恐れぬ仕業です。夕暮れ時に宿の酒場で葡萄酒を一口飲むと、午後の日差しの中、森のただ中で、あなたが救ってくれたにせよ恐ろしいものどもの前にいるなんて」

「よろしい」モリアミスは応えた。「これはそなたが思っているよりも不思議なこと。アムブローズ修道士よ、〈よき楽しみ（ボン・ジィサンス）〉亭に行ったのはいつのことかな」

「それはもちろん、わが主（キリスト）の一一七五年にございます。他にございましょうか」

「ドルイドはちがう年号を用いる。しかし、そうした表記はそなたには無用だろう。一方、最近アヴェロワーニュに侵攻してきたキリスト教の伝道者たちの表記に従えば、今年は紀元四七五年となる。そなたは同時代の人々が過去とみなす時代に七〇〇年近くも戻されてしまった。われが見つけたそなたのいたドルイドの祭壇の位置に、おそらく未来の〈よき楽しみ（ボン・ジィサンス）〉亭があるのだろう」

修道士には驚天動地以上の言葉だった。モリアミスの告げた意味をそのまま把握することはとてもできなかった。

「そんなことがどうしてできるのでしょう？」彼は叫んだ。「人に時を遡らせるなんて。そんな長い歳月、人も塵に返るような？」

「それこそ、おそらくアゼダラクが解いた謎なのじゃ。過去と未来は、われらが言うところの現在と共存しており、時の円環の中では、単なる二つの地点に過ぎぬ。われらはその円環にいる場所に従って、それらを見、名付けるのじゃ」

アムブローズは自分が、最も不浄で前例もない妖術の手中に落ちたと知った。教典には載っていない悪鬼の仕業だ。

修道士はあらゆる言葉、抗議、そして祈りさえも、この状況では不十分だと思えた。物言う気力も萎えたとき、モリアミスとたどってきた道に沿って小塔のように並ぶ松の向こうに、小さな菱形の窓を持つ石の塔があった。

「ここがわれの館」塔のある小丘の麓の疎らな林に来ると、モリアミスが告げた。「アムブローズ師、わが客として迎えよう」

貞節な信心深い修道士にとって、モリアミスが女主人として最適とは言えないにしても、こうした歓待の申し出をむげに断ることはできなかった。しかし、アムブローズの信心からの不安を引き起こしたのも、あながち彼女の魅力と言えなくもない。ただ、この恐るべき危険と信じられない謎の地では、彼が道に迷った子供のように、保護してもらえる唯一の存在である彼女にしがみつくのも自然なことだろう。

塔の内部は清潔でこざっぱりしており、居心地もよさげだった。家具はアムブローズが慣れ親しんだものより粗野な造りで、アラス織りの壁掛けも質はよいが、粗い織りだった。モリアミスと同じく背が高く、肌の色はもっと濃い女性の従者が大きな鉢に入れた牛乳と小麦のパンを持ってきたので、〈よき楽しみ〉(ボン・ジィサンス)亭で満たせないままだった飢えをようやく満たすことができた。

簡単な食事をとりながら、彼は『エイボンの書』がローブの胸の奥にずっしりと収まっているのを感じた。それを取り出して、おずおずとモリアミスに差し出す。相手は目を大きく見開いたものの、食事が終わるまでしゃべらなかった。そして、口を開いた。

「これは確かに、かつてわが隣人の一人だったアゼダラクが所有していたもの。あのならず者のことはよく知っておる。そう、あまりにも知りすぎているくらいだ」彼女の胸は、薄れた過去の感情が蘇ってきたかのように膨らんだ。「妖術師の中でも最も知識があり、力も強く、同時に、秘密めかしておる。誰も彼がいつの時代から、またどうやってアヴェロワーニュに来たのかを知らぬ。さらに、他のすべての魔術師が知識の及ばぬような、ルーン文字で書かれた太古の『エイボンの書』を手に入れたいきさつも。彼はありとあらゆる魔術に精通し、魔物どもを従えた。同様に、強力な魔法薬の調合にも長けていた。こうした中には惚れ薬（フィルター）もあり、これに強力な呪文を混ぜ合わせ、独特な効能を持たせたものもある。飲んだ者を時間の前にも後ろにも送り込めるのだ。おそらく、そうした一つをメルキール、またの名をジャン・モーヴェソワールがそなたに使ったのだろう。アゼダラク本人もメルキール同様、使用して――たぶん初めてではあるまい――このドルイドの時代から、そなたの属するキリスト教が権威を持つ時代へと行った。血のように赤い壜には過去への、緑の壜には未来への薬が入っておる。よいか、われもそれぞれを持っておる。アゼダラクはわれがそうしたものがあると知ったのに気づいておらなかったようだの」

　彼女が小さな戸棚を開けると、そこには魔女がよく使うさまざまなお守りや薬、陽に晒された薬草（ハーブ）や月の雫を調合された精髄（エッセンス）などが収められていた。その中から彼女は血のように赤い小壜とエメラルドの輝きを見せる小壜とを選び出した。

「われは女の好奇心から、ある日アゼダラクの秘密の貯蔵庫から惚れ薬や万能薬、秘密の調合薬などを盗んだ。あの悪漢が未来へ消えたときも、追いかけられたかもしれない。だが、われはこの時代で充分に満足しておる。それに、追うには疲れた。仕方なく連れ合う気になどなれぬ……」

「それでは」とアムブローズは少し困惑しながら、期待もこめて言った。「わたくしが緑の小壜の中身を飲めば、自分の時代に帰り着くと」

「その通り。そして、おそらくそなたが語ったように、そなたの帰還はアゼダラクをかなり困った立場に追い込む材料となろう。きやつは高位聖職者という旨みのある終身在位の地位を手に入れた。もとより周囲の環境を支配し、丁重な扱いを受けたり安逸な地位には目がない男だ。そなたが大司教のもとに舞い戻れば、彼は喜びはすまい……われは元来、復讐心旺盛ではないが……そうとはいえ……」

「あなたさまを袖にするとは信じられませぬ」アムブローズは成り行きが理解できはじめ、勇を鼓して告げた。

モリアミスは微笑む。「なかなかお上手を言うではないか。そなたもあのみすぼらしい外衣姿ではあったが、ほれぼれする若者。そなたをあのドルイドたちから救ったのはよかった。放っておけば、そなたの心臓を取り出し、彼らの悪魔タラニトに捧げたやも知れぬ」

「それで、わたくしは送り返さるのでしょうか」

モリアミスは少し眉を寄せた。これまでになく、蠱惑の雰囲気が漂う。

「そなたはそれほど急いで、われから去ろうとするのか。そなたは今や自身とは異なる時代に生きており、帰還の日や週や月を気にせずともよくなっておるのだぞ。われはまた、アゼダラクの薬の調合も覚えた。その薬の分量をどの程度、必要とするかはわかる。通常の転移に必要な時間はちょうど七百年だが、その薬を少々弱めも強めもできるのだが」

太陽は松林の彼方に沈み、柔らかい薄闇が塔を包みはじめた。女従者は部屋を去った。モリアミスがやって来て、アムブローズの座っている粗末なベンチの横を占めた。微笑んでいる琥珀色の目の奥で、もの憂い炎が揺らめいている――暮色が濃くなるにつれ、炎は輝きを増すようだった。言葉はなく、彼女が豊かな髪をゆっくりと解いていくと、葡萄の花のような何ともいえぬ甘美な香りが漂ってきた。

アムブローズは、この喜ばしい彼女の身近さにも困惑していた。「しかし、結局わたくしがここに留まるのはまちがっているのでは。大司教様がどう思われるか……」

「可愛いことを。大司教は少なくとも六五〇年経たねば生まれもしないのだ。そなたが生まれるのはさらにその先。そしてたとえ帰ったとて、われと過ごしてなしたものは、ほぼ七世紀も前に起こったことになるのだ……それだけ経てば、どのような罪も、いかに数多くなそうと、免責されるに充分と思える歳月だ」

何かとほうもない夢の罠に囚われ、そしてその夢は不快なものではないと知り、アムブローズはこの女性の抵抗できない誘いに屈した。これから何が起こるかわからなかったが、モリアミスの告げたこの特異な状況下なら、修道士の厳格な規律を考えうる限り緩めても、魂の地獄落ちや重大な誓約の放棄にはならないだろうと思われた。

IV

ひと月後、モリアミスとアムブローズはドルイドの祭壇の側に立っていた。夕方も遅い。少しばかり凸状の月がひと気のない空き地に昇り、木の枝の端で網の目状の銀に見えた。夏の夜の暖かい息吹は、眠っている女性のつくため息のように優しい。

「結局、行くわけだね」口惜しいのか、懇願するようにモリアミスが告げる。

「これが定めなのです。『エイボンの書』やアゼダラクについて集めた証拠がありますから、義務としてわたくしはそれらを携えて、クレマン師のもとへ戻らねばなりません」そう語ったとき、アムブローズにはその言葉が少しうそ臭く感じられた。彼は自分のこだわりの妥当性と説得力を必死に信じようと努めたが、無駄だった。モリアミスのもとでの牧歌風の共同生活の営みは、妙なことに罪の咎めを感じることなく、むしろかつての生活を陰鬱でどこか実のないものとみなしかねなかった。夢の見事なまでの忘却性によって、彼はすべての責任や自制から無縁となり、幸福な異教徒のように過ごせてきたのだ。そして今、よくわからない義務感に促されて、わびしい中世の修道士の生活へと戻らねばならない。

「われはそなたを留めおこうとはしない」モリアミスはため息をついた。「いなくなるのはさびしいが。大切な恋人であり、楽しい遊び友だちだったことは覚えておこう。これが薬だ」緑色の中身は月明かりに冷たく、ほとんど無色に見えた。モリアミスはそれを小さな盃に注ぎ、アムブローズに差し出した。

「これは正確に効くのでしょうか?」修道士は訊いた。「〈よき楽しみ〉亭へと、わが出発の地となったところ近くへ戻れるというのは確かでしょうか?」

「もちろんだ。この飲み薬にまちがいはない。だが待て、別の壜も持ってきた。過去へと戻れる薬だ。これを持て。そなたがもしや、われのもとへとまた戻りたくなるやも知れぬ」

アムブローズは赤い壜を受け取り、古代ハイパーボリアの秘術を記した本とともにローブにしまった。そして、モリアミスに礼儀正しく別れの挨拶をした後、急に決心したかのように盃の中身を飲み干した。

月明かりの開けた土地、灰色の祭壇、そしてモリアミス、すべてが炎と影の渦に飲み込まれた。アムブローズは自分が、滑らかに変化して溶け合う形なきものや、移ろいやがて消え去る説明のつかないない世界などを抜け、千変万化する深淵の遥か高みへと舞い上がるように感じた。そして最後には、自分がデゼモー氏と掛けていた〈よき楽しみ〉亭のまさにその卓に、再び座っているように思えた。昼間で宿は繁盛しており、赤ら顔の宿の主人や、以前に見かけた給仕、仲間の客などを探したが無駄だった。前に見た顔はおらず、備え付けの家具も妙に擦り切れて、覚えているものよりも汚れているように感じた。

アムブローズが出現したのを知って、人々はあからさまな好奇心と驚きの目で見つめた。長身で悲しげな目つきをした細い顎の男があわてて進み出てお辞儀をした。その態度は卑屈なものの、あつかましい詮索感もにじみ出ていた。

「ご注文は？」

「ここは〈よき楽しみ（ボン・ジィサンス）〉亭かな？」

宿屋の主人はアムブローズをじっと見つめた。「いえ、ここは〈高き希望（オーテ・スペランス）〉亭で、わたくしめはここで三〇年、宿の主人をやっております。看板がお目に入りませんでしたか。〈よき楽しみ（ボン・ジィサンス）〉亭は親父の代にやっていた名前で。親父が死んでから名前を変えたんですよ」

アムブローズはびっくりした。

「わたしがちょっと前に来たときから、宿の名が変わり、別の男が主人だと！」彼は困惑して叫んだ。「主人はがっちりしていて、陽気な男だった。あんたとはちっとも似ていない」

「たしかに親父は言われた通りです」主人はアムブローズを最初より疑わしげに見た。

「まるまる三〇年前に死んだといったはずです。そのときには、あなたはまだ生まれてなかったのとちがいますかな」

アムブローズは何が起こったか気づきはじめた。エメラルド色の飲み薬は何かの手ちがいか効力が効きすぎて、彼の時代を何十年か行き過ぎてしまったのだ！

「わたしはヴィヨンヌへの旅を再開せねばならない」状況を充分に理解しきれないまま、彼はとまどった声で言った。「クレマン大司教に知らせねば。あれをお渡しするのに遅れてはならない」

宿屋の主人は驚いて叫んだ。「クレマン様は親父よりも前に亡くなっておられます。そんなこともご存じないなんて、あなた、どこから来なすった」その態度は、アムブローズの正気を疑い始めた様子が明らかだった。この妙な会話を盗み聞きしていた他の者たちも集まり始め、修道士の周りをうろつき、時に冗談めいた下品な質問も浴びせてきた。

「では、アゼダラクは？　あのクシムの司教は？　彼もまた死んだのか」アムブローズは必死に訊いた。

「聖アゼダラク様のことですか、たぶんそうでしょう。あの方はクレマン様より長生きなされて、やはり亡くなったものの、ここ三十二年ほどは正式に聖者になって祭られておられます。一部の者は、アゼダラク様は亡くなっておらず、天国へと生きたまま移られたと言っておりますが。クシムであの方のために建てられた大霊廟にはそのお体が収められておらぬとも。ですが、たぶんそれは伝説というやつでしょうな」

アムブローズは言葉に尽くせぬ困惑と惨めな気持ちに圧倒された。そうした間、周囲には群集が増え、僧衣姿にもかかわらず、野卑な言葉や冷やかしの種にされはじめた。

「この善き修道士様は頭がおかしくなったにちがいない」一部の者が言う。

「アヴェロワーニュの葡萄酒が効き過ぎたんじゃな」他者がそれに応える。

「今は何年でしょう？」彼は絶望を感じながら、訊き返した。

「わが主様の一二三〇年にきまっております」宿の主人は告げ、嘲るような大笑をした。「いったい何年だと？」

「わたしが最後に〈よき楽しみ（ボン・ジィサンス）〉亭を訪れたのは一一七五年です！」

彼の発言は新たなからかいの種を作った。「あれまあ、若いお坊さん、そんな年にはあなた、お母様のお腹にもいなかったはず」宿の主人は告げる。それから何かを思い出したかのように、考え深げに言った。「そう言えばわしが子供の頃、親父が話してくれたことがあります。あなたくらいの若い坊さんが一一七五年の夏の夕方に、この宿屋に来て一杯の赤葡萄酒を飲んだ後、よくわからぬ消え方をしたと。名前はアムブローズ。たぶん、あなたのお名前はアムブローズで、どことも知れぬところへ行ってて、いま帰ってこられたのでは？」

主人は馬鹿にしたように片目をつぶって見せた。新たな笑いが起き、ここ、酒場の常連の口から口へと伝わった。

アムブローズは何とかこの苦境の中で、真に意味のあることを考えた。彼の使命はアゼダラクが死亡、もしくは消失した今となっては無用であり、このアヴェロワーニュで彼を知る者やその出来事を信じる者は、もう誰もいない。未知の時代と人々の中で、どうしようもない自分のよそ者っぽさが際立っているだけだ。

そのとき彼は、モリアミスと別れるときに渡された赤い壜のことを思い出した。緑の壜に入っていた飲み薬は不確かな効果をもたらしたかもしれない。しかし現在の、このおぞましくも悩ましい、迷える立場から赤い壜で何とか逃げられるのではないか？　まさに、迷った子供が母親にすがりたいような希望を彼はモリアミスに感じた。過去に滞在したときの抗いがたい魅力が呪文のように効きはじめた。周囲の粗野な顔や叫びを無視して、アムブローズは自分の胸から壜を取り出すと、栓をぐいとひねり、中身を一気に飲み干した……

V

彼は森の空き地の巨大な祭壇のそばへと戻っていた。再びモリアミスが側にたたずみ、優しく暖かい息遣いをしていた。月はまだ松林の上にある。アムブローズがこの愛する魔女にさよならを言ってから、ほんの数刻しか経っていないようにも思われた。

「戻ってくるかなと考えていた」とモリアミス。「ほんの少しの間だけだった」

アムブローズは彼女に、時の流れの中で起こった、奇妙に不運な旅のことを告げた。

モリアミスは重々しくうなずく。「緑の薬はわれが思っていたより効いたようだな。しかし、赤の薬が同じように強力だったのは幸運だった。そなたを余分な年数連れ戻してくれたし。さて、もうわれとこれからはここに残ることになる。というのも、薬は二本しかなかったから。残念だと思ったりはせぬな？」

アムブローズは進み出て、いくぶん修道士らしくないやり方で、彼女の望みはまちがいなくかなえられると示した。

そのとき以降、モリアミスが修道士に語ることは絶対になかった。アゼダラクから盗み取った秘密の調合法によって、二種類の薬をそれぞれ若干強めたりしたことを。

イルーニュの巨人

The Colossus of Ylourgne

柿沼瑛子訳

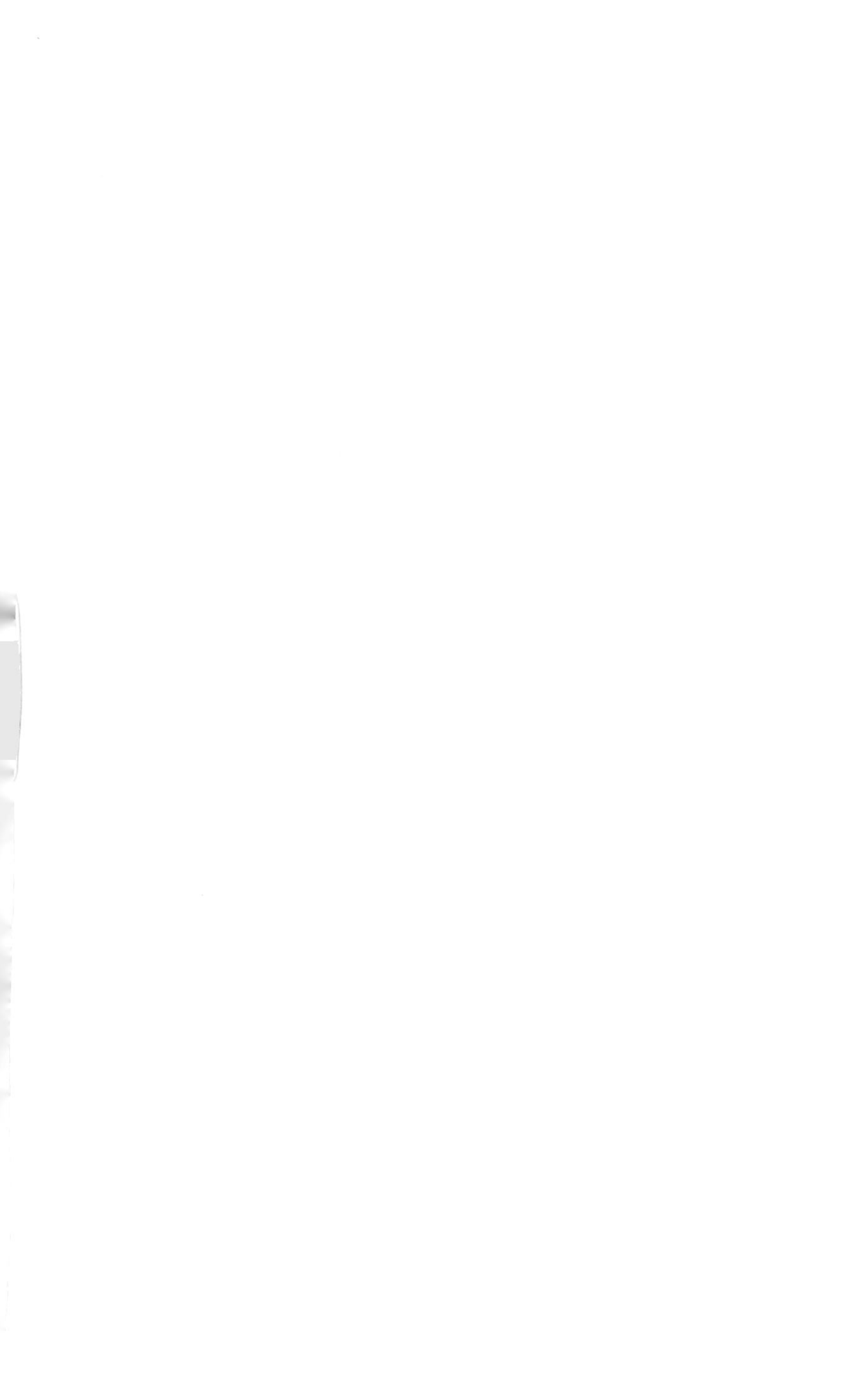

一　魔術師の逃走

錬金術師にして占星術師さらには妖術師として三重に悪名をはせるナテイルは悪魔より授かりし十人の弟子たちを引き連れ、忽然と、秘密裡にヴィヨンヌより逃走を遂げた。住民たちは、教会による異端審問の指締め具や火刑の薪を恐れてのことであろうと噂した。ナテイルほどの悪名をはせていない魔術師たちですら、この一年のうちに常ならぬ異端審問の熱狂のうちに火刑台の灰と消え、ナテイルが教会より激しい非難を受けていたことは誰もが知っていた。それゆえに、人々は彼の逃走をさして不思議には思わなかった。それよりも彼らの取った移動手段のほうが、魔術師とその弟子たちの目的地ともども、大いなる不可思議とされた。

すでに幾多のまがまがしく迷信深い噂が流布していた。ナテイルが不遜にも教会の近くに建立した陰鬱な館の前を通るときには人々はみな十字を切った。その館は悪魔の贅を尽くした奇怪な家具調度であふれていたといわれる。ふたりのむこうみずな盗人が、館が空になったという噂が広まってか侵入したが、それらの家具調度もまたナテイルの手回り品や書物同様、持ち主とともに業火の燃え盛る地に向かったようだと報告した。この事実によって忌まわしき不可思議はさらに深まった。なぜなら、ナテイルと十人の使徒たちが、家財道具一式を積んだ荷車とともに、番人に見とがめられることなく、正当な方法を用いて、常時護られている市門を通り抜けることはほとんど不可能だったからである。

　より敬虔な信仰深い半数の者たちは、大悪魔が蝙蝠の翼をもつ配下の者たちを引き連れ、月のない深夜に、ナテイルとその一行を連れ去ったのだと噂した。また、聖職者たちや尊敬を集める住民たちのなかは、人のような形をした影が星々をかき消すようにして、人ならざるものたちと飛んでいくのを目撃し、家々の屋根や市門を不吉な雲のように越えゆく、地獄に向かうものたちの嘆き悲しむ叫びを耳にしたと証言した。

　また妖術師一行は、その悪魔的な術を使ってヴィヨンヌから退き、人の訪れもまばらな避難所に身を隠したのだと信じる人々もいた。長年健康の衰えが著しいナテイルが、異端者の火刑の炎と地獄の底に燃え盛る炎のはざまにいる身でありながら、平穏と静けさのうちに死を迎えることができるようにするためであると。その五十余年の生涯において初めて、彼は自らの星宮図（ホロスコープ）を作成し、そこに差し迫る破滅的な星の合（ごう）を、ごく近い死を読み取ったからであろうと考える者もいた。

　ナテイルと競合する占星術師や呪術師たちは、彼が人々の前から姿を消した理由は、誰にも邪魔されることなく協力的な魔物たちと親しく交わり、至高にして狼憑きの邪悪をはらむ黒魔術の呪文を編み出そうとしているからだといった。これらの呪文は、やがてヴィヨンヌに、あるいはアヴェロワーニュ全土にもいきわたり、おぞましき悪疫や大量の人形（ひとがた）を使った魔術、あるいは王国全土にわたる男女の夢魔たちの跳梁という形をとるに違いないと。

　さまざまに怪しげな噂が行きかうなかで、半ば忘れ去られていた多くの逸話がよみがえり、一夜にして幾多の新たな伝説が生み出された。それらの多くはナテイルの曖昧な出生、六年前にヴィヨンヌに腰を落ち着けるまでの謎めいた放浪をもとに作られたものだった。彼が伝説のマーリンのような悪魔の落とし子だと噂する者もいた。父親は復讐をつかさどる魔物アラストルの化身であり、彼の母親は生まれつき矮小な醜い体をした魔女であり、前者からは憤怒と憎悪を、後者からはずんぐりとした矮小な体格を受け継いだのだと。

彼は東方を旅し、エジプトやサラセンの達人たちから冒瀆的な妖術の技を学び、その熟達ぶりは並びなきものといわれた。古い死体や肉の落ちた骨をどのように用いたか、本来ならば最後の審判の日の天使のみが、正当に復活させることのできる埋葬された死体にどんなことをさせたかについては、さまざまな忌まわしき噂が囁かれていた。決して人望があるわけではなかったが、彼のもとにはさまざまないかがわしい目的のために助言や忠告を求めてやってくる者たちが引きもきらなかった。ヴィヨンヌにやってきてから三年目に、妖術を濫用したという理由で公衆の面前で石を投げられたことがあり、狙いの正確な小石が当たったおかげで片脚を永遠に引きずることになった。この襲撃を彼は決して許さないだろうといわれていた。聖職者たちの敵意に対しても、反キリスト者の激しい憎悪をもって反撃するだろうとも。

これら悪しき妖術の行使や濫用だけではなく、彼はまた若者たちを堕落させる要因であると久しくみなされていた。矮小で、醜く、ゆがんだ体をしていながらも、彼にははかりしれない力が、抗いがたい磁力のようなものがあり、彼がおぞましい果てしなき悪行地獄に突き落としたといわれる弟子たちは、みな将来を嘱望されていた若者たちばかりであった。それゆえ概して彼の失踪は神の意志による厄介払いとみなされたのだ。

だが、市民のなかにも、尾ひれのついた噂話やおぞましい推測にも噂に耳をかさないひとりの男がいた。男の名はガスパール・デュ・ノールといい、彼自身もまた禁忌の学問の徒であり、一年間ナテイルの門下にもあったが、このまま修行を続けていけば恐ろしい悪行に手を染めることになると知り、ひそかに師のもとを去っていくことを選んだ。しかしながら彼は妖術師の鬱屈した闇のごとき動機や兇悪な力についてはもとより、多くの稀なる特殊な知識にも精通していた。

これらの知識や洞察力があったので、ガスパールはナテイルの出立を聞いても口をつぐんでいることを選んだ。また、ナテイルの門下だったころの記憶をよみがえらせることもよしとしなかった。家具のほとんどない屋根裏部屋で、書物に取り囲まれながら、彼はかつてはナテイルが所持していた黄金の蛇のアラベスク模様に縁取られた楕円形の鏡を見ながら顔をしかめていた。

彼が顔をしかめていたのは、そこに映る、かすかにしわの寄るおのれの若々しい端正な顔を見たせいではない。そもそも鏡は見る者を映し出すのとは別の種類のものだった。鏡の底に、ほんの一瞬ではあったが、奇怪な、まがまがしい情景が浮かび上がった。そこに映っている人物には見覚えがあったが、その場所がどこであるのかは突き止めることができなかった。彼がさらにもっとよく見ようとすると、鏡はあたかも錬金術の煙がたちのぼるかのように曇ってしまい、それ以上何も見えなくなってしまった。

この状況が示すところはただひとつだった。ナテイルは自分が覗かれていることを悟り、透視の鏡を使い物にならなくする対抗の魔法を使ったのだ。この事実と、ナテイルの現在の行動を一瞬とはいえかいま見たことに、ガスパールの心は乱れ、冷え冷えとした恐怖が這いのぼってくるのを禁じえなかった。それはいまだ形もなさず、名づけることもできない恐怖だった。

二　死者たちの集結

ナテイルとその弟子たちがいなくなったのは、一二八一年の晩春の月の見えない期間だった。やがて新たな月が花々の咲き乱れる野や明るい色の葉をつけた樹木の上に満ちていき、ふたたびかすか幽かな銀の色へと欠けていった。月が欠けるにつれ、人々の話題は別の魔術師たちや、新たな謎に移っていった。

それから初夏になり、ある月のない闇夜、邪悪で矮小な妖術師の失踪よりもさらに異様で不可解な一連の失踪事件が起こった。

ヴィヨンヌの城壁の外側にある墓地で、朝早くから作業にかかろうとしていた墓掘り人たちは、少なくとも六つの新たな墓があばかれ、そこに埋葬されたはずの誉れ高き六人の市民の遺体が消えているのを発見した。さらに詳細に調べてみると、この消失が単なる墓盗人によって行われたものではないことが明らかになった。棺はどれも地面から斜めに、あるいは垂直に突き出し、あたかも超人的な力をふるって内側から叩き壊されたかのような体をなしていたからである。新たに盛り上がった土は、まるで死んだ者たちが、なんらかのおぞましい、早すぎる復活を遂げ、地表に向かって土をかき分け這いあがってきたかのようだった。

遺体は地獄に呑みこまれたかのように跡形もなく消えていた。知りえるかぎりでは、彼らがどうなったのかを見た者はいなかった。悪魔に支配されしこのおぞましき時世にあって、この事件にはただひとつの説明しかないように思われた。すなわち悪魔どもが墓に入り、遺体に取り憑いて彼らを起こし、地表を歩かせていったのだと。

アヴェロワーニュ全土を不安と恐怖におとしいれたのは、この奇怪な消滅事件のあとにも同様な事件が立て続けに発生したからだった。まるで何かの魔術的秘儀によって死者たちに強制的な召喚がかけられたかのようだった。それから二週間というもの、夜ごとに、ヴィヨンヌのみならず近郊の町や村の墓地は、まるで割り当てられたかのように死者たちを差し出し続けた。真鍮の閂がかけられた墓所や、一般人用の納骨堂、聖別されていない浅い地面の墓や、大理石の扉で封じられた教会や大聖堂の地下墓所からも、とぎれることのない不気味な大移動は続いた。

さらにおぞましかったのは、そのようなことが起こるとしての話だが、新たに屍衣を着せられたばかりの遺体が棺台や棺架から飛び起きて、怯える会葬者たちには目もくれず、人形のように飛びはねながら夜闇に消えていったことだ。そして彼らが悲嘆にくれる遺族たちの前に姿をあらわすことは二度となかった。

死体は若く頑強な男たちばかりで、死んでから間もない者たちだった。いずれの死者も暴力もしくは不慮の事故によって命を落とし、徐々に衰えていくような病気による死を迎えた者たちはいなかった。己の罪業を償って処刑された罪人、任務中に殉職した兵士や役人たち。あるいは馬上試合や個人的な果し合いで命を落とした騎士たちもいた。そして多くは当時アヴェロワーニュにはびこっていた夜盗の一味の犠牲になった者たちだった。修道士もいれば商人も、貴族もいれば番卒や小姓、さらには聖職者にまで及んでいたが、いずれも人生の盛りを過ぎた者たちはいなかった。老人たちと病人だけはなぜか跋扈する悪霊たちから護られているようだった。

迷信深い者たちはこれがまさに世界の滅びる前兆であるとみなした。サタンがその軍勢を率いて戦いを挑み、聖なる死者たちを次々に地獄の捕虜となしているのだと。どれだけふんだんに聖水をふりかけようと、どれだけ強力かつ苛烈な悪魔祓いを行おうと、悪魔の略奪がいっこうにおさまらないことが明らかになると、人々の驚愕は百倍にもなった。教会はこの新たな悪に対して無力であることを認め、世俗の法的執行機関もまた、この未知なる力に対して告発を行ったり、罰することはできなかった。

あまねく行き渡る恐怖のために、消えた死体の行方を探そうとする努力がなされることもなかった。しかし、ごく最近になって、死体がアヴェロワーニュの街道を単体でもしくは集団で行進している姿を見た旅人たちによって、身の毛もよだつ目撃談が伝えられた。死者たちはどれも耳が聞こえず、口も聞けず、感覚もないようで、ただひたすら恐ろしい速度で、あらかじめ決められた遠くの目的地に向かって歩いていくのだった。その方角は東と思われた。だが、彼らの目的地について推測が行われるようになったのは、数百人にも達したとおぼしき死者たちの大移動が一段落してから後のことだった。

その目的地は、アヴェロワーニュから遠く離れた峻険な山岳地帯、人狼が跋扈するといわれる森の彼方にあるイルーニュの崩れかけた城であると噂された。

イルーニュ城は今でこそ途絶えているが、かつて略奪を欲しいままにしていた邪な男爵家の一族によって建てられた、ごつごつした岩を積み重ねて造られた城で、山羊使いでさえも近寄ろうとはしなかった。今でも血まみれの怒り狂う貴族たちの幽霊が朽ちかけた廊下を暴れまわり、その女城主は不死者であるといわれている。崖っぷちに築かれた城壁の下に住みつこうとするものはなく、一番近い居住者といえば、谷を隔てて一マイル向こうの斜面に立つ小さなシトー会修道院があるだけだった。

厳格な戒律のもとにある修道士たちは丘の向こうの世界とはほとんど接触をもつことはなく、その高みにある門を訪れる者もめったにいなかった。だが、死体の消失に続くあの忌まわしい夏、おぞましくも不穏な噂がこの修道院からアヴェロワーニュ全土に広まったのである。

晩春のはじめ、シトー会の修道士たちは、無人の荒れ果てた城にさまざまな怪現象が起こるのをいやがおうでも窓から目にすることになった。本来ならば明かりなどあるはずのないところに光がひらめくのが見え、また不気味な青と深紅にいろどられた炎が、雑草の棲み処となっている崩れかけた狭間の向こうにちらちらと揺れ、あるいは鋸の歯のような胸壁から星空に向かってたちのぼるのを見た。炎だけではなく、夜な夜な世にも恐ろしい音が廃墟から聞こえてきた。修道士たちは地獄の金床に槌が振り下ろされる音や、巨大な鎧と鎚矛ががらがらと鳴り響く音を耳にし、イルーニュ城は地に棲む者たちの集結地になったと考えた。硫黄や肉の焦げるような悪臭が谷に漂い、音がとだえ、炎がひらめくことのない昼間でさえ、青みがかった蒸気がうっすらと霞のように胸壁にかかっていた。

イルーニュの城が地に棲むものたちによって占拠されたことは間違いない、と修道士たちは考えた。なぜならそのむきだしの斜面や岩をのぼって城に近づく者の姿はついぞ見られなかったからである。大敵であるサタンの活動がこのような近くで始まったことを見てとった彼らは、新たな熱意をこめて頻繁に十字を切り、主の祈りやアベマリアの祈りをさらに休みなく唱えるようになった。労働や苦役もこれまでの倍行った。本来ならば古城はすでに無人となっていたので、誰が住まおうと気にもとめる者はいなかった。だが、このようにサタンの敵意をあからさまに見せつけらるとなれば話は別だった。

修道士たちはなおも注意深く見張りを続けたが、数週間にわたり、イルーニュの城に入っていく者もなければ出ていく者もなかった。夜ごとの謎めいた光や音、昼間にたなびく青い蒸気をのぞけば、人であれ、悪魔であれ、誰かが住んでいるという証拠はまったく得られなかった。

だが、ある朝、修道院の谷間に開けた段庭で、ふたりの修道士が人参畑で草取り作業をしていると、アヴェロワーニュの広大な森の方角から、イルーニュの城に向かう峻険な、亀裂の多い斜面をのぼってくる奇妙な人の列が見えた。

修道士たちの証言によれば、人々はぎくしゃくした飛び跳ねるような足取りで、人間離れした速度でのぼっていったという。彼らは異様に青白い顔をして、全員が屍衣をまとっていた。一部の者たちの衣は裂け、あるいはぼろぼろになっていた。いずれも旅の塵にまみれ、墓場の土がこびりついていた。その数は十二名以上に及び、そのあとからは同様の姿の者たちが、遅れて幾ばくかの距離をおきながら、数名ずつ続いてきた。彼らは驚くべき身の軽さと速度でもって丘をのぼり切り、イルーニュ城の陰鬱な城壁の向こうに姿を消した。

　この時点では、墓や棺台から死体が盗まれたという噂はシトー会修道院にはまだ伝わっていなかった。この噂がもたらされたのは、毎朝のように小規模なあるいは大人数の死者たちが、悪魔に占拠された城に向かっていくのが目撃されるようになってしばらくしてからのことだった。何百人もの死者たちが列をなし修道院のかたわらを通り過ぎていき、夜陰に乗じて気づかれぬまま通り過ぎていった者たちも多くいたようだった。だが、いずれの場合もイルーニュの城から出てくる者はなく、まるで底なしの穴が彼らを吐き出すことなく呑み込んでしまったかのようだった。

　修道士たちはひどく怯え、またはなはだしく憤慨していたが、まだ行動を起こすことは差し控えていた。ひと握りの豪胆な者たちは、あまりの悪の跳梁ぶりに、聖水と掲げた十字架をもって廃墟を訪れることを願い出た。だが、院長は賢明にも彼らに待てと命じた。そうしているあいだにも、夜ごとの炎はますます明るく、騒音はいやましに大きくなっていった。

　このように全員が待ち続け、小さな修道院から絶え間なく祈りの声がたちのぼっている間に恐ろしい出来事が起こった。テオフィルという名の頑強な修道士が、厳格な戒律を破り、ワイン樽への往復を繰り返していた。おそらくは不穏な出来事に対する恐怖を鎮めようとしていたものと思われる。いずれにせよ一杯きこしめしたのち、不運にも断崖にさまよい出て、首の骨を折ってしまった。

　修道士たちは仲間の死と怠慢を嘆き、テオフィルの死体を礼拝堂に横たえ、彼の魂の平安のためにミサを執り行った。だが、夜明け前の暗い時間におこなわれたそのミサは、死んだ修道士の時ならぬ復活によって中断された。テオフィルは折れた首をぐらぐらさせたまま、あたかも悪鬼に取り憑かれたかのように、礼拝堂を飛び出し、イルーニュ城の炎と騒音めがけて丘を駆けあがっていったのだった。

三　修道士たちによる証言

これら一連の出来事ののち、かつて呪われし城に赴くことを志願したふたりの修道士が、またもや院長にその許しを求めた。テオフィルの遺体がさらわれ、さらには聖別された土地より多くの死体が強奪された仇を討ちにいくのだから、神は必ずや力を貸してくださるに違いない、というのが彼らの言い分だった。悪魔の巣窟に乗り込み、大胆にも立ち向かわんとする、血気盛んな修道士たちの勇気に驚嘆した院長はふたりに出立を許可し、聖水を満たした壜と撒水器を与え、さらには鎧兜の兵士たちの脳天すら鎚矛のごとく打ち砕くことといわれる、堅固なシデの大きな十字架をも持たせてやった。

かくしてふたりの修道士ベルナールとステファーヌは、悪の砦を襲撃すべく午前のなかばに意気揚々と出発した。道中はたいそう骨の折れるものだった。頭上にせりだす巨岩や滑りやすい急傾斜をのぼっていかなければならなかったからだ。それでもふたりは頑健で敏捷であったし、このような登攀にも慣れていた。その日はひどく蒸し暑く、風もなかったので、ふたりの衣はたちまち汗みどろになったが、短い祈りを捧げるために休む以外に足を止めることはなかった。かくして程よい頃合いに城に近づいたが、歳月に浸食された灰色の城壁からは、なんら人のいる気配や活動の兆候は見いだせなかった。

かつては城を取り囲んでいたと思われる深い濠は干上がり、ぼろぼろに崩れた土や城壁の瓦礫などで埋まっていた。跳ね橋は朽ちて失われていたが、濠になだれこんだ櫓門の崩れた石の塊が、濠を渡るための道らしきものを作り出していた。ふたりは少なからずおののきながらも、武装された要塞の壁に、武器をかざしながら梯子をのぼる戦士のごとく十字架を掲げ、やぐら門の残骸を乗り越えて中庭へと進んでいった。

ここにもまた胸壁と同じように人の気配はなかった。伸び放題の刺草や生い茂る雑草や若木が、敷石のあいだに根をおろしていた。高くどっしりとした本丸や、礼拝堂、そして大広間を含む城郭の部分は、幾世紀にもわたる崩壊を経ながらも主要な輪郭をとどめていた。広大な中庭の左手には切り立った大広間の建物の戸口が、暗い洞窟の入口のようにぽっかりと口を開けていた。そこからはあの薄い青みがかった蒸気が、とぐろを巻きながら雲ひとつない空にたちのぼっていく。

ふたりは戸口に近づき、地獄（エレボス）の闇の向こうから瞬くドラゴンの目のような赤い火が燃えているのを認めた。これこそは冥界の前哨地、地獄への入口の間に違いなかった。修道士たちはひるむことなく魔除けの言葉を声高に唱え、強力なシデの十字架を振りかざしながらなかへと足を踏み入れた。

洞窟めいた入口を通り抜けると、あとにしてきた夏の陽ざしに目をくらまされたせいで、暗い内部はぼんやりとしか見えなかった。やがて闇に目が慣れてくるにつれ、ふたりの目の前にはおぞましい光景が広がり、恐怖と怪異がすみずみまでひしめき合うさまが細部まで明らかになってきた。それらの一部はおぼろげで、漠然とした恐ろしさを醸していたが、なかには消すことのできぬ地獄の業火のごとく、修道士たちの心に焼きつけられるほどはっきりと見えたものもあった。

彼らはとてつもなく巨大な部屋の戸口に立っていた。それは上階の床と、大広間の壁を取り払って造られたもののようで、とほうもなく広かった。部屋の向こうは果てしない影に沈み、廃墟の隙間からところどころ太陽が光の筋となって差し込んでいたが、それとて冥界の闇と神秘を追い払う力はなかった。

後に修道士たちが語ったところによれば、そこでは大勢の人々がさまざまな魔物たちと混じって動きまわっていた。魔物たちのなかには巨大な影のようなものもあれば、ほとんど人間と見分けがつかぬ者たちもいたという。これらの人間たちは、魔物たちやその眷属とともに、反射炉や、錬金術で使われるような梨型もしくは瓢箪型をした容器の番に専念していた。おぞましい薬を煎じだす作業に励む魔術師のように湯気をたてる大釜の上にかがみこんでいる者もいた。向かい側の壁にはそれぞれ石と漆喰からつくられた巨大な桶が二本置かれていたが、円い側面は人間の身長よりも高かったので、ベルナールとステファーヌは中身が何かを見定めることはできなかった。桶のひとつからは白いちらちらした光が、もうひとつからは赤くまばゆい輝きを発していた。

その近く、二本の桶のほぼ中間に、豪華なサラセンふうの奇妙な意匠が施された布地を張った長椅子もしくは寝台のようなものが置かれていた。ふたりはそこに座る小さな人影を認めた。その顔は青白くしなびており、凍れる炎の瞳は、緑柱石のごとく闇に輝いていた。小さな人影はひどく衰弱し、死に瀕しているように見えたが、人間たちや魔物たちの労働を監督していた。

ふたりのくらんだ目はようやくそれ以外の細部も見分けられるようになってきた。床の中央には数体の死体が横たえられ、そのなかにはテオフィルのものもあった。そのかたわらには関節からもぎ取られた人間の骨の山が築かれており、肉屋のように切り取られた肉の塊がやはり山をなしていた。ひとりが骨を取り上げては、底に深紅の炎がもえさかる大釜に投げこんでいた。別のひとりが肉の塊を無色の液体がたたえられた水槽に投げこんでいたが、そのたびに液体からは幾千の蛇が発するような不気味なしゅうしゅうという音があがった。

別の者たちは死体のひとつから屍衣を剥ぎ、長いナイフで切り刻んでいた。またある者たちは大桶のかたわらに作られた粗削りの階段をのぼり、手にした半ば溶解した液体をその縁からなかにあけていた。

この人間たちと魔物たちによる世にもおぞましき行為に仰天し、さらには正義の怒りに燃えたふたりの修道士たちは、ふたたび朗々たる声で悪魔払いの言葉を唱え、部屋の内部に突進した。ふたりの侵入は、忌まわしい作業に没頭する妖術師たちや魔物たちには気づかれなかったようだった。

神の怒りに燃えるベルナールとステファーヌは、今しも死体に手をかけようとする肉切り人に飛びかかろうとした。そして死体が数日前に役人たちとの争いで殺された狼憑きのジャックという悪名高き無法者であることに気がついた。ジャックはその腕っぷしの強さと狡猾さと残忍さで知られ、長らくアヴェロワーニュの森や街道を脅かしてきた人物だった。その見事な肉体は警吏の剣によってなかば内臓がえぐり出されていた。髭は口からこめかみを切り裂く恐ろしい傷から出た血が乾いてこわばり、暗紅色に染まっていた。彼は告解を受けずに死んでいたが、修道士たちはその無力な死体が、キリスト教徒の思いも及ばぬ忌まわしい目的に使われるのを見過ごすことはできなかった。

青白い、邪悪な顔をした小人がふたりの存在に気がついた。修道士たちは、小人がかん高い、命令するような口調で叫ぶのを聞いた。その声は人間たちや魔物たちの耳障りなつぶやきや大釜の不気味なしゅうしゅうという音をしのいで響き渡った。

修道士たちには彼が何をいってるのか理解できなかった。それは異国の言葉で、まるで呪文のような響きを帯びていた。すると、あたかも命令に応えるかのように、おぞましい調合作業を行っていたふたりの男が振り返り、ひどい悪臭を放つ未知の液体が入った銅の鉢をふりかざすと、ベルナールとステファーヌの顔に浴びせかけた。

修道士たちはひりひりする液体に目が見えなくなり、無数の蛇たちの牙が食い込むような痛みが肌をさした。そして有毒な蒸気に冒されて、大きな十字架は床に落ち、ふたりは意識を失って城の床に倒れた。

ほどなくして視覚や他の感覚はよみがえったが、ふたりの手は腸線を編んだ紐で固く縛られ、もはや自由はきかず、十字架を掲げることもできなければ、携行してきた聖水を振りまくこともできなかった。

かくも不面目な状態のうちに、ふたりは邪悪な小人の声が立てと命ずるのを聞いた。ふたりはその言葉に従ったが、両手が使えず、支えることができなかったので、いささか苦労しながらよろよろと立ち上がった。とりわけ有害な蒸気を吸い込んだベルナールはまだ具合が悪く、まっすぐ立ち上がる前に、二度も膝をつかなければならなかった。そのぶざまなありさまに、居合わせた妖術師たちからおぞましいみだらな哄笑が浴びせかけられた。

立ち上がった修道士たちはなおも小人から愚弄を受けた。彼は悪魔と契約したしもべのみが口にできるようなおぞましい冒瀆的な言葉でふたりを嘲り、罵倒した。そして修道士ふたりの宣誓した証言によれば小人は最後にこのように述べたという。

「おのれらの犬小屋に戻るがいい、イアルダバオトの子犬どもよ。そしてこれらのことを伝えよ。ここに来たあまたの者たちも、出ていくときはひとりだと」

小人がおぞましい呪文を唱えると、それに従うように巨大な影のような姿をした使い魔が一体、狼憑きのジャックとテオフィルの前に進み出た。いまわしい魔物の片方が沼地に沈みゆく瘴気のごとく、ジャックの血まみれの鼻孔から入りこむと、少しずつ姿を消していき、ついにはその角のある獣の頭部も見えなくなった。もう一方も折れた首が不気味な角度でねじれているテオフィルの鼻孔から同じように入りこんでいった。

やがて魔物たちによる憑依が終わると、死体は見るもおぞましい姿で城の床から身を起こした。一方はぱっくりとあいた傷口から腸(はらわた)がはみでて、もう片方は首をだらんと胸にたらしている。魔物たちによって息吹きを与えられた死体は、ステファーヌとベルナールの手から落ちたシデの十字架を拾い上げ、それを棍棒代わりに修道士たちを追いやり、ふたりは小人とその手下の魔術師の狂った哄笑をあびながら、城から不名誉な退却を余儀なくされた。ジャックの裸の死体と、まだ衣をつけたままのテオフィルの死体は、十字架でふたりを力いっぱい打擲しながら、イルーニュ城の亀裂だらけの斜面まで追いかけてきたので、シトー会修道士たちの背中は血まみれになっていた。

あまりにも屈辱的で圧倒的な敗北に、もはやイルーニュ城に挑戦しようという大胆な修道士はあらわれなくなった。修道院は三倍の苦行と、四倍の祈祷を行い、うかがい知れぬ神の意志を、同じように不可解な悪魔のたくらみを待ちつつ、恐怖によっていささか鎮められはしたものの敬虔な信仰を持ち続けたのである。

その後、修道士たちを訪れた山羊使いを通して、ステファーヌとベルナールの物語がアヴェロワーニュ中に広がり、死者たちの大量消失によって引き起こされた嘆かわしい驚きはさらに高まった。悪魔の巣窟と化した城のなかで何が行われていたのか、移動させられた何百もの死体がどのような目的に使われるのかは誰にもわからなかった。修道士たちの話により死体の運命に一条の光が与えられはしたが、あまりにおぞましく身の毛もよだつような、まるで雲をつかむような話だったからである。小人からの言伝もまた謎めいていた。

しかしながら、何かとてつもない脅威が、暗黒の地獄的な魔術が、崩れかけた城の向こうで行われているのを誰もが感じ取っていた。そしてまた、瀕死の小人こそは失踪した妖術師のナテイルであり、配下の者たちはナテイルの弟子たちであることも。

四　ガスパール・デュ・ノールの旅立ち

錬金術と魔術の学徒であり、かつてはナテイルの弟子でもあったガスパール・デュ・ノールは屋根裏部屋でひとり、毒蛇の装飾に縁取られた鏡をのぞきこんでは、あるものを見出そうとしたが、その試みはいずれも徒労に終わっていた。鏡の向こうはサタンの蒸留器や妖術の火鉢からたちのぼる煙に覆われているかのように、いつも霧に閉ざされていたからだ。ガスパールは長時間にわたる不寝番でやつれ、憔悴しきっていたが、ナテイルはもっと寝ていないことを知っていた。

ガスパールは細心の注意をもって星の配列を読み取り、アヴェロワーニュに大きな災厄が訪れようとしている前兆を見いだした。しかし、それがどのような災厄であるかはわからなかった。

そうしているうちに死者たちのおぞましい復活と移動が始まった。アヴェロワーニュ全土がたび重なる忌まわしい悪行に震撼した。かつて古代都市メンフィスを襲った悪疫の果てしない夜の日々のように、恐怖が全土を支配した。人々はひそめた声で新たな冒瀆行為について囁き交わし、呪われし物語を声高に話す者はいなかった。ご多聞に漏れずガスパールの耳にもこれらの噂は届いていた。それらの恐怖は夏の初めにいったんなりをひそめたが、今度はシトー会修道士たちの忌まわしい体験談が伝わってきたのだ。

だが永らく追跡の試みを挫かれていた監視者は、ついに求めていたものの手がかりを得ることができた。逃走した妖術師とその弟子たちの隠れ家がようやく明らかになったのである。消えた死者たちの行方もこれで判明した。だが、明敏なガスパールでさえ、いまだに明らかにすることのできない謎があった。ナテイルが彼方の城の内部で醸成していた忌まわしい液体、地獄のように不吉な妖術の正体である。それはナテイルにはひとつだけたしかなことがあった。それは死に瀕している邪悪な妖術師は、己に残された時間が短いことを知り、アヴェロワーニュの住民に底知れぬ恨みを抱くがゆえに、世に並ぶものとてない途方もなく有害な魔法を用意しているのだということだった。

ナテイルの性向を知り、無尽蔵ともいえるほどの秘儀の知識に通じ、小人の有する底知れぬ奈落のごとき魔力についてよく知りながらも、ガスパールには妖術師がどれほどの災厄を企てているのかについては、おぼろげな恐ろしい推測をすることしかできないでいた。しかしながら時がたつにつれ、彼はつのりゆく圧力を、暗黒の果てから這い上がってこようとする、悪魔的な脅威の予兆を感じずにはいられなくなった。旅の危険は重々承知していたが、彼はひそかにイルーニュの城近くまで行ってみようと決心した。

ガスパールは裕福な家庭の出身だったが、当時は逼迫した状況にあった。いかがわしい学問に没頭していることで父親の不興を買っていたのである。その収入はといえば、母と姉が若者に託してこっそり送ってくれるごくわずかな手当てのみだった。それでもつましい食事や部屋代を払い、書物と器具と薬品を買うには十分だった。だが四十マイル以上も離れた場所へ向かう旅に必要な馬はおろか小型の騾馬ですら贖う余裕はなかった。

だが、そんなことにはめげず、ガスパールは短剣と食料の入った雑のうだけを携え、徒歩で出発した。彼はちょうど満月がのぼる夜に到着するように旅程を計画した。その旅路のほとんどはヴィヨンヌの東側の城壁に接する、広大な深い森を通り抜ける道で、陰鬱な弧を描きながらアヴェロワーニュを抜けて、イルーニュ城の下の岩だらけの谷の入口に通じていた。数マイルほど行ったところで彼は松と樫と落葉松の森を出て、一日目はイゾワール川に沿って、人々が多く住む開けた平原を進んだ。そして夏の暖かい夜を、小さな村の近くにある橅の木の下で過ごした。盗賊や狼たちや、さらに兇悪な魔物たちが棲むという森のなかでひとり野宿する気にはなれなかった。

二日目の夕方、太古からの森のもっとも古い、鬱蒼とした部分を通り抜けると、彼は目的地に通じる険しい岩だらけの谷に出た。この谷こそはイゾワール川の源頭であり、流れは細いせせらぎに変化していた。日没と月の出のあいだの黄昏の琥珀色の光のなかで、彼はシトー会修道院の灯を認めた。その反対側の岩の積み重なる急斜面には、崩れかけたイルーニュ城の不気味な輪郭が浮かびあがり、その高い狭間からは青白い魔法の炎が揺らめいているのが見えた。その炎をのぞけば、城には人の住んでいる気配はなく、修道士たちがいっていたような不気味な音も聞こえてはこなかった。

ガスパールは巨大な夜の鳥の黄色い目のような満月が、夜の帳がおり始めた谷を照らし出すのを待った。まったく未知の場所だったので、細心の注意を払いながら、陰鬱な姿をさらしている暗い城に向かって道をたどり始めた。

常日頃よりこのような登攀に慣れている者でさえ、月の光のもとでは困難と危険が伴ったに違いない。実際、何度か切り立った断崖に出てしまい、やっとの思いで登ってきた径を引き返さなければならないこともしばしばだった。痩せた土に根をおろした成長の悪い灌木や茨をつかんで九死に一生を得たこともあった。衣服は引き裂け、傷ついた手から血を流し、息を切らしながらも、ようやくガスパールは城壁の真下にあたる岩山の肩にたどりつくことができた。

ここで彼は息を整え、消耗した体力を回復するために一休みすることにした。今いる地点からは、隠れた炎の照り返しとおぼしき青白い光の揺らめきを、そびえたつ本丸の内側に見ることができた。低く唸るような混然一体となった音が低く聞こえてきたが、どれくらいの距離なのか、どの方角からなのかは定めがたかった。黒々とした胸壁から漂ってくるようにも聞こえるし、丘のはるか下の地中からわいてくるようにも聞こえた。

遠くから聞こえてくる得体のしれぬ音をのぞけば、夜はまったくの沈黙に閉ざされていた。風すらもこの恐るべき城を避けて吹いていているかのようだった。どこもかしこも目には見えない、ねっとりと湿った、痺れるような邪悪の雲に覆われていた。魔女や妖術師の守護者である青白い膨れた月が、時そのものよりも古い沈黙の下で、崩れかけた塔に緑色の毒を滴らせていた。

やぐら門に向かおうとしたガスパールは自身の疲労よりも重いものが、いやらしくまとわりついてくるのを感じていた。彼を待ち構え、刻々と膨れあがりつつ邪悪の網が行く手を塞ごうとしているかのようだった。触知できない翼のゆっくりとした耳障りなはばたきが顔を叩いた。はかり知れぬ深みにある地下納骨堂や、洞窟から起こる腐敗をはらんだ風を吸い込んでいるような気がした。人の耳には聞こえぬ嘲るような、あるいは恫喝するかのような咆哮が耳にこだまし、汚らわしい手が彼を押し戻そうとしているかのようだった。しかし、彼は吹きすさぶ強風に向かって歩くように身を低くして進み、ついにはやぐら門の瓦礫の小山を乗り越えて、雑草がはびこる中庭に足を踏み入れていた。

中庭は見たところ無人のようだった。そして大部分はいまだに壁や小塔がおりなす影に覆われていた。銀色の凹凸を描く黒々とした瓦礫の山の向こうに、修道士たちが言及していた洞窟のような入口が見えた。内側は身の毛もよだつような、青白い、不気味な鬼火のような光で照らしだされていた。得体のしれない唸るような音はいまや一体となったつぶやきとなって戸口の向こうから聞こえていた。そしてガスパールは、光のなかで、黒い、すすけた人影がせわしなく動きまわっているのを見たように思った。

彼はさらに影に身をひそめながら廃墟を回りこむようにして進んだ。姿を見られる恐れがあるので、入口に近づくのは避けたが、見たところ番をする者は置かれていないようだった。

彼は本丸にたどり着いた。壁の上部では、隣の長い建物の亀裂とおぼしき場所から青白い光が斜めに差し込んでいる。その隙間のような開口部は地面からかなり離れており、かつては石の露台の戸口だったことが見てとれた。壊れた階段が壁に沿って崩れかけた露台へと続いている。この階段をのぼっていけば、誰にも見とがめられることなく、イルーニュ城の内部をのぞけるのではないか、という思いが若者の頭をかすめた。

階段のいくつかは完全に失われ、あたりは濃い闇に包まれていた。ガスパールは露台に続く危なっかしい階段をのぼりはじめたが、足元のすり減った石が体重をかけたことでゆるみ、大きな音をたてて下の敷石に落下したときには、ぎょっとして足を止めた。明らかに城の住人に気づかれた気配はなく、しばらくすると彼はふたたび階段をのぼりはじめた。

光が上方へと流れ出る、ぎざぎざした入口へとガスパールは用心深い足取りで近づいていった。かろうじて露台の名残りをとどめる出っ張りに身をかがめた若者は、およそ口にできない、おぞましい光景を目の当たりにした。それはあまりに仰天するものだったので、自分が見ているものを理解するのにいささか時間を要した。

修道士たちによって語られた一部始終は、宗教的な偏りはあるにせよ、まったく誇張ではなかった。半ば崩れかけた建物の内部は、ナテイルの作業を可能にする空間を作り出すために、仕切りのほとんどが壊され、取り除かれていた。その人間離れした作業を行うためには十人の弟子たちのほかに、使い魔たちの一団が必要だったに違いない。

広大な広間は温浸炉や火鉢の明かり、巨大な石の桶から発せられる奇怪な瞬きによって断続的に照らし出されていた。これほどの高い場所にいても、桶の中身は見えなかった。ただ、片方の桶の縁からは白い光のようなものがたちのぼり、もう一方の桶からは肉色の燐光が発しているのが見えるのみだった。

ガスパールはこれまで何度かナテイルの実験や降霊術に立ち会い、黒魔術に使われる装置にも精通していた。限度はあれどやたらに怖気づくような人間ではなかったし、黒衣に身を包んだ妖術師の弟子たちの横で忙しく立ち働く奇怪な異形の魔物たちを眼下に見ても、恐怖を覚えることはなかった。だが、中央の床のほとんどを占めている、信じがたい、巨大なものを見たときは、さすがの彼も冷たい恐怖が心臓を鷲掴みにするのを感じた。そこには古城の広間を越えて、身の丈百フィートもあろうかという巨大な人体の骸骨が横たわっていた。その右足はおりしも弟子や魔物たちの手で、せっせと肉付けされている最中だったのである！

まるでサタンの身廊のごときアーチを描く肋骨をそなえた、まがまがしい巨大な骨格はいまだ悪魔の溶接の炎で熱せられているかのように輝き、細部にいたるまで完璧に作られていた。それはこの世のものならざる生命を与えられて輝き、燃え、影と光のおりなす瞬きのなかで不吉なまがまがしさに震えているように見えた。その巨大な指の骨は床の上で鉤爪のように曲げられ、今にも無力な餌食をつかもうとするかのようだ。大きな歯には、嘲りと残忍さに満ちた冷笑が張りついていた。冥府の井戸のように深い、うつろな眼窩は、不吉な闇のなかからたちのぼる霊の目のような、無数の嘲笑の光でふつふつとたぎっているかに思えた。

あたかも有人の地獄のごとく目の前にくり広げられる、あまりに恐ろしく衝撃的な魔術幻灯のような世界にガスパールはただただ慄然とするばかりだった。あとになってもそれらの一部については記憶が曖昧で、弟子たちや魔物たちによってどんな作業が行われていたのかについてはほとんど思い出すことができなかった。ぼんやりとした、奇怪な蝙蝠のような魔物たちが、石桶のひとつと、彫刻家のようにせっせと骸骨の足に赤みがかった細胞質を塗りつけ、粘土のように成形している一団のあいだを飛び回っていた。血と炎が混ざってできたようなちろちろ光る物質は、薔薇色に輝く桶から、空飛ぶ魔物たちの鉤爪によって運ばれてくるのではないかとも思ったが、あとになってからは確信が持てなかった。もうひとつの桶に近づこうとするものはなく、その白い光はまるで消えかかっているかのように弱まりつつあった。

彼はひしめきあう人々と魔物たちからナテイルの小さな姿を探そうとしたが、見つけることはできなかった。病める妖術師は、内部に燃える炎のように長いこと彼をむしばんでいる、世に知られぬ病に屈したのでなければ、巨大な骸骨の影に隠され、その寝椅子から人間たちや魔物たちに指示を出しているに違いなかった。

足場の悪いでっぱりで、目の前の光景に目を奪われていたガスパールは、背後から崩れかけた階段をのぼってくるひそやかな猫のような足音に気がつかなかった。すぐ後ろでゆるんだ石が崩れる音が聞こえたときには遅すぎた。驚いて振り返ったとたん、彼は棍棒の一撃を食らって完全な忘却の彼方に落ち、自身の体が中庭に倒れかけたところを、狙撃者の腕に引き留められたことも知らなかった。

五　イルーニュ城の恐怖

忘却の河の深い虚無より戻ったガスパールは、ナテイルの目を見返していることに気がついた。妖術師の溶けた夜と黒檀の色をした瞳には、もはや避けられぬ滅びに向かう凍れる邪悪な炎のごとき星々が泳いでいた。五感が混乱しているために、ひとときガスパールには相手の目しか見えなかった。それはまるで彼を失神状態から引きずり出そうとしている邪悪な磁石に思えた。妖術師の目はそれ自体が肉体から離脱しているか、人間には認識が及ばぬほど巨大な顔にはまっているかように、彼の前で混沌とした暗黒に燃えていた。やがて少しずつその顔の他の部分や、不気味な光景の細部が見えるようになるにつれ、ガスパールは自分が置かれている状況をようやく理解した。

痛む頭に手をあてようとして、それが背後できつく縛られていることに気がついた。彼は半ば横たわり、何かに半ばもたれるような体勢を取っていたが、その固い面や角が背中に食い込んでいた。どうやら、それは城の床に散らばり転がっている器具のひとつ、錬金術で使用する炉もしくは昇華受器のようなものと思われた。それ以外にも巨大な瓢箪や球体の形をした火吹き皿や昇華受器などが、鉄の留め具がついた書物の山や、煤けた大釜や黒魔術に使われる火鉢などとともに雑然と入り乱れていた。

くすんだ金と目も彩な緋色のアラベスク模様を描くサラセン風のクッションを背に積み重ね、ナテイルは東洋の緞通やつづれ織りを積み重ねた間に合わせの寝椅子から見下ろしていた。その豪奢さは、黴でまだらの染みができ、あるいは枯死した菌糸類の残骸が点々とちらばる粗削りな城の壁とグロテスクな対照をなしていた。ほの暗い明かりのなかを、時折、邪悪な影が飛び交っていた。ガスパールは背後に耳障りなざわめきを聞き取った。わずかばかり頭をひねると、あの大きな石桶が目に入った。飛び交う吸血蝙蝠たちの翼の動きが、たちのぼる薔薇色の輝きをぼやかし、あるいは汚していた。

「よくぞ参った」しばしのちにナテイルが呼びかけた。元弟子はすでに目の前の苦痛にゆがんだ顔に、病の致命的な進行を見て取っていた。「ガスパール・デュ・ノールが、かつての師に面会に来るとはな！」萎びた小さな体から、しわがれた居気高な、鬼神のごとき大きな声が発せられた。

「来ましたとも」ガスパールは負けずに答えた。「あなたはいったいこの悪魔の仕事で何を企んでおられるのですか。あなたの忌まわしき使い魔たちによって盗ませた死体でいったい何をしようというのです」

すると死にかけているはずのか細い小人は、応えるかわりに、まるで嘲笑する悪鬼に取り憑かれでもしたかのように、豪華な寝椅子の上で体を左右に揺らしながら哄笑した。

「お見受けしたところ」ガスパールは忌まわしい笑いの発作がおさまるのを待って続けた。「あなたは重篤な病にかかっておられる。もしあなたがこれまでの悪行を償い、神との和解を望まれるのなら、時間はもうあまり残されてはいません。もしも、そのようなことがあなたにおできになるならの話ですが。なのにあなたはなぜご自分の魂を間違いなく地獄に落としかねない、汚らわしい、邪悪な調合を行われているのです？」

小人はまたしても悪魔的な哄笑の発作に取り憑かれたようだった。

「それは違うぞ、ガスパールよ」しばらくしてからナテイルは答えた。「わたしはひいひい泣き叫ぶ臆病者どもが、天の暴君の温情と許しを乞うて結ぶのとは別種の絆を結んでおるのだ。いずれは地獄がわたしを召すかもしれぬが、地獄はわたしに十分な見返りを払ってくれたし、これからもそれなりの見返りを支払ってくれるだろう。わたしがもうすぐ死ぬことはたしかだ。わたしの運命は星の配列に記されている。だが死んだ後は、サタンの恩恵によりわたしはふたたびよみがえり、巨人アナク族の屈強な筋肉を授けられ、黒魔術の知識ゆえにわたしを憎み、この小さな体ゆえにわたしを嘲り続けてきたアヴェロワーニュの民に復讐するのだ」

「なんという狂気の沙汰を夢見ておられるのだ」萎びた小さな体を大きく見せ、瞳から冥府の輝きを発している、人間の狂気と邪悪をはるかに超えたものに若者は慄然とした。

「これは狂気の沙汰などではない。真実なのだ。奇跡ともいえるかもしれぬ。生そのものがそうであるようにな。本来ならば納骨堂の悪臭のなかで朽ち果てていくはずの死者の新鮮な肉体から、わが弟子と使い魔どもは、わたしの指導のもとに、巨人の体を造っている。おまえもその骸骨を目にしたはずだ。わたしの肉体が死んだ暁には、その魂は、わが忠実なる弟子たちに念入りに教授した転生の呪文によってこの巨大な棲み処へと移るであろう。

ガスパールよ、もしおまえがわたしのもとにとどまり、そのちっぽけな信心ゆえに、わたしが見せてやれるはずだった深遠なる驚異から尻込みしたりしなければ、おまえもまたこの奇跡の創造を分かち合う特権にあずかることができたのだ。あるいはもう少し早くイルーニュに到着していれば、その頑健な肉や骨を有効に活用してやったものを……わたしが事故や暴力沙汰で不慮の死を遂げた若者たちを用いたようにな。だが、今さら遅すぎる。すでに骨の組み立ては完成し、あとは人間の肉をまとわせるだけになっておる。ガスパールよ、おまえの入る余地はもうないのだ。おまえを確実に取り除く以外にはな。幸いにもこの城の地下には秘密の牢獄がある。滞在してもらうにはいささか陰鬱な場所かもしれぬが、イルーニュ城の冷酷な城主たちによって造られた、地下深くの頑丈な場所だ」

ガスパールはあまりにも忌まわしく異様な言葉に、答えるべき言葉を形作ることができなかった。恐怖に凍った頭でなんとか言葉を絞りだそうとしているうちに、突然、背後から見えぬ手に捕らわれていた。若者には見えなかったが、明らかにその見えない存在はナテイルの合図に応えてやってきたに違いなかった。厚みのある、黴臭い屍衣を思わせる布で目隠しされ、器具が散らばるあいだを導かれるようにしてよろめき進んだ。崩れかけた狭い階段をどこまでもぐるぐると下り続けていると、よどんだ腐った水の臭いと蛇の油っぽい麝香めいた香りがいりまじった匂いがたちのぼり、彼の鼻孔を打った。

もう二度と戻れないのではないかと思うほどの距離を彼は下っていった。悪臭がいやましに強くなり、耐えがたいほどまでになってきたところで階段が終わった。錆びた蝶番が陰鬱な音をたてて扉が開く音がした。ガスパールは前に押しだされた。床は湿り気を帯び、無数の足にすり減らされたせいででこぼこしていた。

重い石板のようなものが床にこすれる音がした。手首を縛っていた紐がほどかれ、目隠しも取り除かれた。すると揺らめく松明の光のもとで、足元のじめついた床に、ぽっかりと丸い穴が口を開けているのが見えた。そのかたわらには穴を塞いでいたとおぼしき石板が置かれている。自分を捕らえているのが人間なのか魔物なのかを見定めようと振り返る前に、彼は手荒くつかまれ、ぽっかりと口を開ける穴に投げ込まれていた。冥界の闇をどこまでも落ちていくうちに、ようやく底に衝突した。悪臭を放つ浅い水たまりに横たわり、半ば失神しかけた彼の耳に聞こえてきたのは、はるか頭上で石板が戻され、穴が塞がれる埋葬の音だった。

六　イルーニュの地下牢

しばらくしてから、ガスパールは自分が倒れている水の冷たさに正気を取り戻した。衣服は半ばぐっしょりと濡れ、動いたとたんに、自分の唇がぬるぬるした悪臭を放つ水たまりから一インチと離れていないことに気がついた。光のない牢獄のどこかで、水が絶え間なく滴る単調な音が聞こえてくる。よろめきながら立ち上がり、骨に異常がないことを確かめると、そろそろと穴のなかを調べ始めた。ひと足進むごとに不潔な滴が髪や頭に落ちかかり、彼は顔を上げた。足を滑らせ、腐った水をはね散らかすと、怒ったようなしゅうしゅうという音とともに、蛇の冷たい体が彼の足首をゆっくりと這っていくのがわかった。

やがて粗削りな石の壁らしきものにたどり着くと、指先でそれをたどりながら、この窖（あなぐら）の大きさを確かめようとした。それは角のない円のような形をしており、ひと回りしても正確な広さはわかりそうになかった。探索の途中で、水中から壁際に向かってなだらかな傾斜を描いて積み上げられた瓦礫の山を発見した。他の場所と比べれば比較的乾燥していて、居心地もよかったので、怒れる爬虫類どもを払いのけてそこに腰を落ち着けることにした。これらの生物には害意はなく、おそらく水蛇の一種だろうと思われたが、その冷たくぬらぬらした鱗が触れると思わずぞくりとした。

瓦礫の山に座り、ガスパールは自分の置かれた限りなく陰鬱で絶望的な状況のなかで、これまでのさまざまな恐怖を頭のなかで思い返していた。彼はイルーニュの城で行われている信じがたいほどおぞましいナテイルの秘密を知った。それは想像を絶するほどの途方もなく冒瀆的な企みであったが、このような地下の墓穴に、悪魔がひしめく城の底に閉じ込められていては、世にこの差し迫っている脅威を警告することもできない。

ヴィヨンヌから携えてきた食料袋はもはや半分ほどしか残っていなかったが、まだ背中にくくりつけられたままだった。さらに体を調べて、連中が短剣までは取り上げなかったことを確かめた。暗闇で干からびたパンを齧り、片手で大事な武器の束を撫でながら、絶望に押し潰されそうな暗黒のどこかに裂け目らしきものがないか探した。

彼には暗黒の時間をはかるすべがなかった。時間はまるで泥土で詰まった川が闇の沈黙のなかをゆるやかにうねりながら、地底の海に流れこんでいくかのようにじりじりと進んでいくばかりだった。かつては城に水をもたらしていたであろう、沈下した泉から滴り落ちる水滴だけが唯一沈黙を破っていた。だがその音は不明瞭で単調なものになっていき、朦朧とするガスパールには、見えない小鬼の果てることのない陰気な、くすくす笑いのように思えた。やがて激しい肉体的な疲労から、彼は不安に満ちた切れ切れの悪夢にいろどられたまどろみへと落ちていった。

次に目を覚ました時には、昼なのか夜なのかもわからなかった。あいかわらずひと筋の光もない、よどんだ暗闇がどこまでも地下牢を満たしている。身震いをしながら、どこからか絶え間なく風が吹いてくることに気がついた。じめついた不快な風は、まるで彼が眠っているあいだに、ひっそりと目覚めて活動を始めた、陽のささない窖の息吹きのようだった。それまでこの風の存在にはまったく気づいてはいなかった。この事実が意味するところを悟ったとたん彼の朦朧とした頭脳に激しい希望が生まれた。明らかにこの地下のどこかに空気が通り抜けられるような裂け目か水路のようなものがあるのだ。もしかしたらそれは外の世界への出口に通じているのかもしれない。

立ち上がると、風の吹いてくる方向に向かって、手探りで歩き出した。途中で何かにつまずき、足元でぐしゃりと砕ける感触がしたが、かろうじて蛇がひしめくぬるぬるした水たまりに顔を突っ込むことは避けられた。障害物の正体を突き止め、手探り歩行を再開するよりも前に、頭上で重たいものがずれるような音が聞こえ、地下牢の開いた口から、揺らめく黄色い光が差し込んできた。くらむ目で見上げると、十から十二フィートほどの高さに丸い穴が見え、揺らめく松明をもった黒い手が下がってきた。粗末なパンとワインをいれた小さなバスケットが紐に吊るされておりてきた。

ガスパールがパンとワインを取ると、バスケットはただちに引き上げられた。松明が引っ込められ、穴が塞がれる前に、彼はあわただしく地下牢のなかを見渡した。

彼が予測したとおり、地下牢はほぼ円形をしており、直径はおよそ十五フィートほどに思われた。先ほど彼がつまずいたのは、半ば瓦礫に、半ば汚れた水たまりに浸かった人骨だった。歳月を経て茶色に変色し、腐りかけ、衣服は溶けてなくなっていた。

壁は何世紀もわたって浸み出た水がちょろちょろと流れ、石自体も長年のあいだにゆっくりと腐敗しつつあるように見えた。向かい側の床の近くに彼が予想したとおりの開口部らしきものがあった。それは低い位置にあり、狐穴くらいの大きさしかなく、水はそこに向かってちょろちょろと流れこんでいた。それを見て、彼の心は沈んだ。もし見かけより水深があったとしても、とうてい人の体が通り抜けられそうになかったからだ。息も詰まりそうな絶望を感じながら、光が引っ込められると、手探りで瓦礫の山に戻った。

彼の手にはまだパンとワインの壜が握られていた。ガスパールは無気力な食欲のおもむくまま、機械的にパンを食べ、ワインを呑んだ。食事をすると体力がよみがえってきた。酸っぱい安ワインは彼の体を暖め、ある考えを思いつかせてくれた。

ワインを呑み終えると、彼は手探りで地下牢を横切り、先ほどの低い、狐穴のような開口部に戻った。入ってくる空気の流れが強くなり、彼はそれを吉兆と受け取めた。短剣を抜き、腐って崩れかけている壁の部分を切っ先でほじり、穴を広げようと試みた。不快な沈泥に膝をつかなければならず、作業していると水蛇がしゅうしゅうと恐ろしげな音をたて、のたくりながら足の上を通っていった。間違いなくこの穴は蛇の出入り口になっているようだった。

何時間もしくは何日とも思える時間、ガスパールはひたすら短剣をふるい、柔らかい岩をやみくもに掘り進み、どけた岩屑をかたわらの水たまりに捨てていくことを繰り返した。しばらくすると腹這いになり、広げた穴にもぐりこんだ。そして勤勉なもぐらのごとく、一インチ一インチと掘り進んでいった。

ようやく短剣の先が当たらない空間に行き着き、ガスパールは大いなる安堵を覚えた。行く手を塞いでいた残りの薄い岩を手で壊し、闇のなかを這い進むうちに、なだらかに傾斜した床に立つことができた。

こわばった手足を伸ばし、彼は慎重な足取りで進み始めた。そこは狭い地下室もしくはトンネルのような場所で、両手を伸ばせば指先が両側の壁に届くほどの広さしかなかった。床はゆるやかな下り坂になっており、水はどんどん深くなって、膝に、やがて腰までの高さになった。おそらくかつては城からの地中の出口として使われていたのだろう。崩れ落ちた天井がせきとめてしまったのだ。

悪臭をはなつ骸骨が潜む地下牢よりももっとひどい場所に来てしまったのかもしれないと思うと、ガスパールは少なからず意気が挫かれるのを感じていた。彼を取り囲む暗黒には依然ひと筋の光も射さず、空気の流れは強かったが、果てしない地下納骨堂の黴臭さと湿気をはらんでいるように思えた。

時折トンネルの壁に手を触れ、彼はためらいながらも深さを増していく水のなかに身を入れた。すると右手の壁が急に折れて何もない空間があるのを見つけた。ここはおそらく交差する通路の別の入口で、水に浸かった床は平らになっており、悪臭放つ腐った水がそれ以上深くなることはなかった。探っていくうちに上に向かっている階段の基部に行き着いた。階段をのぼるにつれ水は浅くなり、やがて足元が乾いた石に達したことがわかった。

その階段は狭く、崩れかけ、でこぼこして、踊り場もなく、イルーニュの闇にとざされたはらわたを、はてしなく螺旋を描きながら上がっていくように思えた。そこは墓のように狭苦しく、息苦しい空間で、ガスパールがたどってきた気流の出どころとは明らかに違っていた。階段がどこに続いているのかは見当もつかず、それが地下牢に連れてこられたときと同じものかどうかもわからなかった。それでもガスパールはひたすらのぼり続け、悪臭のたちこめるよどんだ空気のなかで、息をつくとき以外に足を止めることはなかった。

やがて、闇に包まれたはるか頭上から、不思議なくぐもった音が聞こえ始めた。まるで巨大な岩や石のひと固まりが崩れ落ちるような、鈍い、断続的な音だった。その音は言語に絶するほどおぞましく、陰鬱で、ガスパールを取り囲んでいるどこまで続いているとも知れぬ壁をも震わせ、彼がたどっている階段にも不吉な振動が伝わってきた。

彼はさらなる警戒心と注意を払って先に進み、時折立ち止まっては耳を澄ませた。何かが崩れ落ちるような音はさらに大きく、不吉さを帯びて、すぐ頭上から聞こえるかに思えた。ガスパールはそれ以上先に進む勇気を失い、しばし、漆黒の闇に包まれた階段にうずくまっていた。だが、驚くほど突然に音がやみ、あとに張りつめた恐ろしい沈黙だけを残した。

この先いかなる怪異と出会うことになるのか想像もつかず、さまざまにおぞましき想像にさいなまれながらも、ガスパールはふたたび階段をのぼり始めた。すると凍りついたような沈黙を破るようにして、またしても音が聞こえてきた。それはサタンのミサもしくは儀式で使われるような、低い、鳴り響く詠唱の声だった。葬送歌のようなメロディはやがて耐えがたいほどまでの悪魔の勝利をたたえる賛歌となって響き渡った。その言葉が理解できるようになるより前に、彼はその力強く忌まわしい規則的な律動に身震いしていた。その強弱はまるで巨大な魔物の鼓動に呼応しているかのようだった。

えんえんと続く螺旋階段を曲がるのが百回目を数えたとき、ガスパールはついに長い真夜中の闇を抜け出し、頭上からさしこんでくる弱々しい光に目を瞬かせた。詠唱する声は地獄の声明のごとく朗々と響き渡り、ガスパールの耳を打った。妖術師たちが、とりわけ邪悪な忌まわしい目的のために使用する、稀有な強い力を持つ呪文だということは彼にもわかった。ガスパールはおののきながらも最後の階段をのぼり、イルーニュの廃墟のなかで何が行われているのかを知った。

城の床に向かって注意深く顔をあげると、ナテイルのおぞましい創造物を目撃した広大な部屋の一角で階段が終わっていることに気がついた。目の前には内部の仕切りをほとんど取り払われた建物が広がっていた。やや膨らんだ月の光が、消えゆく温浸炉の赤いほむらや、黒魔術に使われる火鉢からたちのぼる色とりどりの炎の舌と交じりあい、不気味な輝きで満たしていた。

ガスパールはつかの間、廃墟にこうこうと降り注ぐ月の光に戸惑った。そして城の中庭に面した壁がほとんど壊されて取り除かれていることに気がついた。地下からのぼってくる途中に聞こえてきたのは、魔術を用いた超人的な力で、巨大な石積みを破壊する音だったのは明らかだった。ガスパールは血も凍る思いで、肌が粟立つのを覚えた。

彼が幽閉されてからゆうに一昼夜が過ぎているのは明らかだった。月は青白いサファイア色の天空高くのぼっている。その冷たい光に照らされた巨大な桶はもはやあの不気味な極彩色の蛍光を発してはいなかった。瀕死の小人が横たわっていたサラセン風の布を貼った寝椅子は、火鉢と香炉からもうもうとたちのぼる煙で半ば隠されていた。その煙に包まれて妖術師の十人の弟子たちが緋色と黒の衣をまとい、一律におぞましい連禱を唱えながら、恐ろしい禁忌の儀式を執り行っていた。

まさしく地獄よりよみがえった幽霊に出くわした者の恐怖を味わいながら、ガスパールは城の敷石に横たわる、一つ目の巨人（キュクロプス）のごとき、動かぬ、巨大な姿を見つめていた。それはもはや骸骨の姿をしてはいなかった。四肢には隆々たる筋肉が盛り上がり、まるで聖書に登場する巨人族を思わせた。脇腹は乗り越えられない壁のようにそびえ、巨大な胸の三角筋は舞台のように広く、その手は人間の体を碾き臼のごとく潰すことができそうだった。だが、降り注ぐ月の光に浮かびあがる巨大な怪物の横顔は、まさしく悪魔のごとき小人ナテイルそのものだった。肉体こそ何百倍も大きくなったが、なだめられぬ狂気と憎悪はまさしく同じだった。

広大な胸は上下しているように見えた。そして魔術の儀式の切れ間に、ガスパールは力強い呼吸の音をたしかに聞いた。横顔の目は閉じられているが、瞼はまるで巨大なカーテンのようにぴくぴくと震え、あたかも巨人が目覚めようとしているかのようだった。床に伸ばされた手の指は死体のごとく青白かったが、冷たい敷石の上で不気味にぴくりと動いた。

耐えがたいほどの恐怖がガスパールを襲ったが、それとて彼が脱出してきた地下牢に引き返そうという気を起こさせるほどのものではなかった。非常なためらいと恐怖にさいなまれながらも、彼は忍び足で隅から抜け出し、城壁にはさまれた黒檀のごとき影のなかに身を潜めるようにして進みだした。

一瞬だけ、幾重にも波打つ蒸気の向こうで、寝椅子に横たわっているナテイルの動かぬ、青白い、萎びた姿が見えた。小人はすでに死んでいるか、それに先立つ昏睡状態にあるようだった。祈祷の声は恐ろしい呪文を叫びつつ、悪魔の勝利をたたえていやましに膨れあがった。それは地獄からたちのぼってきた雲のようにとぐろを巻いて妖術師たちを包み、ふたたび東洋風の寝椅子とそこに横たわる死体のような姿を隠してしまった。

はかりしれない邪悪の支配が空気を圧迫していた。ガスパールは、いやましに膨れあがっていく冒瀆的な呪文によって呼び起こされ、懇願されたおぞましき転生が今まさに起ころうとしているのを、あるいはもう起こっているのかもしれないことを悟った。彼は呼吸する巨人がかすかに身じろぎするのを見たと思った。あたかも浅いまどろみに寝がえりをうつ者のように。

ほどなくして、巨大な横たわった姿は、ガスパールと祈祷する妖術師たちのあいだに入りこむ位置になった。妖術師から彼の姿は見えていないようだった。彼は勇を鼓して一目散に走り出し、追われることも襲われることもなく、中庭に達することができた。そして一度も振り返ることなく、悪魔に追われる者のように、イルーニュ城の下の切り立った亀裂だらけの急斜面を下っていったのである。

七　巨人の来襲

死体の大移動がおさまってからも、世界を覆う恐怖はいまだ去ることはなかった。忌まわしい、地獄の不安の影はアヴェロワーニュ全土に重苦しく横たわっていた。空には災厄を告げる前兆があらわれた。炎の髭を引きながら隕石が東の山々の向こうに落ち、南の彼方では彗星が幾夜にもわたってまばゆい光の箒でまわりの星々の輝きを圧倒したのちに消え去り、災いと疫病の予言を残していった。昼間は蒸し暑い大気がどっしりと居座り、空はまるで白い炎にあぶられたかのように熱せられていた。孤立した黒い雷雲が、テイターン族の包囲攻撃のように、地平線近くにまばゆいいかずちの槍を落としていた。さらに妖術師たちの呪文が引き起こしたとおぼしき伝染病が家畜のあいだに広まっていた。これらの前兆と怪異はそうでなくとも重苦しい心にさらにのしかかり、人々は地獄がひそかに進めている謀りごととその意図に怯えながら、右往左往するばかりだった。

だが、生まれいずる脅威が現実のものになるまでは、ガスパール・デュ・ノール以外、その真実を知る者はいなかった。そして当のガスパールはといえば、孕み月のもと、いつ巨人の追跡の足音がうしろに聞こえるのではないかと怯えながら、一目散にヴィヨンヌめざしていた。彼は逃走の行く手にある町や村に警告しても無駄だと思っていた。たとえ警告したところで、略奪された納骨堂で地獄より生み出されたおぞましい怪物、アナク族のごとく世界を踏みにじり、巨大な足音をとどろかせながら怒りの咆哮をあげるあの怪物から、どうやって身を隠しおおせるというのだろう。

かくして夜に日をついで、ガスパール・デュ・ノールは茨に引き裂かれ、地下牢の汚泥がこびりついた衣服をひきずりながら、まるで狂った者のように、盗賊や狼男が出没するという森の木々がそびえたつあいだを走り抜けた。走りゆく若者の目には、節くれだった暗鬱な幹のあいだから、西に傾く月の光がちらちらと明滅して見えた。夜明けが訪れると、青白い光の矢が彼をとらえた。溶鉱炉で熱せられた金属が昇華して光になったかのような、灼熱した白い光が降り注ぎ、襤褸にこびりついた汚泥は、彼自身の汗によってふたたびどろどろになった。それでも彼は悪夢に追い立てられるようにひたすら先を急ぎ、いっけん望みがないように思える計画を心に抱き始めていた。

そのころシトー会修道院では何人かの修道士が、寝ずの番を務めイルーニュ城の灰色の城壁を見張っていたが、彼らはガスパールに続いて、妖術師が創造したとほうもない怪物を目撃することになった。彼らの説明はいくぶんか宗教的な誇張が加えられていたかもしれないが、あたかも地獄の第八圏から噴き上がってきたかのような炎と、黒い煙がうずまくなかから巨人が突如として身を起こし、上半身は崩れたやぐら門より上にそびえたっていたと断言した。巨人の頭部は本丸の天辺と同じ高さがあり、差し伸ばした右腕は、新たにのぼってきた太陽にかかる細長い雷雲のようであったという。

大いなる悪魔がイルーニュ城を地獄からの出口として、ついにあらわれたのだと考えた修道士たちは膝をついて這いつくばった。すると幅一マイルの谷間の向こうから悪魔の哄笑が雷鳴のごとくとどろき渡るのを聞いた。巨人は崩れたやぐら門を一歩でまたぎ越えると、急峻な切り立った斜面を下り始めた。

巨人は斜面から斜面へと弾むように下ってどんどん近づいてきた。その顔はアダムの子供たちに対する憤怒と憎悪に燃える、大いなる魔物そのものだった。もつれて房になった髪がまるで絡みあう黒い蛇のように背中に流れ落ちている。むきだしの肌は死人のように土色で青ざめていたが、その下にはテイターン族もかくやとばかりの隆々たる筋肉が波打っていた。瞳はぎらつき、底知れない地獄の炎に熱せられた、蓋のない大釜のように燃え上がっていた。

巨人の来襲はさながら恐怖の疾風のごとく修道院にいきわたった。修道士たちの多くは宗教的情熱よりも身の安全を考え、岩を穿って作られた地下室や地下納骨堂に身を隠した。あるいはおのれの独居房にうずくまり、ありとあらゆる聖人にむかって、金切り声であるいはつぶやき声で支離滅裂な祈りを捧げる者たちもいた。もっとも勇気ある者たちは一丸となって礼拝堂におもむき、十字架に架けられたキリストの大きな木像の前にひざまずいておごそかな祈りをあげた。

かつての悲惨な打擲から少なからず回復したステファーヌとベルナールは、ふたりだけで巨人の見張りを続けていた。その巨大な顔に、イルーニュの古城で忌まわしい冒瀆的な活動を監督していた小人の顔立ちを認めたふたりの恐怖は、言語に絶するほどまでに膨れ上がった。谷を下る巨人の忌まわしい笑い声は、ふたりが古城から不名誉な逃走をしたときに追いかけてきた、嵐のごとき哄笑のこだまを思わせた。ベルナールとステファーヌには、悪魔そのものだった小人が、今こそ本来の姿をあらわしたのだとしか思えなかった。

巨人は谷底の修道院と向かい合う位置でいったん立ち止まった。そしてベルナールとステファーヌが見ている窓と同じ高さから、憎悪の炎に満ちた目を向けた。巨人はふたたび哄笑をあげたが、それは地獄で鳴り響く雷鳴のようにとどろいた。それから小石か何かのように岩をひとつかみ取り上げると、修道院めがけて投げつけ始めた。巨大な石弓か投石器から発射された礫のように、岩は壁にあたって激しい衝撃をもたらしたが、頑丈な建物はなんとか持ちこたえた。するると巨人は両手で山腹に深く埋まっていた巨大な岩を引き抜き、それを持ち上げると、ふたたび頑強な壁めがけて投げつけた。岩は礼拝堂の一方を破壊し、そこに集う者たちは後日、粉々になったキリストの木像とともに血まみれの骸となって発見された。

これ以上ちっぽけな餌食をもてあそんでも埒があかないと思ったのか、巨人は小さな修道院に背を向けて、悪魔より生まれしゴリアテのごとく、咆哮をあげながらアヴェロワーニュめざして谷を進んでいった。

巨人が去った後も監視を続けていたベルナールとステファーヌは、それまで気づかなかったものを目にした。厚い木の板で造られた巨大な籠が、巨人の背中にロープで吊るされていた。そのなかにナテイルの弟子や助手とおぼしき十人の男たちが、行商人の背に担がれる人形や操り人形よろしくおさまっていたのである。

それに続く巨人の徘徊と破壊行為についてはアヴェロワーニュ全土に数え切れないほどの伝説が語り継がれているが、魔物に苦しめられてきた土地の歴史においても比べるもののない、非人道的な悪魔の仕業は前代未聞の忌まわしさに満ちていた。

イルーニュ城の下の丘陵地帯に住む山羊使いたちは、巨人が近づいてくるのを知るや、足の速い家畜たちと一緒に一番高い尾根に逃げた。巨人はほとんど関心を払わず、逃げ遅れたものたちを甲虫か何かのように踏みつぶしていった。イゾワール川の源流である丘を流れる細流をたどり、巨人は広大な森に出た。伝えられるところによれば、巨人はそびえたつ松の古木を根元から引っこ抜くと、その太い枝を両手でへし折って即席の棍棒を作り、以後はずっとこれを持ち歩いていたという。

この破城槌よりも重い棍棒をふりまわし、巨人は森の外の街道沿いにあった聖堂を跡形もなく粉々に打ち砕いた。そして小さな村に出くわすと、その上をずかずかと進み、屋根を砕き、壁を倒し、足もとの住民たちを踏みつぶしていった。

あたかも死の酒に酩酊するキュクロプスのごとく、巨人は破壊の熱狂に駆られるようにして、その日いちにち、あちこちを徘徊して回った。森に棲むもっとも凶暴な獣でさえも、恐ろしさのあまり尻尾を巻いて逃げだした。狩りをしていた狼たちもまた獲物を捨てて、怯えた咆哮をあげながら、岩山の棲み処へと逃げ帰っていった。盗賊の首領たちの獰猛な黒い猟犬たちすらも、面と向かうことを避け、犬小屋に隠れて哀れっぽく鼻を鳴らすばかりだった。

人々は巨人のけたたましい哄笑を、嵐のような咆哮を聞いた。そして何リーグも先から巨人がやってくるのを見ると、一目散に逃げ、あるいは安全な場所に隠れた。濠に囲まれた城の領主たちは兵士たちを呼び集め、はね橋をあげて、包囲攻撃に備えるのと同じ戦闘態勢を取った。農民たちは手近な洞穴や、地下室、古井戸、さらには干し草の山に身を隠し、巨人が通りすぎてくれることをひたすら願った。サタン自身が、もしくはその直属の部下がこの地を破壊しにきたのだと信じる者たちは十字架の庇護を求め、教会は避難民たちで膨れ上がった。

巨人は夏の雷のような声をとどろかせながら、たえまなく怒りに満ちた呪阻や、口にするのも憚られる冒瀆的な言葉を吐き散らしながら移動した。背に負うた黒衣の者たちに、師匠が弟子に話しかけるような口調で諭したり、教示するのを聞いた者たちもいた。ナテイルを知る者たちは巨大な顔や、増幅された声が信じられないほど彼に似ているのに気づいた。やがて、小人の妖術師が悪魔と忌まわしい絆を結び、その邪悪な魂を巨人の姿に移し替えることを許されたのだという噂が広くいきわたるようになった。弟子たちを連れて、その矮小な体躯ゆえに彼を蔑み、その魔術ゆえに彼を憎んだ世間に、飽くことなき怒りと底知れぬ怨恨をもって復讐しようとしているのだと。納骨堂で生まれた怪物の由来についても噂された。さらには巨人が自らの正体を公然と喧伝していることも。

極悪非道な巨人の仕業とされるあらゆる残虐行為や暴虐をいちいち述べたてても読者を退屈させるだけのことだろう。犠牲者のなかには——ほとんどは聖職者や女性たちだったが——逃げる途中で巨人の手につまみあげられ、子供が昆虫を引き裂くように、四肢をむしり取られた者たちもいた。さらに忌まわしい狼藉もあったが、ここにはとうてい書き記すことはできない……。

巨人に襲われたラ・フレネの領主ピエールがどのような目にあったかについては、多くの者たちが証言している。ピエールは家来たちと猟犬を引き連れて、近隣の森で牡鹿狩りをしていたが、巨人は馬とその乗り手に追いつくや、やすやすと片手でつかみ、高々と掲げながら木々の梢をまたぎ越し、ラ・フレネの居城の花崗岩の壁に叩きつけたのだ。ピエールが追っていた赤い牡鹿も捉えられ、あとに続いて投げつけられた。人間と動物の体が叩きつけられた衝撃でついた大きな血の染みは、長く城壁の石にこびりつき、秋の雨も冬の雪もそれを完全に洗い流すことはできなかった。

　巨人が犯した冒瀆行為や瀆聖行為については無数の物語が遺されている。いわく、鎧帷子をまとった名うての無法者の腐乱死体を、人間の腸で木製のマリア像に縛りつけたあげく、クシムの北のイゾワール川に投げこんだ。聖別されていない墓から両手で掘り出した蛆のわく死体をペリヨンのベネディクト会修道院の中庭に投げこんだ。さらにはサント・ゼノビー教会の司祭を信徒たちともども、近隣の農場からかき集めてきた肥やしの山に埋めたともいわれた。

八　巨人の埋葬

　巨人は酔っぱらいのように千鳥足で行ったり来たりをくり返しながら、悪意と殺戮の無慈悲な悪霊に取り憑かれたかのように、蹂躙された土地を縦横に動きまわった。刈り手が背後に刈り跡を残していくように、その背後には破壊と強奪の殺戮の跡が尾のように長く続いていた。そして燃え上がる村の煙に燻された太陽が、毒々しい光を放ちながら森の向こうに沈んでいったあとも、黄昏のなかを動きまわる姿が見え、いまわしい狂った嵐のような哄笑が聞こえてきた。

　日暮れ時にようやくヴィヨンヌ近くにたどりついたガスパール・デュ・ノールは、背後の古木の森の隙間から、はるか遠くにおぞましき巨人の頭と肩を認めた。巨人はイゾワール川に沿うようにして、時折おぞましい行為のためにかがみ込んではガスパールの視界から姿を消した。

疲労と消耗でほとんど麻痺したようになりながらも、ガスパールは足を速めた。しかしながら怪物が、ナテイルの格別の憎しみと悪意の的であるヴィヨンヌを翌日より前に襲うとは考えられなかった。小人の妖術師の邪悪な魂は、破壊と殺戮のほとんど無尽蔵ともいえる力に酔い痴れていたので、復讐の総仕上げともいうべき行為はあとに取っておき、夜のあいだはまわりの村や田園地帯を荒らしまわることに専念すると考えられた。

衣服はぼろぼろに汚れ、ほとんど見分けもつかないほどみすぼらしい風体だったにもかかわらず、市門の守衛はすんなりとガスパールを通した。ヴィヨンヌにはすでに近隣の農村から頑丈な壁に避難所を求めて逃げてきた難民たちが殺到していた。したがって誰ひとり、どのような怪しい風体をしていても入場を拒まれることはなかったのだ。壁の上には弓兵や槍兵がずらりと並び、巨人の入場を阻止すべく待ち構えていた。門の上には弩兵も配置され、短い間隔を置いて投石器が胸壁の全周に配置されていた。市中は興奮した蜂の巣のように騒然とわきたっていた。

いたるところで狂騒と混沌が繰り広げられていた。青ざめ、狼狽した顔がぞろぞろとあてもなくさまよい歩いている。冥界から舞い上がる翼の広がる影にいるかのように深まりつつある黄昏のなかを、松明が悲しげに揺らめきながら急ぎ通りすぎていく。夕暮れの薄暗闇は形なき恐怖と、息詰まるような重苦しさに滞っていた。これらのはなはだしい無秩序と狂乱のさなかを、ガスパールはねとつく果てしない悪夢の流れにさからって泳ぐ不屈の泳者のように、少しずつ屋根裏部屋の棲み処へと近づいていった。

そのあとは何を食べ、飲んだのかもろくに記憶にはなかった。肉体と精神の限界を越え、疲れ果てた若者は泥水が乾いてこびりついた襤褸を脱ぎ捨てることもなく、粗末な寝台に身を投げた。そして真夜中と夜明けの中ほどまでの時間を死んだように眠りこけた。

窓からさしこむ、凸状月の死人のように青ざめた光で彼は目を覚ました。そして起き上がると、残りの夜を、錬金術に使われる秘薬の調合に費やした。ナテイルが創造し、命を吹き込んだ恐るべき怪物に対抗するにはそれ以外の方法はないものと思われた。

西に傾きつつある月と、一本きりの細い蝋燭の薄暗い光のもと、ガスパールは一心不乱に作業を行い、手持ちの錬金術に使われるなじみの材料をかき集め、長々と秘法めいた調合を経て、ナテイルが幾度か用いるのを見たことがある黒灰色の粉末を作り出した。あの巨人が非道にもよみがえらされた死人の肉と骨から造られ、死せる妖術師の魂を原動力としているのなら、この調合薬は効き目があるはずだと彼は考えた。この粉末をそうした用途に使われた死体の鼻孔に吹きかけると、彼らはおとなしく己の墓に戻り、あらたな死のまどろみに伏すのだった。

あの巨大な納骨堂の怪物を鎮めるには、ひとつまみかそこいらではとても足りないと判断したガスパールはかなりの量の粉末を調合した。蝋の涙を垂らす黄色い蝋燭が、白々とした夜明けに光を失うころ、ガスパールは仕上げとして、粉末の効能をいっそう引き出すためにラテン語で恐ろしい召喚の呪文を唱えた。その呪文はアラストールをはじめとする邪悪な霊の協力を求めるものであり、それらを用いるのは気が進まなかったが、これ以外に方法はないとわかっていた。妖術には妖術で対抗するしかないのだ。

朝はヴィヨンヌに新たな恐怖をもたらした。ガスパールは直感によって、復讐に燃える巨人は、疲れを知らぬ活力と悪魔的なエネルギーでひと晩じゅうアヴェロワーニュを荒らしてまわった後に、憎むべき街を早朝にも訪れるだろうと予想した。はたせるかなその直感は当たり、ガスパールがその秘伝の作業を終えるか終えないかのうちに、市中にどよめきが起こり、かん高い、悲惨な叫びの向こうから、彼方の巨人のとどろくような咆哮が聞こえてきたのである。

百フィートもある巨人の鼻孔に粉末を投げ入れるのに適した高所にいくには、もはや猶予はなかった。城壁や、教会の尖塔ですら彼の目的には不十分だった。ガスパールは記憶を探ってヴィヨンヌの中心に建つ大聖堂の屋根こそが、侵入者の顔と首尾よく対面できる唯一の場所であることに思い当たった。城壁に並んでいる武装した兵士たちも、怪物の入場とその悪意の発散を食い止めることはできないだろうという確信があった。あれほどの巨体と特異性を合わせもつ怪物を傷つける武器は人間界には存在しない。普通の大きさの死体でさえ、魔術によってよみがえらされた者は、たとえ何千本もの矢を射ようと何十本もの槍を突き立てられようと、その歩みを遅らせることはできないのだ。

彼は急いで大きな革袋に粉末を詰めた。それをベルトに吊るし、通りにひしめく興奮する群衆の波に飛び込んだ。多くの者たちは神聖なる建物に庇護を求めて大聖堂に向かって逃げていた。彼はただ狂気に憑かれた群衆の流れに身をまかせればよかった。

大聖堂の身廊は信者たちでごったがえし、荘厳なミサが司祭によって執り行われていたが、その声は内部の混乱を反映してしばしばとぎれた。怯え、絶望した蒼白な群衆たちにはほとんど気づかれることなく、ガスパールはどこまでも続く螺旋階段をのぼり続け、ガーゴイル像のある高い塔の屋根に出た。

　ガスパールは猫の頭をしたグリフィンの石像の背後に身をひそめた。そしてひしめきあう尖塔や切妻の向こうに、市の城壁からそそりたつ頭と上半身を見せながら、近づいてくる巨人の姿を認めた。これほど離れた距離からも、巨人を迎え撃つべく、矢が雲のように降り注ぐのが見えたが、巨人は矢を引き抜こうと立ち止まることさえしなかった。巨大な投石器から発射される大石も、巨人にとっては小石を投げつけられたほどにしかこたえないようだった。鉄製の弩から放たれる矢も、巨人の皮膚にはかすり傷程度しか与えなかった。

　もはや何をもってしても巨人の進撃を食いとめることはできなかった。槍を突き出して怪物を迎え撃とうとしていたちっぽけな槍兵の一団は、巨人が長さ七十フィートの松の木を棍棒代わりにひと振りすると、東門からきれいになぎ払われた。こうして城壁が無人になると、巨人は門を乗り越えてヴィヨンヌに足を踏み入れた。

　まるで狂えるキュクロプスのように咆哮し、くっくっと笑い、あるいは哄笑しながら、巨人は腰の高さほどしかない家々のあいだの狭い通りをのし歩き、逃げ遅れた者たちを容赦なく踏みつぶし、棍棒の凄まじい一撃で屋根を叩きつぶした。左手で押しただけで、突き出し切妻を破壊し、教会の尖塔をひっくりかえした。教会の鐘楼の鐘が痛ましい警告を鳴り響かせながら転がり落ちていく。巨人が通るたびに、悲痛な金切り声とヒステリックに泣き叫ぶ声がついて回った。

　巨人はまっすぐ大聖堂をめざしていた。巨人は聖なる大建造物に格別な憎悪の矛先を向けるだろうというガスパールの予測は正しかったのだ。

通りにほとんど人はいなかったが、巨人は人間たちを隠れ家から狩り出し、押しつぶそうとするかのように、その即席の棍棒で破城槌のように壁や窓を打ち砕いていった。巨人が残していった廃墟と破壊の跡は、とうてい筆舌に尽くしがたいものだった。

やがて巨人はガスパールが怪物像の背後で待ち構える大聖堂の塔の前にぬっとその姿をあらわした。巨人の顔は塔と同じ高さにあり、その瞳は燃えあがる硫黄の底知れぬ井戸のように輝いていた。開いた唇から鍾乳石のような牙もあらわに、憎悪に満ちた唸り声をあげた。そしてしゃべる雷のような言葉をとどろかせた。

「無力な神に仕える腰抜け神父どもに信者どもよ。表に出て支配者ナテイルの前に這いつくばるがいい。わたしがおまえらを地獄の辺土に落とす前にな！」

ガスパールが比類なき勇気を奮って、潜んでいた場所より立ち上がり、怒れる巨人の前に姿をあらわしたのはその時だった。

「ナテイルよ、もし本当におまえならば、もっと近づくがいい。墓と納骨所を荒らす汚らわしい盗人め」彼は挑発するようにいった。「さあ、もっとこちらに来い。おまえと話がしたい」

巨人の顔に浮かぶ悪魔じみた憤怒の表情が、激しい驚きに一瞬薄らいだ。信じられないものを見るような目でガスパールを凝視しながら、棍棒を振り上げた手をおろして塔に近づき、その顔が不遜な弟子にあと数フィートと迫った。そして明らかにガスパールと気づくと、狂おしい憤怒の形相が戻り、その目は冥界の炎で満たされ、顔はゆがんでアポルオンのごとき憎悪の仮面と化した。巨人の左手がとてつもなく大きな弧を描いてあがり、若者のすぐ頭の上でそのおぞましい指をぴくぴくさせ、天空高くのぼった太陽を背に、禿鷹のごとき漆黒の影を投げかけた。ガスパールは巨人の背中の板で造られた籠のなかから、妖術師の弟子たちの蒼白な驚いたような顔がこちらを見ていることに気がついた。

「これはこれは、裏切り者の弟子ガスパールか」巨人は轟くような声で呼ばわった。「てっきり今頃はイルーニュの地下牢で朽ちているものとばかり思っていたが。よりにもよってわたしがこれから叩き潰さんとしている呪わしい大聖堂の天辺にいるとは……わたしが閉じ込めておいた場所にとどまっておればよかったのに、ガスパールよ」

巨人が言葉を発するたびに納骨堂の腐臭のごとき吐息が弟子に吹きつけた。その鋤のごとき黒い爪をもった巨大な指が、食人鬼のごとき脅威をはらんで頭上に静止する。ガスパールはひそかにベルトに吊るした革の小袋を縛っている紐を解いた。そして巨大な指がぴくぴくと動きながら彼に向かっておりてくると同時に、小袋の中身を巨人の顔めがけてぶちまけた。細かい粉末はたちまち濃い灰色の雲となってたちのぼり、歯をむきだしにした口と、ひくひく動く鼻孔をガスパールの視界から隠した。

ガスパールは不安な思いで効果を見守った。ナテイルの卓越した術やその悪魔の力に対しては、粉末の効果は無力なのだろうかと危ぶみながら。だが、舞い上がる粉末を怪物が吸い込むやいなや、奇跡的にもその目から邪悪の揺らめきが消えたように見えた。巨人の振り上げられた手は、うずくまる若者をかろうじてそれ、だらりと力なく垂れた。あたかも死人の顔のごとく、その恐ろしいゆがんだ形相から怒りが消えた。棍棒代わりの木が空っぽの通りに大きな音をたてて落ちる。そして巨人は大聖堂に背を向けると、眠たげな千鳥足で、力なく両手を脇にたらしたまま、ふらふらと蹂躙された街を引き返し始めた。

歩きながら巨人は夢見る者のようにつぶやいていた。それを聞いた人々によれば、その声はもはやナテイルの恐ろしげな雷鳴のごとき声ではなく、おびただしい人間たちの声色と抑揚が重なり合い、そのなかには略奪された死者の声も交じっていたとのことだった。そして時折、もはや生きていたころと変わらぬ大きさになったナテイルの声が憤然と抗議をあげているのが聞こえた。

巨人は来たときと同じように東の壁を乗り越えると、何時間もあちらこちらにさまよった。もはや怒りや憎悪の叫びをまき散らすこともなく、その体を構成する無情にもさらわれてきた何百もの死体が、もともと葬られていた墓や納骨堂を探し求めているようにも見えた。墓所から墓所へ、納骨堂から納骨堂へと巨人は巡り歩いたが、死んだ巨人が横たわれるような墓はどこにもなかった。

やがて夕暮れが近づくころ、人々は彼方の赤く染まる空の縁に、巨人が両手でイゾワール川の平らな柔らかいローム層を掘り起こしている姿を見た。自ら作った巨大な墓穴に巨人は横たわり、二度と起き上がることはなかった。ナテイルの弟子たちは背中の籠から逃れることもできぬまま、巨大な体に押し潰されたものと思われた。それ以後彼らの姿を見かけることはなかったからである。

長いあいだ、巨人が自ら掘った墓に土もかけられることなく、横たわっている場所に近づこうという者はいなかった。夏の太陽のもとで死体ははなはだしく腐敗が進み、すさまじい悪臭をまき散らして、死体に近いアヴェロワーニュの一帯に疫病をもたらした。やがて秋になり、腐臭もかなりおさまったところで、そこに近づいた豪胆な者たちが断言するところによれば、ミヤマカラスがたかる巨大な体から、いまだナテイルが怒りをまき散らす声が聞こえたという。

この地を救ったガスパール・デュ・ノールは、いかなるときも教会より非難をこうむることのない妖術師としておおいに尊敬を集めて齢を重ねたとのことである。

マンドラゴラ The Mandrakes

田村美佐子訳

妖術師ジル・グルニエとその妻サビーヌは、知られざる、あるいは名前のないどこかからアヴェロワーニュ南部へ移ってきて、入念に場所を選んだ末、その小屋に住みついた。

小屋は沼地にほど近い場所にあった。広大な森を抜けてきたイゾワール川の緩慢な流れによって沼地は水浸しになり、川床には葦が鬱蒼と生えて水は澱み、菅（すげ）の茂みの陰には魔女がもちいる油のような泡滓が浮いている。小屋は川柳（かわやなぎ）と榛（はん）の木の茂る、塚の形をしたやや小高いところに建っていた。正面には沼地との間に土の肥えた草地があり、マンドラゴラの太く短い茎と房状の葉が山ほど生い茂っていたが、魔法がさほど珍しくもないこのあたりの地域でも、これほど多くの、しかもここまで巨大なマンドラゴラが生える場所はほかになかった。ジルとサビーヌは、人間の身体にそっくりだ、といわれることの多いこの植物の二股に分かれた太い根をもちいて媚薬を調合していた。ふたりが丹念かつ巧妙に配合した惚れ薬は小作人たちや村人たちの間でたちまち噂となり、やがては上流階級の人々までもがこの薬を求めて魔術師の小屋をひそかに訪れるようになった。この惚れ薬にかかれば、いかに心の冷えきった、あるいは分別をわきまえた者の胸も熱をおび、またいかに頑なな貞操観念の持ち主ですら鎧を溶かされてしまう、ともっぱらの評判だった。というわけでこの、凄まじい効きめがあるという特別な薬は飛ぶように売れた。

夫妻はそのほかの秘薬や薬草、まじないや占いなども商っていた。話によれば、ジルは星読みの腕も確かだったそうだ。十五世紀当時の、魔法や魔術があまねく禁じられていた頃の気運を思うと意外ではあるが、ふたりは悪評判をたてられることも後ろ指をさされることもなかった。悪事をはたらいていると告発されることもなく、また、彼らの媚薬のおかげで多くの好ましい結婚が成立したため、土地の聖職者たちもそれに安んじ、同じ薬の力で成就した数多の不義密通に関しては見て見ぬふりをしていた。

むろん、はなからジルを疑ってかかる者もいれば、やつはあの、グルニエ姓を持つ者はみな人狼だと噂されているブロワの町を追われてきたのだ、とこわごわ口にのぼす者もいた。その証拠にやつは異様なほど毛深く、手にも硬い毛がびっしりと生え、髭は両目が隠れるほど伸びているではないか、と。だがそのほとんどは確証のない噂だった。それというのも、ほかにジルが狼男とおぼしき証拠や気配を見せたことはいっさいなかったからだった。つまりはそういうわけで、ジルを悪しざまにいっていた一部の連中も、彼を庇う意見がひそかにではあるもののしだいにひろまるにつれ、結局は口を閉ざさざるを得なくなった。

得意客ですら、この奇妙な夫婦についてはほぼなにも知らなかった。ふたりは神秘や魔法を生業とする者の常で、他人と馴れ合わなかったからだ。サビーヌは青灰色の瞳に小麦色の髪をした美人で、見た目には魔女めいたところがいっさいなく、鬣のような黒々とした髪や髭に年齢による白い筋が交じりはじめたジルとくらべて、明らかにかなり若かった。小屋を訪ねた人々によれば、夫妻はしじゅう激しい口喧嘩をしていたという。そんな噂を耳にして、たちまち冗談が飛び交いはじめた。せっかくこしらえた惚れ薬ならいっそ自分たちで使ってみればよいのだ、と。だがせいぜいこうした噂話や下卑た冗談を口にするくらいで、みなたいして気にも留めていなかった。ジルとその妻の夫婦関係におけるゆゆしき問題もたわいのない揉めごとも、媚薬の評判を損なうようなものではなかった。

しかもサビーヌの存在もたいてい忘れられていたので、夫妻がアヴェロワーニュに越してきてから五年が経った頃、近所の連中や訪問客たちがふと、どうやらジルひとりしかいないらしいことに気づいた。本人に訊ねると、女房はいま遠方の親戚を訪ねて長旅に出ている、とだけ返ってきた。みなその返事に納得してそれ以上は追及せず、サビーヌが出かけたところをじっさいに見た者が誰もいないことにもまるで思い至らなかった。

秋もなかばとなった。ジルは詰め寄ってくる連中に、女房は春まで戻るつもりはないらしい、などとまわりくどく言葉を濁していた。その年は冬の訪れが早かったうえに長く居すわったので、森や高台にまで根雪が残り、沼地に深く染みこんだ水も凍って、あたり一面氷の鎧に覆われた。とりわけつらく厳しい冬だった。遅まきながら春が来て、銀色の柳の蕾がようやくほころび榛の木が金緑石(クリソライト)のような黄緑色の葉で覆われる頃には、もうほとんど誰も、サビーヌがいつ戻るのかをジルに訊ねようとはしなくなった。やがて、紫色をしたマンドラゴラの釣り鐘形の花がオレンジ色の実にすっかり変わると、もはや彼女がいないことは当たり前のようになっていた。

本と大釜をかたわらに平穏な暮らしを送りつつ、植物の根や薬草を集めて魔法の秘薬をこしらえているジルとしては、そうなってくれてじつにありがたかった。サビーヌが戻るわけがない、というのはあながち的外れではなかった。ある秋の夜、ジルは妻を殺した。激しい口論のさなか、罵詈雑言をぶつけ合ううちに相手がナイフを振りかざしたので、身を守ろうと妻の指からそれを引ったくり、白く柔らかい喉笛を掻き切って返り討ちにしたのだ。そのあと、膨らみかけた半月が低く照らす中、高台のふもとの草地に茂るマンドラゴラの下に死体を埋め、その上に草を土ごと入念にかぶせて、根を収穫するために毎日掘り起こしているだけとしか見えぬよう装った。

草地に残る根雪が解けきった頃には、妻をどのあたりに埋めたのだったか、すでに記憶は曖昧だった。だが春が深くなるにつれ、マンドラゴラがとりわけ厚く生い茂っている場所があることに気づいた。その場所こそまさしく妻を埋めた場所にちがいなかった。ジルはマンドラゴラ畑を頻繁に訪れながら、皮肉なめぐり合わせにひとりほくそ笑み、ここに死体を埋めたおかげでこんなにも黒々としたつやのある葉が育ったとは、と、不安を感じるどころかむしろ上機嫌だった。彼が魔女であった妻を殺してその亡骸を葬ったのがマンドラゴラの茂る草地だったというのも、じつは同じような皮肉なめぐり合わせだったのかもしれないが。

ジル・グルニエはサビーヌを殺したことを後悔していなかった。そもそも初めから相性が悪かった。性悪な雌猫そのもので、日がな突っかかってきては毒にまみれた悪意を彼にぶつけてきた。あんな口やかましい雌狐を、むろん愛してなどいなかった。ひとりのほうがよほど居心地がよかった。もう二度と、生真面目な性格ゆえに妻の辛辣な言葉に心をかき乱されることも、血色の悪い顔や半白の髪を鋭い爪で掻きむしられることもないのだ。

妖術師の期待どおり、春の訪れとともに、近隣の盛り(さか)のついた紳士淑女たちが媚薬を求めてつぎつぎとやってきた。そればかりか、伊達男たちが操の堅い相手になんとか首を縦に振らせようと訪ねてきたり、人妻たちが、失われつつある愛情を取り戻したいだとか、若い男に道ならぬ欲望を抱かせたいだとかいってはやってきた。みるみるうちに、ジルはマンドラゴラの秘薬をつくり足さねばならなくなった。そこで、五月の満月が煌々と光り輝くある真夜中のこと、色恋の妙薬の材料を手に入れるため、彼は新しく伸びたマンドラゴラの根を掘りに出かけた。

髭の下に暗い笑みを浮かべながら、彼はサビーヌの墓にたっぷりと育った、月光のごとく蒼白い巨大な根を掘りはじめた。小人(ホムンクルス)に似た太い根のまわりから、魔女の大腿骨でこしらえた奇妙な形のスコップで慎重に土をどけていく。

どこか人間の姿に似たマンドラゴラの不気味な形には慣れていたが、最初の一本を見てジルはなぜかぎくりとした。極端に大きいうえに異様なほど白い。さらによく見ると、根は女の胴体と下半身にそっくりで、半分あたりまでが二股に割れており、しかも足の指まできれいに十本に分かれているではないか！　だが両腕らしきものはなく、胸のあたりから上は生い茂った卵形の葉に覆われていた。

地面から引き抜いたときに根がまるで身をよじったように見え、ジルは腰を抜かしかけた。思わず取り落とすと、ちいさな脚は草の上でしばらく震えていた。彼はしばし考えこんでいたが、やがて、このなかなかの不気味なもの、ひょっとすると悪魔からの授かりものかもしれぬ、とばかりに掘り進めた。すると、なんと二本めも最初のものとほぼ同じような形をしていた。さらに五、六本掘り起こすと、そちらは女の胸の下から踵までをちいさくしたような形をしていた。迷信めいた畏怖と驚嘆をおぼえながらも、彼は、それらがサビーヌの身体に隅々までそっくりだということに気づきはじめていた。

ジルはひどくうろたえた。さすがに理解の範疇を超えていた。神の仕業か悪魔の仕業か知らないが、目の前の不可思議は、なにやら不吉で怪しげな様相を呈してきた。まるで殺したはずのあの女が戻ってきたか、あるいはなんらかの方法で、穢れた幻をマンドラゴラに乗り移らせたかのようだった。

つぎの根を掘りはじめたものの、手が震えた。いつもの慎重さを失って手もとが狂い、二股の根をすっかり掘り出す前に、鋭く尖った骨のスコップがうっかり刺さってしまった。

ちいさな踝(くるぶし)から先がちぎれていた。同時に、あたかもサビーヌ自身が痛みと怒りを訴えているかのような、かん高い、恨みがましい悲鳴があがった。まるで遠くで叫んだような、さほど大きくはない声だったにもかかわらず、その悲鳴は彼の鼓膜をつんざいた。それっきり悲鳴はやんだ。すっかり肝を潰したジルは、いつしかスコップをじっと見つめていた。黒々とした血のような染みがべったりとついている。震える手でちぎれた根を引き抜くと、血の色をした滴がしたたり落ちた。

暗澹たる恐怖とうしろめたさによる不安からふと、いま目の前に蒼白い姿を晒している、死んだ女妖術師にそっくりな、この不気味で卑猥な姿の根など埋め戻してしまおうか、とも考えた。みずからが手をくだした殺人をけっして気取(けど)られぬよう、自分自身の目にも他人の目にも届かない地中深くへ隠してしまおうか、と。

だが、しだいに不安は遠のいていった。万が一誰かがこの根を目にしても、せいぜい自然の悪戯としか思わぬだろうし、それで彼の犯した罪が明るみに出ることはないはずだ。これがサビーヌに似ているかどうかは、本来彼ひとりしか知り得ないことなのだから。

それに、この根は並はずれた効能を秘めているにちがいない。ひょっとすると、比類なき力と効きめを持った媚薬が生まれるかもしれなかった。最初に抱いていた不安や嫌悪感はどこへやら、彼はふるふると震えている、頭に葉を生やしたちいさな人形(ひとがた)の根を川柳の枝でこしらえたちいさな籠に詰めこむと、小屋に戻った。これほど奇怪なできごとを目の当たりにしたというのに、彼は珍しいものを手に入れて好都合だ、くらいにしか思っておらず、同じように妖術を嗜む者であれば読み取っていたはずの、このことが示す邪悪な意味合いにまったく気づいていなかった。

件のマンドラゴラを大釜で煮ようと下ごしらえをしていたときにも血のような液体がおびただしく流れたが、彼はもともと神経が図太かったのでさほど動じなかった。煎じていて、大釜の中身が悪魔の鍋さながらにシュウシュウと禍々(まがまが)しい音をたてて煮えたぎり、また激しく泡立って噴きあがるのも、この材料ならではの効力があらわれているからだ、と思っていた。しかもそればかりか、女にそっくりな形の根の中から最も形のよい完璧なものを選び、魔術師の間に伝わるならわしどおり、未来を占う材料にしようと、小屋の中の、ほかの植物の根や乾燥させた香草や薬草を吊してある中に一緒に並べて吊した。

新たに調合した媚薬には客が群がり、売り手であるジルも、この媚薬の効きめは抜群だ、これにかかれば硬く冷たい大理石の彫像も熱い愛の炎に胸を焦がし、死者の心ですら燃えあがる、と客に触れこんだ。

さて、いまここで語っているアヴェロワーニュの古いいい伝えによれば、神も悪魔も女魔術師すらも恐れぬこの不遜かつ無謀なる魔術師は、サビーヌを埋めた場所を性懲りもなくふたたび掘り起こし、女そっくりの白い根をさらに収穫したという。根は欠けた月に向かって不満げにかん高い悲鳴をあげたり、乱暴に扱われるとまるで生きているように脚をよじったりした。掘り出されたマンドラゴラはいずれも、死んだサビーヌの胸もとから爪先までをそのまま縮めたような形をしていた。彼はそれをもちいてさらに媚薬をつくり、欲しがる連中にまた売ってやろうと算段していた。

ところがこのつくり足しが人々の手に渡ることはなく、最初にこしらえたぶんもほぼ売れ残ってしまった。というのもこの媚薬のせいで、身の毛もよだつ悲惨なできごとがつぎつぎと起こったからだ。ひそかに薬を盛られた者は、男も女も、それまでのものを服用したときのように熱い欲望がこみあげてくることはなく、かわりにどす黒い怒りや悪魔（サタン）に魅入られたがごとき痛ましい狂気に駆り立てられ、望まぬうちに求愛者を傷つけて、死に至らしめてしまうことすらあった。

夫たちは妻に、娘たちは恋人に牙を剝き、激しい憎悪のこもった言葉をぶつけたり酷（むご）い目に遭わせたりした。ある若い伊達男が逢い引きに出かけると、そこには復讐に狂った女が待っており、男は顔を引っ掻かれて血みどろのありさまとなった。移り気な愛人（ナイト）の心を取り戻そうとした人妻はその男にさんざん辱められた末に息絶えた。不実ではあっても、それまではけっして手荒なことなどしない男だったにもかかわらず、だ。

こうした不運なできごとの噂がひろまっていくさまは、魔物が跋扈しているときとよく似ていた。正気を失った連中は、男も女も、まぎれもなく悪魔に取り憑かれたのだ、と最初のうちは誰もが思っていた。だがどうやらある秘薬のせいらしい、という噂が人々の口の端にのぼりはじめ、さらに薬の出どころが明らかになると、非難の矛先はすべてジル・グルニエに向けられ、彼は教会法と議会法の両方において、妖術をもちいた罪を問われることとなった。

ジルの逮捕に向かった治安官らは、夕刻、川柳の枝を撚り合わせてつくった例の小屋の中に彼を見つけた。冥界の火の川(プレゲトン)がほとばしるがごとくシュウシュウと音をたてて泡立ち煮えたぎる大釜を覗きこみながら、彼はなにやらぶつぶつと呟いていた。治安官らが隙を見て小屋に突入した。捕らわれると彼はおとなしく従ったが、自分の媚薬のせいでいかに嘆かわしい事態が起こったかを聞かされると、驚いた顔をした。魔術をもちいた罪については肯定しようとも否定しようともしなかった。

治安官らが逮捕者を連れて外へ出ようとしたそのとき、小屋の中の暗がりから、かん高くてか細い、口やかましい声が聞こえた。乾かした薬草などの、妖術にもちいる材料が吊してあるあたりだった。声の主は、女の胴体と両脚そっくりに二股に割れた、萎(しお)れかかった奇妙な形の根だった——蒼白い色をしているが、一部が大釜の煙に燻(いぶ)されて黒ずんでいる。妖術師の妻サビーヌの声だ、と治安官のひとりは思った。確かにはっきりと声がした、しかもこういっていた、とその場にいた全員が訴えた。

《草地をうんと掘り返してちょうだい、マンドラゴラがいちばん生い茂ってるあたりよ》

その不気味な声と淫靡な形に、これはサタンのつくりたもうたものだ、と治安官たちは心底震えあがった。それに、この謎めいた指示に従うことがはたして賢明かどうかも疑わしいところだった。どういうことだ、と問い詰めてもジルは無言を貫いていたが、明らかに動揺しているようすだったので、治安官たちは結局、小屋のふもとの草地に生い茂るマンドラゴラを調べに行くことにした。

角灯(ランタン)で件の場所を照らしつつ掘り返すと、何本もの根が地中でひしめき合っていた。その真下に女の腐乱死体が埋まっており、サビーヌであることがまだ見た目でわかった。遺体が発見されたことにより、ジル・グルニエは妖術をもちいた罪ばかりか、妻を殺害した罪にも問われることとなった。いずれの罪にもただちに有罪がいいわたされたが、彼は殺意を断固として否定し、サビーヌを殺してしまったのは正当防衛だ、邪神のごとく怒りくるう妻から身を守ろうとしただけだ、と最後の最後まで主張した。彼は別の殺人犯らとともに絞首刑に処され、亡骸は火あぶりにされた。

アヴェロワーニュの獣〔初稿版〕

The Beast of Averoigne

柿沼瑛子訳

一　修道士ジェロームの証言

しがない書記であり、ペリゴンのベネディクト会修道院の末席を汚す修道士であるわたしは、テオフィル大修道院長より、いまだ猖獗をきわめ、退治されることのない魔物について書き留めておくように求められた。だが、わたしがこうして記録を書いている今も、そやつはいつその潜んでいる隠れがより出でて、ふたたびその姿をあらわすとも限らないのだ。

　われらペリゴンの修道士及びこのことを知る他の者たちは、あの魔物が出現したのは一三六九年、今なお夜ごとに燃える赤い彗星、月なき山々の上に燃える烽火のごとき星が、初めてあらわれたのと時を同じくしているということで見解が一致していた。あわただしくこの地上を巡るサタンが、その赤みを帯びた金色の髪を焦熱地獄（ゲヘナ）の風になびかせるかのように、彗星は初夏の龍座の下にあらわれ、現在は蠍座を追うように西の森へと飛んでいる。人々のなかには、あれが彗星からもたらされたのだという者もいた。翼もなく星々のあいだを縫って飛来したあの彗星こそが、すべての恐怖のもとなのだと。事実、一三六九年の夏より前、あの赤き災厄が天にあらわれるまでは、アヴェロワーニュのいずこにも、そのような魔物の噂や言い伝えなどは存在しなかったのだ。

　わたしが思うにあの獣は地獄の第七圏、あぶくを吹きながら煮えくりかえっている炎の沼より生まれし穢れた申し子なのだ。あの魔物にはいかなる地上の獣にも、空気と水より生まれし創造物にもいっさい似たところがなかった。あの彗星こそは怪物を乗せてきた火の輿だったに違いない。

わたしは自らの罪と卑しき行いゆえにあの魔物の最初の目撃者となった。あれはまさに地獄へ落ちかかっていたわたしに対する警告だったに違いない。なぜならその日わたしは、所用で外出する際、一日以内であれば食事をしてはならないという修道院の掟を破っていた。テオフィル大修道院長からの手紙をサント・ゼノビーの敬虔なる司祭様に届けたあとも、本来ならば夕べの祈祷までに戻るべきところを、ぐずぐずととどまっていた。そして食事だけでなく、親切な人々とともにサント・ゼノビーのまろやかな白ワインまで味わってしまったのだ。帰り道に修道院の裏の森であのような、忌まわしい闇から生まれし魔物と出会うことになったのも、これらの行いに対する報いであったのだろう。

いつのまにか陽は落ち、あたりはしだいに暗くなり、月のない長い夏の夜が不気味に静まりかえった闇へと濃さを増しつつあるなかを、わたしは修道院の裏門に近づこうとしていた。森のなかの小径を急いでいると、節くれだち、奇妙にねじれた樫の木の姿や、それらの投げかける地獄のような黒い影に、わたしは名状しがたい恐怖を覚えていた。そして奇怪に伸びた大枝の合間に、生まれたばかりの彗星が激しく燃えながら尾を引いていくのを見た。それはまるでわたしを追いかけてくるかのように思え、ワインの心地よい温もりはたちまち消え失せ、わたしは掟を破ったことを悔やみ始めていた。彗星が疫病の先触れであり、きたるべき死と凶事を知らせるものだということを知っていたからである。

修道院の裏に通じる、鬱蒼とそびえたつ古木のあいだを進んでいくうち、修道院の窓から明かりが漏れているのを見て、わたしはおおいに元気づけられた。しかし、歩を進めるにつれ、その光がもっと近くの、わたしがいる小径に垂れさがる大枝のむこうに輝いていることに気がついた。それは鬼火のごとくゆらゆらと動き、洋灯（ランプ）や角灯（ランタン）、あるいは蝋燭といったこの世の明かりとはまったく異なるものだった。光は次々と色を変え、聖エルモの火のように青白いかと思えば、まるで流れ出る鮮血のように赤くなり、あるいは月を取り巻く有毒な気体のごとき緑へと変化した。

そしていいようのない恐怖に襲われたわたしは、地獄の光の雲をまといながら動くそいつの姿を見た。そのおぞましき黒い頭と手足は、神によってこの地上に創造されたいかなる生物とも異なっていた。おぞましきものは立ち上がると、大男ほどの身の丈があり、まるで大蛇のごく身をくねらせ、その手足をまるで骨が無いかのようにゆらゆらと動かしていた。見たところ耳も髪もない丸く黒い頭が、蛇のような長い首から突き出している。瞼のない小さな目が魔術師の火鉢の熾（おき）のごとく赤く燃え盛り、鼻のないのっぺらとした顔の低い位置にくっつくようにして並び、その下には蝙蝠のごとき鋸状の歯が光っていた。

わたしが見たのはそこまでだった。そのおぞましきものは、毒々しい緑から鮮烈な赤へと光の雲を変化させせながら、わたしのかたわらを通り過ぎていった。実際の姿かたちや、手足の数についてはいずれも定かではなかった。そいつはひとことも発せず、その動作はいっさい音を伴わなかった。そいつは走るような、滑るような動きで、樫の老木の合間を、枝がおおいかぶさる闇の向こうへと消えていった。あの妖しい光をふたたび見ることはなかった。

わたしはほとんど恐怖で息も絶え絶えになりながら、修道院にたどりつき、入場の許可を懇願した。さんざん扉を叩いたのちにようやく門番があらわれて通してくれたが、わたしが月のない森で出会ったものについて語ると、帰りが遅くなったことで咎めるのを控えた。

翌日テオフィル大修道院長に呼びだされたわたしは、掟を破ったことで激しく叱責され、罰として一日の謹慎を命ぜられた。他の修道士たちとの会話も禁止されたために、九時課の前にペリゴンの裏手の森で、わたしがあのおぞましい魔物と出会った場所で発見されたものについては翌日まで知ることはなかった。

発見されたのは大鹿の死体で、きわめて残忍な殺され方をしており、明らかに狼でも狩人でも密猟者の仕業でもなかった。首から尾にかけて、背骨がむきだしになるほどの深い傷が一直線に走っているのを除いては、いかなる外傷も見当たらなかった。背骨は粉々に砕かれ、白い骨髄が吸い取られたあとがあった。だが、それ以外にはいっさい食い荒らされた痕跡はなかった。かくも残忍に獲物を殺し、貪り食うような獣がおよそこの自然界に存在するとは思われなかった。ここに至ってようやく修道院の人々は、それまで酔っ払いの与太話とみなしていたわたしの話に信を置くようになった。地獄より来たる魔物がこの一帯を跋扈し、牡鹿を殺してその背骨から骨髄を吸い取っていったのだ、と彼らはいった。わたしは、あのおぞましい記憶に肝を潰しながらも、牡鹿と同じ恐ろしき運命を逃れさせたもうた神の慈悲にひたすら驚嘆するばかりだった。

わたしを除いて実際に魔物の姿を見た者はいないようだった。わたし以外の修道士たちはみな共同の寝所で眠り、テオフィル大修道院長は早い時間に自らの独居房に引き上げていた。だが、牡鹿が殺されてから数日のうちには、このおぞましきものの存在をみなが信じるようになっていた。

　夜ごと彗星は大きさを増し、血と炎のまがまがしき霧のごとく燃え上がり、他の星々もこの彗星の輝きを前に色を失い、人々の心は恐怖の翳りに閉ざされた。わたしたちは一時課から晩課まで祈りを捧げ、彗星が運んでくる未知の災難から免れることを願った。やがて修道院を訪れる農夫や聖職者、樵夫といった人々から、おぞましい、不可思議な虐殺について毎日のように聞かされるようになった。それはあの牡鹿とまったく同じ殺害方法だった。

　背中を引き裂かれ、骨髄が吸い取られた狼たちの死体が何匹も発見された。さらに同じようなありさまで屠られた牛と馬が見つかった。やがて獣はさらに大胆になっていった――要するに鹿や狼、馬や牡牛といったちっぽけな獲物では飽き足らなくなったということなのだろう。

　当初は生きている人間を襲うことはなく、死肉をあさる動物のように無力な死者を狙うだけだった。サント・ゼノビーの墓地で、埋葬されて間もない死体がふたつ、いずれも墓から掘り出されて、背骨がむきだしになった状態で発見された。どちらも食われた骨髄はわずかではあったが、まるで怒りもしくは失望に駆られたかのように、死体は頭の先から踵までずたずたに引き裂かれ、ぼろぼろになった肉片と屍衣の切れ端が入り混じっているようなありさまだった。このことから魔物が好むのは、死んだばかりの生き物の骨髄であるとわかった。

　それ以降死体が陵辱されることはなくなったが、今度は生きている人間たちから痛ましい犠牲者が出るようになった。墓が荒らされた次の日、ペリゴンからさほど離れてはいない森で作業に励んでいたふたりの炭焼きが、小屋のなかでむごたらしく殺されているのが発見された。近くに住んでいた別の炭焼きたちは、すさまじい悲鳴を聞いたが、それはすぐにぱったりと止んでしまったという。門をおろした扉の隙間からおそるおそるのぞいてみると、かすかな星明りの下に、おぞましく光る黒い姿が小屋から出ていくのが見えた。夜明けになるまで、不運な仲間たちの運命を確かめる勇気のある者はいなかったが、発見された死体は狼や他の獣たちと同じ手口で殺されていたことがわかった。

この知らせがもたらされると、テオフィル大修道院長はわたしをお召しになり、わたしが森のなかで遭遇したものについて入念に問いただされた。当初は他の者たちと同じく、わたしの話を疑い、さだめし影もしくは森にひそむ獣を取り違えたのだろうと大修道院長はお考えになっていたようである。だが、極悪非道な略奪が繰りかえされると、これまでアヴェロワーニュで語られたことのなかった残忍な魔物が夏の森をうろつき、飢えを満たしているのは誰の目にも明らかだった。それがサント・ゼノビーから戻る夜にわたしが出くわした例のものと同じであることも。

善良なるわれらが大修道院長は、よりにもよって修道院の近くで脅威を増しつつあるこの怪異にいたく懸念を覚えられた。魔物による残虐行為は、すべてペリゴンから五時間以内の範囲で行われていたからである。厳格な苦行と寝ずの祈りのために青ざめ、頬はこそげ落ち、双眸だけをらんらんと輝かせながら、大修道院長はわたしに何度も同じ話を繰り返させ、あたかも自らの想像上の罪を罰しているかのような苦渋の表情を浮かべて聞いておられた。むろんわたしとて他の者たちと同じようにその地獄めいた存在に深い恐れを抱き、そのおぞましさについてはよく理解していたが、同時に大修道院長の神聖なる怒りと憤りに、アスモダイの使徒に対する峻烈な闘志にいたく心を打たれてもいた。「まこと」と大修道院長はおおせられた。「地獄の第八圏(マーレボルジェ)より来たりし彗星とともに恐るべき魔王がわれらの世界にあらわれた。われらペリゴンの修道士たちは、十字架と聖水をもって、われらの門のごく近くにひそむ悪魔をその隠れ家より狩り出さねばならぬ」

かくしてその日の午後、大修道院長はわたしの他にその豪勇で知られる六人の者たちを連れて修道院を出発し、何マイルにもわたって広大な森を探索し、十字架を掲げ、洞窟にさしかかると、松明をかざして深い内部に足を踏み入れたが、狼や穴熊以外に獰猛なものは何ひとつ見つからなかった。さらに吸血鬼たちの棲み処といわれている廃墟と化したフォスフラムの古城の地下室も調べてみた。だが、いかなる魔物の姿もなく、その棲み処とおぼしき痕跡すら見つけることはできなかった。

それ以降も燃えさかる彗星のもとで、夜ごとおぞましい行いが繰り返され、夏の盛りは過ぎていった。いまや動物はおろか、男も女も子供も見境なく怪物の犠牲となった。そいつはもっぱら修道院の近辺に出没していたが、やがてその行動範囲はイゾワール川の岸辺やラ・フレネやクシムの門にまで及ぶようになった。何人かの者たちが夜、次々に色を変える光をまといながら這い進む黒い存在を目撃していた。だが、昼間にその姿を見た者はいなかった。

修道院の裏の森で魔物は三度にわたって目撃された。満月の光のもとで、修道士のひとりが独居房の窓から菜園をのぞいていたところ、魔物が豌豆(えんどう)や蕪(かぶ)の列のあいだをするすると進み、森に向かっていくのを見た。そいつがひとことも発せず、物音も立てず、その動きが蛇よりもなめらかで俊敏だということは目撃した誰もが認めるところだった。

これら一連の出来事はわれらが大修道院長の心をひどく苦しめた。あの方は独房にこもられたまま昼夜にわたって祈りと寝ずの行を絶やすことなく、以前のように来客と夕食を共にして語り合うこともなくなった。その姿はまるで瀕死の聖人にも似て、青ざめ痩せこけ、さらには瘧(おこり)のごとき熱病にとりつかれてしまった。そのお姿はご自分に課した苦行のために衰え、よろめき歩いているようなありさまだった。そしてわれわれ、神を畏れサタンの所業を忌む者たちは、この未知の災厄が地上から取り除かれ、彗星とともに去っていくことをただ祈るばかりであった。

付記　この手記があらわされた直後、修道士ジェロームは己の独居房で死亡しているのが発見された。その死体は、魔物に襲われた他の犠牲者たちとまったく同じ状況で、同じように損なわれていた。

二　テオフィル大修道院長より修道女テレーズへの手紙

ともに神につかえし血を分けた者であるおまえに、ペリゴンの周辺に潜むおぞましき魔物についてふたたび書き記すことにより、わが心に平安がもたらされんことを――もしもそのようなことが叶うなら。なぜならかの魔物はまたしても修道院の内部にまで侵入してきたのだ。夜陰に乗じて音もなく、その身にまとう冥界の火の川(プレゲトン)のごとき光を除いては、いかなるしるしも残すことなく。

兄弟ジェロームの死についてはすでおまえに知らせてあるとおり、あの者は夜半に己の独居房でアレキサンドリア写本を筆写中に殺された。いまや魔物はさらに大胆になり、昨夜など共同寝室の内部にまで忍び込んできた。みな衣をつけたままで眠り、何かあればすぐに起き上がれるよう心構えをしていたはずであった。だが、まるでレーテ河の忘却の呪いをかけたかのように、他の者を起こすことなく、そいつは列の一番端の寝台で眠っていたオーギュスタンだけを狙ったのだ。この残虐な犯行は翌朝、オーギュスタンの隣で眠っていた修道士が目覚めて、その変わり果てた姿に気づくまで発見されることはなかった。彼はうつぶせになり、衣の背中は肉が引き裂かれて血まみれになっていた。

昨夜の事件では魔物の姿を目撃した者は誰もいなかった。だが、修道院の周辺では再三にわたって目撃されている。その狡猾さと厚顔ぶりは信じがたいほどで、まさに大悪魔の仕業としかいいようがない。そしてこの恐怖が終わることがないのをわたしは知っている。なぜならいかなる悪魔祓いも、戸や窓に降りかけた聖水も、この獣の侵入を食い止めることはできなかったからである。そして神もキリストもあらゆる聖者たちも、いまだわれらの祈りを聞き届けてはくださらないのだ。

この魔物によってアヴェロワーニュにふりかかった恐怖や、そいつが修道院の外で起こした災いや暴虐についてはわたしから語るまでもあるまい。これらすべては巷の噂となっておまえの耳にも届くであろう。しかし、このペリゴンにおいては修道院の名誉が傷つくことのないよう、おおやけにできなかったことも多くある。あのようなものが修道院内に妨げられることなく、自由に出入りできるなどということは、われらの神聖を汚す不面目であり、屈辱であると考えたからだ。

サタン自らが地獄よりわたしたちを呪いにきたのだという妙な噂が修道士たちのあいだに流れている。彼らのなかには礼拝堂でその姿を目撃し、魔物が残していった口にするのも忌まわしいほど冒瀆的な痕跡を見た者たちもいる。錠前も閂もあやつの前では無力であり、掲げた十字架すら追い払うことはできない。魔物は好き勝手に出入りし、それを見た者はみな恐怖に耐えかねて一目散に逃げ出してしまうのだ。魔物が次にどこを襲撃するのか誰にもわからない。兄弟たちのなかには、ペリゴンの大修道院長の座にあるわたしこそが魔物の次なる狙いだと噂する者たちもいる。それまでにも多くの者たちが、わたしの部屋の外の廊下を走っていくあやつの姿を見ている。また、つい最近のことであるが、食糧係のコンスタンタン修道士がヴィヨンヌから夜遅く帰ってきたおりに、月明かりのもとで魔物が深い森に面しているわたしの房の窓めがけてよじのぼろうとする姿を見たと断言した。コンスタンタンに気づいたとたん、そいつは巨大な猿のように軽々と地面に飛び降りて、木立のあいだに消えていったとのことだ。

どうやらわたしを除くすべての者たちが魔物を見ているようなのだ。そしてわが妹よ、わたしはある奇妙な事実をおまえに告白しなければならない。これこそは何よりも地獄のもたらす強大な影響力とペリゴンの空を旋回するアスモダイの翼の存在を証明するものなのだ。

彗星とあの獣が出現してからというもの、わたしは早い時間に独居房に引き上げるようになった。夜半を寝ずの祈りを捧げることに費やすためであり、まわりの者もそう信じている。だが、夜ごと銀の十字架像の前にひざまずくたびに、わたしは意識が朦朧となり、まるで阿片を吸ったかのように、五感を奪われ、夜明けになるまで冷たい床の上で夢も見ずに横たわっているのだ。そのあいだに修道院で何が起ころうとわたしにはわからない。このままでは、わたしが知らないうちに、すべての兄弟たちが獣によって屠られ、脊椎を裂かれて骨髄を吸い出されてしまうやも知れないのだ。

わたしはきめの粗い馬巣織りの衣を身につけ、床に茨や薊（あざみ）を敷くことで、この東洋の麻薬のごとき耐えがたい邪な睡魔に打ち勝とうと試みた。しかしこれらの棘や植物はさながら天国の寝床のように心地よく、わたしは夜が明けるまで痛みに気づくこともない。目を覚ますと、わたしの意識はぼんやりと混濁しており、重い倦怠感が全身を支配している。そして日ごとにわたしは衰弱していったが、みなはわたしがひたすら夜を徹しての祈祷と苦行に打ち込み過ぎたせいだと解釈していた。

きっとわたしはなんらかの呪いを受けているのだろう。あの魔物がおぞましき行いにふけっているあいだも、わたしの身は邪悪な魔法にとらわれているのだ。神はその計り知れぬ叡智ゆえに、身に覚えのない罪でわたしを罰せられておられるのかもしれない。そしてわたしは身動きもできぬまま、冥府（ステュクス）の川の泥濘のごとき絶望の淵へと突き落とされるのだ。

わたしはあの魔物が夜ごとアヴェロワーニュの空を横切る、火の車のごとき赤い彗星によって運ばれてくるのではないかという奇妙な考えにとりつかれている。獣は求める餌をたらふく食らい、朝が来ると彗星に戻っていくのではないか。そしてあの彗星が消え去らぬ限り、この地を苦しめ、ペリゴンを脅かす恐怖もおさまりはしないのではないかと。だが、このような思いつきもまた狂気の沙汰もしくは地獄からの囁きであるやも知れぬ。

テレーズよ、どうかわたしのために祈ってほしい。呪いと絶望にさいなまれるわたしのために。神はわたしをお見捨てになられ、わたしは地獄の軛(くびき)にかけられてしまった。この修道院をかの邪悪より守る手立ては何ひとつない。だからわたしも祈ろう。クシムの女子修道院で静穏なる生活を送るおまえに、あのような災いがふりかからぬことを……。

三　リュック・ル・ショードロニエの物語

老齢はあらゆる人間と同じように、蛾に食い荒らされる色あせたアラス織りのごとく、わたしの記憶をあまりにも速やかに蝕んでいく。それゆえ、わたしはアヴェロワーニュの獣として知られるあの魔物の素性とその殺害にいたる経緯について、ここに書き記しておこう。この記録は完成しだい、真鍮の箱に封印し、このクシムのわが家の隠し部屋に保管される。ゆえに幾多の歳月が過ぎ去るまで、あの事件の恐るべき真実が知られることはない。当事者たちがいまだ地上の煉獄にとどまっているあいだは、あのようなおぞましい脅威は明るみにされるべきではないと思うからだ。目下のところ、真実を知るものはわたしと黙秘の誓いをたてた数人のみである。

だが、獣による残虐行為はすでに広く世間の知るところとなり、今では子供を脅かすための恰好のおとぎ話となっている。一三六九年の夏には、夜ごとの犠牲者は五十人にものぼり、どれも脊髄を貪り食われていたという噂が広まっていた。その行動半径はペリゴンの修道院からクシムさらにはサント・ゼノビーやラ・フレネにまで及んでいた。その出目や棲み処については謎のままでいまだ誰も解明することができずにいる。教会や領主たちは魔物の暴虐を抑えることはできず、アヴェロワーニュ一帯ははなはだしい恐怖に覆われ、人々は死の影に怯えながら右往左往するばかりだった。

神秘なるものや闇の力に関することを生業とするがゆえに、わたしは初めからこの忌まわしき獣に関心を抱いていた。わたしにはそれが地上のいかなる怪物でも、冥府からのものでもなく、あの彗星とともに彼方の宇宙より飛来したのだとわかっていた。だが、最初のうちはその属性や出生については、他の者たちと同じようにわからずじまいだった。わたしは星の配置を調べ、土占いや降霊術にも頼ってみたが無駄に終わった。わたしが訊ねた使い魔たちもまた獣については何も知らず、月の支配下にある地上の悪魔の範疇を越えた、まったく異質な存在であるとしか答えられなかったのである。

そのとき、わたしと同様に魔術師であった父祖より受け継いだエイボンの指輪のことを思い出した。この指輪は古代ハイパーボリアから伝わったもので、輪の部分はこの地球上ではもはや産出されることのない赤みがかった金で造られ、暗く、くすんだ色合いをした、この世にふたつとない大きな紫の宝石がはめこまれている。この宝石には太古の魔物が閉じ込められており、それは人間が存在するより前の時代の精霊であり、魔術師の問いに答えてくれるといわれていた。

わたしはめったに開けたことのない小箱からエイボンの指輪を取り出し、魔物から話を引き出すために必要な準備を整えた。小さな火鉢に琥珀をかっかと燃やした上に、紫の宝石をさかさまにかざしたところ、火がぱちぱち爆ぜるような鋭い声で、魔物が答えを返してきた。魔物によれば、あの獣の正体は、アトランティス沈没以来ひさしく地球を訪れることのなかった、星界の悪魔の一種だとのことだった。本来は人間の目には見えず、また触知することもできない存在であり、人間の目にひどくおぞましい姿でしか身をあらわすことができない。さらに魔物はそいつが実体化した状態で打ち勝つことができる唯一の方法をも教えてくれたが、それは長年闇の力を探求してきたわたしですら、恐怖と驚愕にとらわれずにはいられないようなものだった。

わたしはこうして得た暗黒の知識について考えながら、書物や火鉢や蒸留器に囲まれて待っていた。いずれ来たるべき時がくれば、わたしの介入が必要になるだろうと、星々が教えてくれていたからである。

八月の末にさしかかり、さしもの彗星も少しばかり勢いが弱まってきたと思われたころ、修道女テレーズの死という痛ましい悲劇が起きた。彼女はクシムのベネディクト会女子修道院の自室で、獣に殺されたのである。この時は獣が月明かりのもとで窓から壁を伝いおりてくる姿が、夜遅く通りかかった通行人によって目撃されていた。またある者は暗い路地で出くわし、あるいは街の城壁をよじのぼっていく姿を見ていた。そいつはまるで巨大な甲虫か蜘蛛のように切り立った壁をするすると這い上がり、クシムの街から秘密のねぐらへと走り去っていったという。

テレーズの死からほどなくして、街の行政官がクシムの司教より遣わされた司祭とともにひっそりとわたしのもとを訪れた。ふたりは明らかにためらいを見せていたが、魔物を倒すための助言と協力をわたしに求めてきたのだ。

「ル・ショードロニエよ」ふたりはいった。「そなたは魔術のさまざまな奥義に通じ、その呪文で悪魔や悪霊を召喚もしくは退散させたと聞いている。それゆえに、他の者たちはことごとく失敗してきたが、そなたならばかの魔物とわたりあうことができるのではないかとわれらは考えた。本来ならば魔術などに頼るとなどというのは、教会としても法の執行者としても好まれるところではない。だが、これ以上魔物による新たな犠牲者を出さぬためにはいかしかたがあるまい。そなたの助力に対しては少なからぬ金貨の支払いに加え、そなたの行為がまねきかねない異端審問や告発については生涯これを免除するものとする。これについてはクシムの司教殿もヴィヨンヌの大司教殿も内々にかかわっておられるので、くれぐれも他言無用でお願いする」

「報酬などはいりません」わたしは答えた。「わたしの力でアヴェロワーニュのこの災いを取り除くことができるのであれば、そのようなものは不要です。だが、これほどの困難を伴う任務を引き受けるとなれば、こちらとしてもご助力をお願いしなければなりません」

「すべてそなたの望むとおりの援助を与えよう」彼らはいった。「必要とあらば武装した兵士もつける。求めればあらゆる門戸は開かれるだろう。われわれはペリゴンの大修道院長であり、先ごろ血を分けた身内であるテレーズを殺され、悲嘆にくれておられるテオフィル殿のもとにも相談に上がったのだ。大修道院長は魔物の退治を誰よりも熱望されているので、そなたの訪問もお受入れになるであろう。魔物の脅威は修道院を中心に広がりつつあり、修道院でもふたりが殺され、大修道院長ご自身も魔物にとりつかれておられるという噂だ。それゆえに、そなたもペリゴンへ行くことを望んでおるではないか」

わたしはとっさに考えを巡らせてから答えた。

「それではもうお引き取りください。そして日没から一時間後に、ふたりの武装した騎馬兵と、さらに馬をもう一頭、わたしのもとによこしてください。そして兵士たちはとりわけ豪胆で分別のある者をお願いいたします。今宵、修道院を訪ねようと思いますので」

聖職者と行政官が去ってから、わたしは数時間をかけて出立の準備を整えた。何をおいても優先しなければならないのは、紫の宝石に棲まう魔物より教えられた、特別な粉末の調合であり、この粉末をかけるだけで、たちどころに獣を退散することができるといわれていた。粉末の調合はエイボンの書に記されていたもので、これを著したいにしえのハイパーボリアの魔術師は、今回の彗星の獣と同じような地球外からの魔物を相手に戦ったことがあり、この指輪の持ち主でもあった。

粉末の調合を終えると、わたしはそれを蛇皮の小袋に詰めた。準備を終えたところに、約束どおりふたりの兵士たちが騎馬をともなってわたしの家にやってきた。

ふたりはともに屈強な歴戦の勇士で、鎖帷子に身を固め、槍と剣を携えていた。わたしは三頭目の勇猛な牡馬に乗ると、クシムからペリゴンに向けて出発した。わたしたちはほとんど使われていない近道を取り、何マイルにもわたる人狼の棲まうという森を走り抜けた。

同行者たちはともに寡黙であり、質問されたことに簡潔に答える以外は口を利かなかったので、わたしは満足した。彼らならばこれから夜明けに起こるであろう出来事についても、思慮深く沈黙を貫いてくれるだろうとわかったからである。先を急ぐうちにも、太陽がほとばしる血のごとく木々のあいだに沈んでいき、暗闇は枝から枝へと幾重にも張り巡らされた蜘蛛の巣のごとく、逃れられぬ死と邪悪の網でわたしたちをからめとろうとしているかのようだった。暗鬱な森の奥深くに進むにつれ、魔術を極めているわたしですら、この闇夜をうろつくものたちを思うと身震いを禁じ得なかった。

しかしながら道中はいささかの遅れも妨げもなく、わたしたちは夜半、月がのぼる時刻に到着し、年老いた門番をのぞいて修道士たちはすべて寝所に下がったあとだった。わたしたちが来ることを知らされていた門番は、院内に通してくれようとしたが、わたしはなかに入るつもりはなかった。というのも、わたしには今宵、ふたたび魔物が修道院への侵入を試みるだろうと信ずべき理由があり、壁の外に待機してやつを捕まえるのだと門番に告げた。そして修道院の外回りに同行して、どこに誰の部屋があるのかを教えてくれるだけでいいと頼んだ。見回りの途中で、門番は二階の高い場所にある窓を指し、あれがテオフィルの独居房だと教えた。森に面した窓は開いており、わたしはこんな非常時にあまりにも不用心ではないかといった。だが、それは毎夜の習慣なのでいたし方がないのだとの答えだった。窓の奥に、蝋燭の火がちらちらとゆらめいているのが見え、大修道院長は夜遅くまで寝ずの祈祷を行っているようだった。

わたしたちは馬を門番の手にゆだねた。ひとまわり案内を終えたところで彼が退出すると、わたしたちはテオフィルの窓の下に戻り、無言のまま長い監視についた。

死人の顔容(かんばせ)のごとく青白くうつろな月がさらに高くのぼり、陰鬱な樫や松の木々の頭上を通過しながら、おぼろげな銀の光を投げかけている。西の空では輝きを失った星座のあいだで彗星が赤々と燃え上がり、沈みゆく蠍の尻尾の針を覆い隠していた。

わたしたちがどの窓からも見えない高い松に紛れてじっと待つうちに、影はしだいに短くなっていった。月が天上をのぼりつめて、西に傾き始めると、影は壁に向かって伸び始めた。あたりは森閑と静まりかえり、光と影だけがゆるゆると変化する以外、何ひとつ動くものはなかった。真夜中から夜明けのあいだに、テオフィルの蝋燭がまるで燃え尽きたかのようにふっと消え、それきり室内は暗闇に包まれた。

兵士たちは何もよけいなことを訊ねることもなく、槍をかまえたまま、不寝番につき従っていた。夜が明ける前に直面することになるやもしれぬ禍々しい恐怖については彼らも知っていたが、怯えた様子はいっさい見せなかった。だが、彼らがまだ知らぬ多くのことを知っているわたしは、ハイパーボリア伝来の秘薬を詰めた蛇皮の小袋がとっさに使えるよう握りしめていた。

兵士たちはわたしよりも森の近くに立ち、命じられたとおりじっと森に顔を向けている。だが、木々の枝が折り重なる暗がりには動くものとてなく、空は朝の薄明りに白々と染まり始めていた。そして日の出の一時間前、松の木の影が壁に達し、テオフィルの独居房の窓に向かってじりじりと這い上り始めたとき、ついにわたしが待ち受けていたものがやってきた。突然、いかなる前触れもなく、禍々しい赤い光の恐怖が、あたかも風にあおられて燃え上がる炎のごとく森の暗がりから忽然とあらわれた。そして寝ずの番に疲労し、体をこわばらせていたわたしたちに襲いかかってきたのである。

兵士のひとりが地面に倒され、わたしはその上に血のごとき赤い光を帯びた、黒い蛇のように身をくねらせる獣の姿を見た。その丸い蛇のような頭には耳も鼻もなく、無数の鋭い歯で兵士の鎖帷子を引き裂こうとしていた。歯が鎖帷子の継ぎ目を噛みちぎらんとする音を聞きながら、わたしは前に進み出て、エイボンの粉末を獣に投げつけた。もうひとりの兵士がひるむことなく槍で突こうとしたが、わたしはそれをおしとどめた。

宙を舞う木乃伊(ミイラ)粉のごとく細かい粉末は、降りかかると同時に血のように赤い光を曇らせた。獣は倒れた兵士の体を放すと、炎に焼かれた蛇のように身悶えしながら退いた。そいつは手足や胴体を激しくよじらせながら、わたしたちの目の前でおぞましい変化を遂げ、信じがたい変貌を始めようとしていた。刻一刻とゆらめきながら人間の姿に近づいていくさまは、まるで狼から人へと変貌しつつある人狼のようだった。そして赤い光が弱まるにつれ、そいつの体から黒い不浄なものが浮かびあがり、渦巻きながら、まるで布のような形になり、それはやがてベネディクト会修道士がつけている黒の修道衣と頭巾の襞へと変化した。頭巾の下からはひとつの顔が、暗闇のなかで青白く痩せこけた相貌をのぞかせていた。その顔を覆っている煤けた鉤爪が人間の手の形をとり始め、獣は粉末の残りをまき散らしながら近づくわたしから後ずさろうとした。

わたしはそいつを修道院の壁際に追い詰めた。すると獣は人間と魔物が半ば入り混じったような、狂おしい、絶望的な叫びをあげ、灰色の石壁に爪をたてて、いつものような魔物じみた動作で大修道院長の部屋の窓に向かってよじのぼろうとした。そいつは一瞬、蝙蝠か巨大な甲虫のごとく、するすると壁を這い上るかに思えた。しかし、変身はあまりに早く進み、そいつは松の木陰に墜落した。そして急激な衰弱に襲われたかのように、獣はよろめき歩いたかと思うと地面に倒れた。修道衣をまとった姿で身を丸めて倒れ伏すその姿は、まるで翼の折れた黒い夜の鳥のように見えた。

更待月の光が大枝の合間から、細々と射し込み、死者の顔を冷たく、青白く照らし出していた。体のほとんどは影に覆われていたが、わたしが予期したとおり、それは以前クシムで見かけたことのあるテオフィル大修道院長のものだった。その表情はいまや死によってやわらぎ、やつれ、削げ落ちた頬にはなんの傷も残ってはおらず、長きにわたる聖なる過酷な苦行の結果としか見えなかった。

獣によって倒された兵士は鎖帷子の下にひどい打撲を負った以外は無事だった。彼とその片割れはわたしのかたわらに立ち、何もいわなかったが、死人が大修道院長だということに気づいている様子だった。夜明け前、月の光がしだいに色褪せていく下で、わたしは兵士たちに秘密を守るよう固く誓わせ、ペリゴンの修道士たちに事情を説明する際に証人となるよう命じた。

高徳なるテオフィルの名に傷がつかぬよう話をつけたところで、わたしたちは門番を起こして、院長の悲しむべき死を伝えた。そしてかくのごとく伝えた。獣はわたしたちの不意をついてあらわれ、防ぐ暇もなく院長の房に侵入した。そして再びあらわれたときには、沈みゆく彗星に連れ去ろうとするがごとく、その蛇のような腕に院長の体を抱えていた。わたしが魔法の粉末を用いて不浄なる獣の行く手を遮り、その手から獲物を解放させると、獣は硫黄の火と蒸気の雲に巻かれながら退散した。だが、テオフィルは獣に抱えられて壁を這い降りる途中で恐怖のあまり絶命してしまった。彼の死こそはまことの殉教であり、決して無意味なものではなかった。ハイパーボリア伝来の秘薬による悪魔払いは絶対のものであり、もはや獣がこの地を苦しめたり、ペリゴンに取り憑いたりすることもないだろう、と。

このまことしやかな話は修道士たちに受け入れられ、みなは高徳なる大修道院長の死をおおいに嘆き悲しんだ。事実まったくの作り話というわけではなく、テオフィルにはなんの罪もなかったのである。彼は自分が夜ごと自室で邪悪な姿に変身していたことも、おぞましく変わり果てた姿で獣として悪魔の所業に励んでいたことも知らなかったのだから。そいつは夜ごと悪魔じみた飢えを満たすために彗星からおりてきたが、実体を持たず、無力であったがゆえに大修道院長に憑依し、その肉体を異世界のおぞましい怪物の姿に変えてしまったのだ。

テオフィルの死後、獣がアヴェロワーニュに姿をあらわすことはなく、残忍な殺戮が繰り返されることもなかった。やがて彗星が彼方の空に去り、徐々に輝きを失うと、それがもたらした黒い恐怖は、他のあらゆる過去の事件同様、さまざまな伝説を生みだした。後世にこの記録を読む者は、いかなる悪魔だろうと悪霊だろうと、まことの神聖を凌駕するものが存在するなどと信じはしないだろう。たしかに何人たりともこのような物語を信じぬほうがいいのだ。地球と月のあいだに、あるいは銀河のはざまを忌むべき異世界のものたちが絶えず行き交っているなどということは。そして深き淵には人間が知れば正気を保つことができぬようなものたちが棲息していることも。こうした名状し難き存在は未知からの恐怖としてわれわれのもとを訪れ、これからもまた訪れるだろう。そして星界の邪悪は地上のいかなる邪悪とも比べものにはならないのだ。

ヴィーナスの発掘

The Disinterment of Venus

田村美佐子訳

じつに嘆かわしくけしからぬ事件の数々が一五五〇年に起こるまでは、ペリゴンの菜園は大修道院の南東側にあった。事件があったのちに菜園は北西側へ移され、いまでもそのままそこにある。代々の大修道院長が厳しく睨みをきかせてきたので、かつて菜園があった場所には雑草や茨が生い茂り、いまだに誰も手入れすらしようとしない。

ベネディクト会修道院の赤蕪（かぶ）畑や人参畑が移動せざるを得なくなった元凶についてはアヴェロワーニュじゅうの人々に語り継がれているが、そのいい伝えの真偽は定かではない。

ある四月の朝のこと、三人の修道士がせっせと菜園を耕していた。名をそれぞれポール、ピエール、ヒューズといった。ひとりめは老齢にさしかかった矍鑠（かくしゃく）とした頑丈な男、ふたりめは壮年を迎えたあたり、三人めは近頃誓願を立てたばかりの、ようやく少年を脱したくらいの年頃だった。

とりわけ、溌剌（はつらつ）とした若さが身体を駆けめぐり誰よりも張りきっていたヒューズは、粘り気のある土を仲間たちよりも熱心に掘り進めていた。代々の修道士たちが丁寧に耕してきてくれたおかげで地中に石はほとんどなかったが、ほどなく、勢いよく力をこめて振りおろしたヒューズのスコップの先が、地中深くに埋まった、なにか硬い、大きさのよくわからぬものに当たった。

おそらく小ぶりの岩と思われるこの邪魔ものを、修道院の名誉と神の栄光にかけて取り除かねばとヒューズは感じた。幾度も屈みこんでは黒っぽい湿った土を掻き出し、それを掘り出そうとした。思ったよりも骨が折れた。岩らしきものの形がしだいに見えてくると、じつはかなりの長さがあり、ひじょうに風変わりな姿をしていることがわかった。ピエールとポールも、自分たちの作業をほうり出して手伝いに来た。やがて、三人のひたむきな努力が実を結び、埋まっていたものがはっきりと目の前に姿をあらわした。

掘り進めてかなり大きくなった穴の中で、修道士たちは泥だらけの頭部と胴体を喰い入るように見つめた。古代ローマ様式の、大理石の女性像あるいは女神像にちがいなかった。スコップで泥をこそげ落とすと、あたかもほんものの薔薇の花をもちいたようにほんのりと色づいた、淡い色の石でできた両肩と両腕があらわれた。だが顔と胸のあたりにはまだ真っ黒な泥がべったりとこびりついている。

彫像は見えない台座に置かれているかのように直立していた。片腕をあげ、形のよい手でふっくらとした肩と乳房のあたりに軽く触れている。もう片方の手はだらりとさげていて、まだ地中に刺さっていた。さらに深く掘り進めると、豊満な尻と丸みをおびた太腿があらわれた。三人でかわるがわる穴の中に入り、やがて穴の縁(へり)が頭よりも高くなった頃、埋もれていた台座と、その下にあるみかげ石の敷石がようやく姿をあらわした。

掘っている間じゅうずっと、修道士たちは経験したことのない強烈な興奮をおぼえていた。その興奮がどこから来るのか彼ら自身にもうまく説明できなかったが、それはまるで、長いこと地中にあった彫像の腕や乳房から、正体不明の病原菌のごとく立ちのぼってくるように思えた。忌まわしき異教の、裸体を露わにした彫像を目の当たりにして、敬虔なる三人は恐怖におののきながらも、われ知らず喜びをおぼえていた。もしそれを自覚していたならば、それぞれみな、堕落した恥ずべき思いを抱いたおのれを咎(とが)めていたにちがいない。

石像が欠けたり傷ついたりせぬよう、穴の中の三人はスコップを慎重に進めた。やがて完全に土がどけられ、台座に載った端整な両足があらわれると、彫像のすぐそばに立っていた最年長のポールが雑草をむしり取り、美しい肢体にまだ点々とこびりついている泥を拭いはじめた。仕上げにみずからの黒い法衣の裾や袖で大理石をぴかぴかに磨きあげるほどの熱の入れようだった。

　ポールもほかのふたりも古典の知識はそれなりにあったので、この彫像がヴィーナス像だということには気づいていた。アヴェロワーニュがローマ帝国の支配下にあり、侵略者たちの手でこの女神を祀る祭壇が数多くつくられた時代のものだ。

　いにしえの伝説の時代における栄枯盛衰にも、地中深くに埋まっていた長く暗い歳月にも、ヴィーナス像はすこしも損なわれていなかった。波打つ巻き髪になかば隠れた耳の端がすこし欠けており、形のよい足の片方の中指にひびが入っていたが、むしろそのために、もの憂い美しさに加えて匂い立つような色気が立ちのぼっていた。

　彫像は若者の夢にあらわれる夢魔(サキュバス)さながらの極上の美しさをたたえていたが、その完璧な美の中に、言葉では語りきれぬような魔性を秘めていた。熟れた肉体を描き出す輪郭は、蕩(とろ)けるような肉感的な膨らみにはち切れんばかりだった。丸みのある、魔女キルケーもかくやというおもざしに浮かぶ唇は、誘惑の表情を浮かべているのか、軽く尖らせているようにも微笑んでいるようにも見えた。名もわからぬ、頽廃的な作風の彫刻師の手になるこの彫像は、英雄時代の気高く母性にあふれたヴィーナスではなく、いまにも〈空虚(うつろ)の丘〉に降りて闇の酒宴に興じようとしている、ずる賢く残酷なまでに艶(なま)めかしいキュテレイア（ヴィーナスの別名。アフロディーテ）そのものだった。

　禁断の魔法と不浄な呪縛が柔肌のごとく白い石像から漂い、まるで見えない髪の毛さながらに修道士たちの心に絡みついた。だがそこで三人は修道士というおのれの立場を思いだし、ふいに気恥ずかしくなって、修道院の菜園にはおよそふさわしからぬこのヴィーナス像をどうしたものか、と話し合いはじめた。たいして話さぬうちに、ヒューズが院長のもとへ赴いてこのことを報告し、彫像の処遇についての判断を仰ぐこととなった。ヒューズを待つ間、ポールとピエールはふたたび畑仕事に取りかかったが、異教の女神を横目でちらちらと盗み見ていただろうことは間違いなかった。

　ほどなくオーギュスティン大修道院長が、その時間とくに持ち場のない修道士たちをぞろぞろと連れて菜園へやってきた。院長は険しい顔つきで黙りこくったまま、彫像を念入りに観察しはじめた。ついてきた修道士たちはうやうやしくその場で待ち、彼が言葉を発するまでは誰も口をひらこうとしなかった。

　かなり齢（よわい）も重ねているうえ厳格そのものの聖人オーギュスティンでさえ、この石像が発しているらしきどこか異様な妖艶さにはたじろいだ。だが彼はそれをおくびにも出さず、もともといかめしい顔つきをさらに険しくした。ロープを持ってくるよう手短にいうと、つぎは粘土質の土の寝床からヴィーナス像を引きあげて、穴のかたわらの畑の土の上に立てるよう命じた。ポールとピエールとヒューズに加え、もうふたりがこの作業を手伝った。

　おおぜいの修道士たちが彫像を近くでよく見ようと群がった。触ろうとする者までいたが、見苦しいふるまいを古参の修道士にたしなめられた。むろんベネディクト会修道士の中でもとりわけ年かさの禁欲主義的な者たちは、このような忌まわしき異教の彫像は存在そのものが大修道院の菜園を穢すものであるからただちに破壊すべきだ、と迫った。だがほかの、中でもとりわけ現実的な考えを持ち合わせていた者たちは、このヴィーナス像が古代ローマ時代の希少な美しい彫刻のひとつであり、どこぞの金持ちか不信心な芸術愛好家によい値段で売れるにちがいない、と指摘した。

大修道院長にも、穢れた異教の偶像であるヴィーナス像など破壊すべきだとはわかっていたが、いかがわしくも奇妙なためらいが胸の内で膨らみ、壊せという指示を出せずにいた。ほんのりと色気のある石像が、あたかも生きているかのように、人間とも女神ともつかぬ声でしきりに慈悲を請うているかのように思えた。ともかくも白い乳房から視線を引き剝がし、修道士たちに向かっておのおのの務めに戻れと厳しい声で命じると、このヴィーナス像の最終的な処分と撤去の方法が決まるまでは、しかたがないのでこのまま菜園に置いておくといった。こうしてとりあえずその場を濁すと、院長は修道士のひとりに、粗布の服を持ってきて、このはしたない女神の裸体に着せかけておけと命じた。

この古代ローマの彫像の発掘は、平穏だったペリゴンの大修道院に、議論の渦と一抹の不安と仲間割れを生む原因となった。多くの修道士たちが興味津々だったため、院長は、務めにおいてやむを得ず接近しなければならぬ場合を除き、なんぴとたりとも彫像に近づくべからず、といいわたした。その頃、彼自身もヴィーナス像をただちに破壊しなかったことで甘さを指摘され、一部の司祭たちから槍玉にあげられた。院長としての最後の数年間、彼はこの件に関して適切な処置を怠ったことを激しく後悔しつづけることとなる。

とはいえ、まったくもってけしからぬ深刻な事件がそこから続々と続こうとは誰ひとり夢にも思っていなかった。だが彫像が発見された翌日には、なにやら不穏な、邪（よこしま）な力が明らかに及びはじめていた。それまでは修道士が規律を破ることなど滅多になく、重罪に至っては耳にしたこともなかった。しかしこのときはあたかも、規律を守らず、不信心で、淫らな言葉を口にし、悪行にふける悪魔がペリゴンの地に舞い降りてきたかのようだった。

最初に罪を償うこととなったのはポールとピエールとヒューズだった。三人がまるで巷の伊達男たちのような、修道士にあるまじき卑猥な軽口を叩き合っているのをある司祭が聞きとがめ、青くなって飛んできた。罰をすこしでも逃れようと三人は訴えた。あのヴィーナス像を掘り当ててからというもの、色欲にまみれた思想と妄想に囚われてしかたがないのです、なにもかもあの彫像のせいなのです、白き柔肌のごとき石像がわれわれに異教の魔法をかけたのです、と。

同日、別の修道士数人も同様の罪を問われた。残りの修道士たちにも、砂漠で夜を徹した聖アントニウスを苦しめたかのような淫らな欲望や幻に悩まされていると告解する者がいた。やはり彼らの多くがヴィーナス像のせいだと口にした。夕べの祈りの前に、修道院規則に違反した者たちの罪状が読みあげられ、中には最も厳しい叱責と贖（あがな）いが必要な場合もあった。それまであらゆるふるまいにおいて模範的だった修道士たちまでもが罪を犯し、みな悪魔か、あるいはそれ以外の強い魔物かなにかの力に操られたとしか思えなかった。

さらに最悪なことに、まさにその夜、ヒューズとポールが共同寝室のそれぞれの寝床から姿を消した。誰もふたりの行き先を知らなかった。彼らは翌日になっても戻らず、院長の指示により近隣のサント・ゼノビー村で聞きこみがおこなわれた結果、ふたりはあまり評判のよろしくない宿屋で酒を飲み、女を買ってひと晩過ごしたあと、夜が明けきらぬうちにこのあたりで最も大きな都市であるヴィヨンヌへ向かったとわかった。しばらくしてポールとヒューズは引っ捕らえられ、修道院に連れ戻されたが、自分たちが堕落したのはひとえに、彫像に触れたために邪悪な病毒のようなものに冒されたせいだとしきりに訴えた。

前例にない風紀の乱れかたに、異教の悪魔の力がはたらいているのだと誰もが信じて疑わなかった。魔力の源は火を見るよりも明らかだった。さらに、菜園で畑仕事をしていた修道士たちや彫像の見える場所を通りがかった修道士たちが妙なことをいいはじめた。ヴィーナス像がもはやただの彫像ではなく、生身の女あるいは毒婦さながらに、見るたびに仕種を変えたり、粗布の服のひだを引っ張って片肌を晒したり胸もとをちらりと見せたりするというのだ。夜半に菜園を散歩しているのを見たといいはる者たちもいた。ヴィーナス像が修道院の中まで入ってきて、夢魔(サキュバス)のごとく目の前にあらわれたといって譲らぬ者たちまで出はじめた。

これらの話を聞いてみな恐れおののき、わざわざ彫像に近づく者はいなくなった。ひじょうに面目ない事態であったにもかかわらず、院長は彫像を壊す命令をいまだに出せぬまま、そのいっぽうで、たとえいかに敬虔な動機からであろうと、万が一いずれかの修道士が彫像に触れるようなことがあれば、あの、ヒューズとポールを不幸と不名誉のどん底に落とし、ほかの修道士たちにも卑猥な言葉を語らせ淫らなおこないに走らせた禍々(まがまが)しい妖術を呼び寄せてしまうのではないか、とも危惧していた。

とりあえず外から人を雇ってこの偶像を壊し、瓦礫を片づけて埋め戻させよう、ということになった。なにごともなければ、しかるべきときにそれが実行されたはずだった。ブラザー・ルイが軽はずみに狂おしい熱情に浮かされさえしなければ。

件の修道士は家柄のよい若者で、端整な顔立ちと、信心深く禁欲的なことの両方において、ベネディクト会修道士の中でも抜きん出ていた。アドニス（女神アフロディーテに愛された美少年）もかくやという美しい顔だちで苦行ともいえる徹夜の祈りや長時間の祈りを捧げる姿は、院長や司祭たちよりもむしろ目立っていた。

彫像が掘り出された時間には、彼は熱心にラテン語聖書の写本をおこなっていた。そのさいにも、さらにそのあとになっても、そんないかがわしいものをじっくりと眺めようなどという気はいっさい起こらなかった。地中から出てきた彫像の詳しいようすを仲間の修道士たちから聞かされると、彼はいやな顔をした。淫らな彫像の存在によって大修道院の菜園が穢されたと感じていたため、みずからの清らかなまなざしに石像の姿がけっして映らぬよう、窓という窓すら避けて歩いていた。

異教による害悪と腐敗の影が修道士たちの上に色濃くあらわれはじめると、ルイ修道士は激しく憤慨した。道徳的かつ敬虔な修道士たるものが、邪悪な異教の魔力などに操られて辱められなければならないとはなんとゆゆしき事態か、と。彼は院長の煮えきらぬ態度と、害しか及ぼさぬ偶像の破壊を先延ばしにしている点をあからさまに非難した。このまま手をこまぬいていればますます厄介なことが起こるにちがいない、と。

このようなわけだったので、彫像が発掘されてから四日めにブラザー・ルイが姿を消し、寝床にも前夜から眠った形跡がないことがわかったとき、ペリゴンは激しい驚愕と不安に包まれた。だが彼が、ポールとヒューズを堕落させたような欲望や衝動に負けて修道院を抜け出したとはとても思えなかった。

院長が修道士たちを厳しく問いただしたところ、最後に姿を見た者によれば、ブラザー・ルイは大修道院の工房のあたりをうろついていたとのことだった。彼が大工道具や手作業に興味を示したことはあまりなかったので、これはなんとも妙だった。ただちに工房が調べられ、鍛冶の仕事を受け持つ修道士が、いちばん大きくて重い金鎚がなくなっていることに気づいた。

なにがあったのかは誰の目にも明らかだった。気高い情熱と聖なる憤怒に駆り立てられたルイは、禍々しいヴィーナス像を打ち壊そうと夜陰に乗じて出ていったのだ。

大修道院長とその場にいた修道士たちはすぐさま菜園へ向かった。すると庭師たちと鉢合わせた。遠巻きに見ていたところ彫像が穴のそばにないことに気づき、院長に報告せねばと慌てて走ってきたのだ。彼らは彫像が動き出して庭園のどこかに潜んでいるにちがいないと信じきっていて、なぜ消えたのかという謎を解こうなどという気はまるでなかった。

おおぜいで、しかも院長が先頭にいるので気が大きくなり、修道士の一団は穴に近づいていった。在処（ありか）のわからなかった金鎚が、まるでルイが土くれの上に投げ捨てたかのように、穴のかたわらに落ちていた。そばには彫像に着せかけてあった粗布がほうり出されていた。だが、あるはずと思われていた大理石の破片はひとかけらも見つからなかった。穴の周囲にはルイの足跡がいくつもくっきりと残っており、しかも彫像の台座の跡と思われるへこんだ土のまわりには、ずいぶんと近いところにまで足跡がついていた。

なにもかもが異様で、謎がひじょうに不吉な様相を呈してきたように修道士たちには思えた。そこで穴を覗きこむと、もはや悪魔（サタン）の――あるいはその下僕（しもべ）である最も破滅的で魅惑的な女の魔物の――企みとしかいいようのない光景が目に飛びこんできた。

どういうわけかヴィーナス像は横倒しになり、広く深い穴の底にふたたび墜落していた。ブラザー・ルイの身体は大理石の乳房の下で潰れていた。頭蓋骨が砕け、傷だらけの唇は歯茎まで真っ赤に血に染まっている。まるで愛しい恋人をかき抱くようにヴィーナス像を締めあげた両腕は、死後硬直によってさらにこわばっていた。しかし、それ以上に心胆を寒からしめた不可解なできごとがあった。ヴィーナス像の石の両腕の位置が変わっており、死んだ修道士の身体にしっかりと回されていたのだ。あたかも男女が愛し合う場面を切り取った彫刻であるかのように！

ベネディクト会修道士たちを襲った戦慄と驚愕は言語に絶するものだった。この身の毛もよだつ、世にも忌まわしい不思議な光景を目の当たりにして、肝を潰したあまりに、一目散にその場から逃げ出しかけた修道士たちもいた。だが、目の前のサタンの仕業に敬虔な怒りをにじませ、厳しい表情を浮かべた院長が彼らを制し、まず十字架と聖水と散水器、さらにルイの亡骸を現在の痛ましく邪悪な状態から救い出してやるには穴に降りねばならぬので、梯子を持ってくるようにと命じた。穴のそばに落ちていた鉄の金鎚が、ルイが真っ当な目的をもって外へ出たという確固たる証拠ではあったが、彼が彫像の放つ魔性の色香に屈したことはまったくもって疑いようがなかった。とはいえ教会としては、たとえ間違いを犯した下僕といえど、邪悪な力のもとに打ち捨てておくことはできなかった。

梯子が運ばれてくると、院長はみずから先に立って降りていった。修道士たちのうちでもとりわけ屈強で度胸のある、ルイの魂を救うためならばおのれの魂を危険に晒してもかまわないという三人があとから続いた。その後のことについてはいい伝えによってさまざまだ。彫像とその犠牲となった亡骸に院長が聖水を振りかけたものの、すぐさま効果があらわれるようなことはなかった、とするものもあれば、聖水の滴に打たれたとたん、倒れたヴィーナス像から地獄のごとき蒸気が立ちのぼり、ルイの皮膚はまるでひと月放置した死体のように真っ黒になった、やはり結局彼は地獄行きを免れなかったのだ、とするものもある。だが、院長に命令を受けた屈強な修道士三人がかりでも、女神の餌食となった者の身体に回された大理石の抱擁を解くことはできなかった、という点は、いずれの物語においても一致していた。

そして院長の指示により、穴は土と石で慌ただしく縁まで埋め戻され、その場所は、塚やそのほかの目印が立てられることもなくそのまま打ち捨てられて、瞬く間に雑草が生い茂り、やがて、菜園の手つかずの場所となんら変わりのない姿となった。

シレールの魔女

The Enchantress of Sylaire

柿沼瑛子訳

「この、図体ばかり大きなお馬鹿さん！　誰があなたと結婚するものですか」ムッシュー・フレシュの一人娘ドロテがあざけるように叫んだ。ふたつの熟したベリーのような唇がアンセルムに突き出される。その声は蜂蜜のように甘やかだったが、蜂の針を思わせる痛烈な毒がこめられていた。

「たしかに見かけは悪くないし、立ち振る舞いだってご立派なものだわ。でも、あなたがどんなにお馬鹿さんか見せられる鏡がここにあればいいのに」

「どうしてそんなことを？」傷ついたアンセルムがまごつきながら訊ねる。

「だって、あなたときたら頭のおかしな夢想家で、いつだってお坊さんみたいに本に鼻を突っ込んでばかりいるんですもの。それも毒にも薬にもならない古い浪漫綺譚や伝説だのばかり。おまけに詩も書くんですってね。あなたがフランボワジエ伯のご次男でよかったこと――だってそれ以上のものにはなれっこないんだから」

「でも、きのうは僕を愛してるといったじゃないか」アンセルムは恨みがましい口調でいった。だが、女性は愛せなくなった男には美点など見出せなくなるものなのだ。

「ほらね、お馬鹿さん！　薄のろ！」ドロテがその金髪の巻き毛を小馬鹿にしたように揺らしながら叫ぶ。「あなたがわたしのいうようなお馬鹿さんでなければ、きのうのことなんて持ち出したりするはずがないわ。もう行ってちょうだい――そして二度と戻らないで」

世捨て人のアンセルムはほとんど眠ることもできず、固くて狭い寝台の上で悶々と寝返りを打っていた。夏の夜の蒸し暑さに、若者の血はかっかと熱く燃えるようだった。

若さゆえの激しい情熱もまた彼の懊悩の原因になっていた。女のことなど考えたくもなかった。とりわけある女性のことは。だが、十三か月にもわたるアヴェロワーニュの野生の森での隠居生活を経てもなお、忘れることなどできそうにもなかった。嘲りの言葉よりも彼を傷つけるのは、記憶のなかにあるドロテ・デフレシュの美しさだった。熟した果物のような唇、ふくよかな腕、ほっそりとした腰、まだ完全なる曲線を描くにはいたっていない胸と臀部。

切れ切れの短いまどろみのあいだに、夢は次々と押し寄せ、彼の寝床に美しい、だが名前のない訪問者を連れてくるのだった。

彼は夜明けに目を覚ました。疲れてはいたが、ひどく落ち着かなかった。いつものように水浴びをすれば少しは気分もよくなるかもしれない。イゾワール川から流れこむ、榛の木と柳に隠されたあの池に。この時間なら水は甘美なまでに冷たく、彼のほてりを鎮めてくれるだろう。

柳の小枝で編んだ小屋から出ると、朝日のまばゆい黄金の光に目がひりひりと痛んだ。彼の心はなお、昨夜の乱れた思いに満ちていた。たかだかひとりの娘に邪険にされたからという理由で、こんなふうに世間を捨て、友人や家族たちと離れて世捨て人となったのは賢明だったのだろうか？　いにしえの隠者たちのように、聖人をめざす熱意ゆえに世を捨てたのだと自分を欺くことはできなかった。あまりにも長い独居生活は、彼が治そうとしていた病をますます悪化させるものではなかったのか？

気がつくのが遅すぎたかもしれないが、自分はドロテが非難していたような、無能な夢想家、怠惰な愚か者だということを証明しているのではないだろうか。心が折れるたびに世をすねるのは彼の弱点だった。

アンセルムは目を伏せたまま歩いていたので、池を取り囲む藪にたどり着いていたことにも気がつかなかった。目を上げることもなく若い柳をかき分け、その場で衣服を脱ごうとした。だが、次の瞬間水のはねる音がして、若者はもの思いから引き戻された。

アンセルムは池に先客がいることに気づいていささかうろたえた。さらに驚いたことに先客は女性だった。池が深くなる中央部に近づくと、女性は両手で水をかきまわし、胸の下にかき寄せては、波打たせていた。その白い濡れた肌は、まるで朝露に濡れる白薔薇の花びらのごとく輝いていた。

アンセルムの狼狽は好奇心に、やがて思わぬ歓びへと変わっていった。この場を立ち去りたいのだが、急な動作で女性を驚かせたくはないと自分に言い聞かせる。そのくっきりとした横顔に、すらりとした左肩をかがめて背を見せている女性は、明らかにアンセルムがいることに気づいてはいない様子だった。

若く美しい女性こそは今一番見たくないもののはずだった。それにもかかわらず彼は目を背けることができなかった。その女性は初めて見る顔であり、近郊の村や田園地帯の娘ではないように思われた。アヴェロワーニュのいかなる城主の奥方にくらべても遜色ない美しさだ。だが、どんな貴婦人だろうがご令嬢だろうが、お供もなしに森の池で水浴びをするはずがない。

銀の細いリボンで束ねた豊かに波打つ栗色の髪は肩に流れ落ち、葉のあいだから差し込む陽光があたる箇所は、赤く燃え立つ鮮やかな黄金色に輝いていた。首にかけた細い黄金の鎖が、まるでその髪の色を反映するかのように、さざ波とたわむれる女の乳房のあいだで揺れている。世捨て人は突然の魔法の網にとらわれた者のように見惚れ、立ち尽くすばかりだった。その美しさに反応して、身内に若さの熱が高まりゆくのを感じた。

水の戯れにも飽きた様子で、女性は背を向けると、反対側の岸辺に向かって歩き始めた。そこには女性のものとおぼしき衣服が、なんとも魅惑的に脱ぎ散らかされていることにアンセルムは気がついた。ひと足ごとに女性が浅瀬に近づくにつれ、まるで古代のウェヌスのような尻と太腿があらわになっていく。

そのとき、彼女の前方に巨大な狼が藪のなかから影のようにひそやかに姿をあらわし、衣服の山の前に座りこむのを彼は見た。このような狼はこれまで見たことがなかった。太古の森に出没するという人狼の伝説を思い出し、警戒心はたちまち超自然のものだけが呼び起こす恐怖に取って代わった。それは不思議な、青みがかった黒い、つやつやした毛色をしていた。森で見かける灰色狼に比べてもはるかに大きかった。見えないように身を伏せ、スゲの群落に姿を隠し、獣は岸に近づいてくる女性を待ち構えているかのようだった。

すぐにも女性は危険に気づき、悲鳴をあげながら踵を返して逃げ出すだろう、とアンセルムは思った。だが、女性はまるで穏やかな物思いにふけっているかのように、頭を下げたまま近づいていく。「狼だ、気をつけろ!」彼は思わず叫んでいたが、その声は異様なまでに大きく響き、それまでの魔法にかかったような静寂を破るかに思えた。言葉が口をついて出ると同時に狼は走り出し、藪の向こうの、樫と橅の古い森に姿を消した。女性は肩越しに振り返って微笑みかけ、わずかに吊り上がった目や、ザクロの花のように赤い唇をした小さな卵型の顔をアンセルムに向けた。狼に怯えている様子もなければ、アンセルムの存在に驚いている様子もなかった。

「どうかご心配なく」と彼女は温かい蜜を注ぐような声でいった。「狼はたかだか一頭や二頭で襲ってきたりすることはありません」

「でも、あたりに仲間がひそんでいるかもしれませんよ」アンセルムは食い下がる。「それにアヴェロワーニュの森を供もなくひとりで歩いておられるのなら別の危険だってあるかもしれません。身支度が終わられたら、あなたのお家まで、遠かろうと近かろうと、どうか僕に送らせていただけませんか?」

「わたしの家は近いといえば近いけれど、遠いといえば遠いのです」女性は謎めいた答えを返した。「でも、そうしたいとおっしゃるならご一緒しましょう」

彼女が衣服を脱ぎ捨てた場所に向かうと、アンセルムは数歩離れた榛の木の林に入り、野性の獣やそれ以外の敵と戦う武器にするための頑丈な棍棒を作ろうと枝を切り始めた。これまで感じたことのない甘美な興奮にとらわれ、彼は何度かナイフで指を切りそうになった。森での孤独な生活に追いやることになった女性嫌悪は、今となってはいささか未熟で、幼稚なものにさえ思えてきた。わがままな子供の不当な仕打ちに、自分はあまりにも長く、深く傷つけられるままになってきたのだ。

棍棒が出来上がるころには、女性も身支度を終えていた。彼女は蛇女(ラミア)のごとく身を揺らしながら近づいてきた。春を思わせる緑のびろうどの胴着は恋人のようにその肉体をぴったり包み、あらわになった胸の半分をのぞかせている。紫色のドレスには、一面に淡い青と紅の刺繍がほどこされ、女性の腰から脚にかけてのしなやかな曲線をあらわにしていた。ほっそりとした足は爪先がくるりと上向いた赤い柔らかな革の半長靴に包まれている。全体的な衣服の印象はどこか古めかしく、アンセルムは女性が並みの身分ではないことを確信した。

その衣装は女性らしさを隠すというよりは際立たせていた。物腰は柔らかではあったが、どこか相手を寄せつけないようなところがあった。

アンセルムは粗末な野良着には似つかわしくない優雅な仕草で女性に一礼した。

「まあ！　あなたはずっと森の隠者だったわけではないのですね」そこにはかすかにからかうような響きがこめられていた。

「僕をご存じなのですね」とアンセルム。

「わたしはいろいろなことを知っているのですよ。わたしは魔女のセフォーラ。わたしのことをご存じではないでしょうね。わたしはとても遠いところにある誰にも見つけられないような――わたしがそうと決めた方には別ですが――場所に住んでいるのですから」

「魔法のことは知りませんが」アンセルムは答える。「でも、あなたが魔女であることは信じます」

ふたりはしばらく古代の森をうねうねとくねる、ほとんど使われていない小径に沿って進んでいった。これまで森のなかをさんざん逍遥してきたはずのアンセルムでさえ出会ったことのない道だった。巨大な橅の木から垂れ下がる大枝や、しなやかな若木が両側から道に張り出している。アンセルムは連れのためにそうした障害物をかき分けながら、女性の肩や腕に触れるたびにぞくぞくするような興奮を味わっていた。時折、荒れた地面に足をとられたかのように、彼女はアンセルムにもたれかかった。その重みは彼にとって快かったが、あっという間に離れていってしまうのだった。彼の脈拍は乱れに乱れ、もはや平常に戻ることはなかった。

アンセルムは世捨て人となる決意をすっかり忘れはてていた。彼の血潮と好奇心はいやましに逸るばかりだった。何度か紳士的に言葉をかけてみたが、返ってくるのは挑発的な答えばかりだった。しかし、彼の質問に対しては漠然とはぐらかした。彼はセフォーラについて何ひとつ知ることはできず、判断することもできなかった。年齢ですら不明だった。時として若い娘のようにも見えるが、次の瞬間には成熟した女性のようにも思えた。

そのようにして歩きながらも、何度か低い、影に閉ざされた藪ごしに、黒い毛皮がちらりと見えた。池で目撃したあの不思議な黒い狼がこっそりふたりをつけているのは間違いなかった。だが、彼の警戒心は魔法のせいですっかり鈍らされていた。

小径は険しさを増し、鬱蒼と樹木がおいしげる山の斜面にさしかかっていた。やがて、まばらな発育の悪い松の木が、まるで修道士の剃髪した頭頂部のように、ぐるりと開けた茶色い荒野を取り囲んでいる場所に出た。荒れ地のところどころには、ローマ軍がアヴェロワーニュ一帯を占領する前にさかのぼるドルイドの石柱が散らばっていた。

その中央にひときわ巨大なドルメンが屹立し、ふたつの垂直にそびえる石板が、戸口の横木のように差し渡されている石板を支えていた。小径はドルメンにまっすぐ通じている。

「これがわたしの家への戸口です」ドルメンに近きながらとセフォーラがいった。「疲れて気を失ってしまいそう。どうかあなたの腕に抱いて、このいにしえの門を通り抜けさせてくださいな」

アンセルムは一も二もなくしたがった。女性の頬は青ざめ、彼が抱き上げると、瞼を震わせ、目を閉じた。一瞬、女性が本当に失神してしまったのかと思ったが、その温かい腕が彼の首に巻きつくのを感じた。

突然の情熱の昂ぶりにぼうっとしながら、アンセルムは女性を抱きかかえたままドルメンに足を踏み入れた。彼の唇は女性の瞼をかすめ、その柔らかな赤い唇と、ほんのりと薔薇色をさした白い喉の上をさまよった。彼の情熱に圧倒されて、女性はふたたび気を失ったかのように見えた。

アンセルムの手足から力が抜け、炎のような闇が目を覆い隠した。セフォーラをおろすと、地面はふたりの下で柔らかな寝椅子のように沈むかに思えた。

目をあげたアンセルムはまわりを見渡して、当惑が広がっていくのを覚えた。セフォーラを抱えて歩いたのはほんの数歩だけなのに、ふたりが身を横たえている草地は、太陽にさらされて萎れた草もまばらな荒野ではなく、青々とした緑と小さな春の花々が咲き乱れる草原になっていた。がらんとした台地であったはずの場所は、これまで見慣れてきたそれよりもさらに高くそびえる樫や樵が生い茂る森と化し、黄金色に輝く若葉をつけた葉叢が影を落としていた。振り返ると、そこには唯一変わらない、灰色の苔むしたドルメンが立っている。

太陽でさえもいつの間にか位置を変えていた。ふたりが荒れ地に差しかかったときは、東に低くかかっていたはずなのに、今では右手の地平線にほとんど触れなんばかりで、森の切れ目から琥珀色の光を放っていた。

彼はセフォーラが魔女だと名乗っていたことを思い出した。まさにこれこそは魔法の証拠ではないか！　彼はいぶかしげな疑いと不信の目で女性を見た。

「どうか不安にならないでください」セフォーラは蜜のように甘い微笑みで彼をなだめた。「あのドルメンはわたしの棲み処への入口だといったでしょう。今わたしたちは、あなたが知っておられた時間と空間の外の世界にいるのです。季節もここでは違います。でも、魔法にはいっさいかかわりはありません。古代の偉大なるドルイドたちの魔法は別ですが。彼らはこの隠された王国の秘密を知り、ふたつの世界を隔てる門としてあの巨大な石を立てたのです。わたしに飽いたらいつでもあの門を通って元の世界にお帰りになってもいいのです。でも、そんなにすぐではないことを願いますが――」

アンセルムはまだ当惑したままだったが、これを聞いて胸を撫でおろした。そしてセフォーラの抱いている懸念は必ずや払拭されるだろうと必死に請け合った。あまりにもそれが微に入り細にわたっていたので、セフォーラが大きく息を吸い込んでふたたび口を開くころには、太陽は地平線の下に沈んでいた。

「空気が冷たくなってきました」彼女はそういいながらアンセルムに身を寄せて、かすかに身を震わせた。「でも、わたしの家はもうすぐですから」

ふたりは黄昏のもと、生い茂る木々と小高い草地に囲まれた、高い円塔にやってきた。

「はるか昔に」セフォーラがいった。「ここにはそれは立派な城がありました。今は塔だけが残っております。わたしはここの女城主、一族の最後の末裔にあたります。この塔やまわりの土地はシレールと呼ばれています」

　長い蝋燭がほのかに照らし出す室内には、模糊とした奇妙な光景が描かれた豪華なつづれ織りが下がり、死体のように蒼白な顔をした年寄りの召使たちが、古めかしい衣装に身を包み、幽霊のごときひそやかさで行ったり来たりしながら、大広間の魔女とその客人のためにワインや料理を次々に運んできた。ワインは年を経た珍しい香りのもので、料理もまた不思議な香辛料で味付けされていた。アンセルムはひたすら呑み、たらふく食べた。まるで幻想的な夢のなかにいるような気がした。彼は夢見る者が夢を受け入れるがごとく、その奇怪さに煩わされることなく状況を受け入れた。

　ワインは強く、彼の五感を温かい忘却に引きずりこんだ。セフォーラがすぐ近くにいることで、その酔いはいっそう深まった。

　とはいえ、その朝池で見かけた黒い巨大な狼が広間に入ってきて、女主人の足元に甘えるようにうずくまるのを見たアンセルムは少なからず驚いた。

「彼はとてもわたしに馴れているのです」そういいながらセフォーラは皿の肉片をつまんで狼に投げた。「ですからわたしも自由に塔を出入りさせていますの。わたしがシレールから外に出かけるときも一緒に連れていくこともあります」

「ずいぶんと獰猛そうに見えますが」アンセルムは疑わしげにいった。

　すると狼はその言葉を理解したかのように、アンセルムに向かって牙をむきだし、この世のものならぬ猛々しいうなり声を発してみせた。その陰鬱な目には、悪魔が奈落で煽ぐ熾火のような赤い炎の点が燃えていた。

「お行きなさい、マラキ」女魔術師が鋭い声で命じた。狼はその言葉にしたがい、アンセルムに憎しみのこもった一瞥を放ちながら、すごすごと大広間から退出していった。

「あなたのことが気に入らないようですね」セフォーラがいう。「無理もありませんが」

ワインと愛に酔いしれるアンセルムは、その言葉の意味を訊ねようともしなかった。

朝はあまりにも早く訪れ、斜めに差し込む朝陽が塔のまわりの梢を染め上げた。

「しばらく失礼させていただきます」朝食を終えたところでセフォーラがいった。「近頃はすっかり魔術のことをなおざりにしてしまったものですから——調べなければならないことがあるのです」

優雅に身をかがめると、彼女はアンセルムの両のてのひらに接吻した。それから何度も振り返り、微笑みを浮かべながら、塔の最上階にある寝室の隣の部屋に引き取った。そこには魔術の指南書や秘薬や、必要な道具などを置いてあるのだと彼女はいっていた。

彼女が不在のあいだ、アンセルムは外に出て塔を囲む森を探索することにした。あの黒い狼についてセフォーラは大丈夫だといっていたが、とてもそうは思えなかったので、昨日イゾワール川近くの茂みで木を削って作った棍棒を持っていくことにした。

いたるところに小径があり、それらすべてはみずみずしい春の魅惑に通じていた。たしかにシレールは魔法の地だった。うっとりするような黄金の光と春の花々のさわやかな香りを載せた風に導かれるようにして、アンセルムは空き地から空き地へと森のなかをさまよった。

やがて小さな泉が苔むした岩の下からこんこんと湧き出ている、草に覆われた谷間に出た。アンセルムは岩のひとつに腰をおろすと、思いがけなくも人生に転がりこんできたこの不思議な幸福について考えた。これこそは彼が日ごろから好んでいた、魅惑と幻想の物語、古い浪漫奇譚そのものではないか。彼は微笑みながら、ドロテ・ド・フレシュがかつて彼の愛読する書物について投げかけた嘲りの言葉を思い出していた。ドロテはこれを見たらいったいなんというだろう？といっても彼女は気にかけもしないだろうが……。

彼のもの思いは唐突に断ち切られた。葉擦れの音がしたかと思うと、茂みのなかから黒い狼があらわれ、アンセルムの注意を惹こうとするかのようにもの悲しい声で鳴いた。どういうわけか狼からはいつもの獰猛さが消えていた。

いささか警戒しながらも、アンセルムは興味を惹かれ、狼がその前足で野性の大蒜に似た植物を掘り起こすのを見守っていた。狼は植物をがつがつとむさぼり始めた。

続いて起こった出来事にアンセルムはぽかんと口を開けるばかりだった。先ほどまで狼だったものは、いまや背の高い、痩せた筋肉質の男と化し、二本の足で立っていた。男の髪と顎髭は青みがかった黒で、目には黒い炎が燃えていた。髪はほとんど眉に届くほど長く、髭は下睫毛に届かんばかりに伸びている。その腕や脚、肩や胸もびっしりと剛毛で覆われていた。

「おまえに危害を加えるつもりはない」男はいった。「わたしはマラキ・デュ・マレ、妖術師でありかつてはセフォーラの恋人でもあった。あの女はわたしに飽き、かつわたしの魔力を恐れ、このシレールの魔法の土地の池の水をひそかにわたしに飲ませて人狼にした。その池はいにしえより呪いをかけられ、人を狼にしてしまうといわれている。セフォーラは自らの魔法によってさらにその効力を高めたのだ。わたしは月のないあいだだけ、狼の姿を脱ぎ捨てることができる。それ以外のときは先ほどおまえも見たように、あの植物を掘ってその根を食らうことで数分だけ人間の姿になることができる。だが、あの根はめったに見つけることができない」

アンセルムはシレールの魔法がこれまで想像していたよりも複雑なものだと感じていた。だが、当惑しながらも目の前にいる忌まわしい存在を信用する気にもなれなかった。中世フランスで広くいきわたっていた人狼の伝説については彼も知っていた。その残忍さはただの野獣というよりは魔物に近いと噂されていた。

「おまえが今、どれほど由々しい危険におちいっているか忠告させてもらおう」マラキ・デュ・マレは続ける。「おまえはやすやすとセフォーラの誘惑に負けてしまった。もしおまえに分別があるなら、一刻も早くシレールの地を離れることだ。この地は古くから邪悪と魔法に支配され、そこに住む者たちもまた土地と同じ齢を重ね、同じように呪われている。ちなみに昨夜おまえに給仕したセフォーラの召使いたちはみな吸血鬼であり、昼間は塔の地下室で眠り、夜になると活動を始める。ドルイドの門を通って、アヴェロワーニュの民たちを餌食にするためにな」

男は続く言葉に重みを与えるかのようにいったん言葉を切った。その目には悪意の光がきらめき、低い声が凄みを帯びた。「セフォーラ自身もまたいにしえのラミアであり、ほとんど不死に近く、若い男の精気を食らって生き延びてきた。長い歳月にわたってあまたの愛人を作ってきたが、彼らがどのような運命をたどったのかはわたしも知るところではない。だが嘆かわしいものであることは間違いない。セフォーラが保ち続けているあの若さと美しさはすべて幻だ。その真実の姿を見たら、おまえも嫌悪に身を引き、危うい恋から覚めるだろう。考えられないほど年老いた、あの忌まわしく罪にまみれた姿を見ればな」

「そんなことがあるものか」アンセルムはいった。「僕は信じないぞ」

マラキは毛むくじゃらの肩をすくめてみせた。「少なくとも警告はした。狼に戻る時間が迫っているので、わたしはもう行かなければならない。もしおまえが、セフォーラの塔から一マイル西にあるわたしの棲み処まで来れば、この話が本当であることを納得させてやる。それまでは己の胸に訊ねてみるがいい。セフォーラの部屋に若く美しい女性なら当然あるはずの鏡があるかどうかを。ラミアと吸血鬼は鏡を恐れる――それも当然のことだが」

アンセルムは乱れる心を抱えて塔に戻った。マラキのいうことはとうてい信じられなかった。だが、セフォーラの召使いたちのことが気になった。今朝は彼らがいないことにほとんど気がつかなかった――そういえば前夜から見ていない。それにセフォーラのさまざまな女らしい調度のなかに鏡を見た覚えはなかった。

セフォーラは塔の下の広間で彼を待っていた。そのこのうえなく女らしい魅力にあふれた姿を見たとたん、マラキに吹き込まれて彼女に疑いを持ったことが恥ずかしく思われてきた。

セフォーラの青灰色の瞳が問いかけていた。まるで異教の女神のように深く優しげなまなざしで。彼は人狼に出会ったことを包み隠さず打ち明けた。

「まあ、やはりわたしの直感は正しかったのですね」と彼女は答えた。「昨晩、あの黒い狼があなたをにらみつけて唸るのを見て、あれが思っていたよりも危険な存在になってきたという気がいたしました。今朝、わたしは魔法の部屋で透視術を使い、さまざまなことを知りました。本当にわたしは軽率でした。マラキはいまやわたしの安全を脅かそうとしています。それに彼はあなたを憎み、わたしたちの幸せを台無しにしようとしています」

「では、本当なのですね」アンセルムは訊ねた。「彼があなたの愛人であり、あなたが人狼に変えてしまわれたというのは」

「たしかに彼はわたしの愛人でした――はるかな遠い昔のことですが。でも、人狼になったのは彼自身がそれを選んだからです。あの男は邪な好奇心から、あなたに教えた池の水を飲んだのです。そして今はそれを後悔しています。狼の形は、人に危害を与える力を与えはするけれど、実際にはその行動や魔法も制限してしまうので。彼は人間の姿に戻りたがっているのです。もしそんなことになったら、わたしたちふたりにとっては二重に危険なことになりかねません。

もっと気をつけて見張っているべきでした――というのも、彼がわたしから人狼の水の解毒剤の処方を盗み出していったことがわかったからです。わたしが透視したところによれば、彼はすでにある植物の根を噛み、短時間だけ人間の姿に戻ることで一種の解毒剤を作り出しました。もし、彼がその解毒剤を飲むようなことがあれば――それはそう長い先のことではありませんが――人間の姿に戻ることができるでしょう。それも恒久的に。彼はただ、人狼の魔法がもっとも弱まる、月の無い夜を待っているのです」

「でも、なぜマラキは僕を憎んだりするのですか？」アンセルムは訊ねる。「それに、僕はどうすればあなたを助けることができるのでしょう?」

「最初の質問は少しばかり馬鹿げていますね、愛しい人よ。もちろん彼はあなたに嫉妬しているのですわ。それにわたしを助けてくださるというのなら――マラキを罠にかけるいい方法があります」

彼女は胴着の襞のあいだから、紫色の三角形をした小さなガラス壜を取り出した。

「この小壜は」と彼女はいった。「人狼の池の水で満たされています。わたしは透視の力を使い、マラキが新たに調合した解毒剤を、これとそっくり同じ形と色と大きさのガラス壜に入れているのを見ました。あなたが彼の隠れ家に行き、気づかれることなく、壜をすり替えることができたらさぞかし面白いことになるでしょうね」

「もちろん、行きますとも」アンセルムは安心させるようにいった。

「でしたら今すぐ出発されたほうがいいでしょう」セフォーラはいった。「あと一時間で正午になります。マラキはこの時間は隠れ家を出て狩りをしていることが多いのです。もし、隠れ家にいるところを見つかったとしても、誘いを受けたから来たのだといえばよろしいわ」

彼女は人狼の棲み処を迷わず見つけられるよう、アンセルムに入念な指示を与えた。さらに剣を与え、これは魔法の呪文で鍛えたもので、マラキのようなものに対して効果があるのだといった。「狼の機嫌はひどく不安定になっています」と彼女は警告した。「もし襲いかかってきたりしたら、榛の木の棍棒なぞ何の役にも立たないでしょう」

踏みならされた道がほとんどそれることもなくまっすぐ通じていたので、狼の棲み処を探し当てるのはたやすかった。それは倒壊した塔の跡をとどめる、草地と苔むした石からなる小山だった。入口はかつては立派な玄関だったのかもしれないが、いまや大きな動物が出入りできるだけの穴と化していた。

アンセルムは穴の前でしばし立ち止まった。「マラキ・デュ・マレよ、そこにいるのか？」彼は呼ばわった。だが、内部からはなんの返事もなければ、動く気配もなかった。しばらく待ってから、彼は手と足をつき、穴のなかに入っていった。

いくつかの隙間から光が射し込み、入りこんだ木の根が格子模様を作り、崩れ落ちた瓦礫が山をなしていた。そこは居室というよりは洞窟だった。腐った獣の肉の臭いがしていたが、その正体を確かめてみる気にもなれなかった。地面には骨が散らばり、植物の折れた茎や葉、そして壊れたり錆ついたりした錬金術の容器が転がっていた。灰や薪の燃え残りの上には緑青でびっしり覆われた薬缶が鼎（かなえ）にかけられている。雨水がしみこんだ魔導書が錆びた金属製の表紙の下で朽ち果てるがままになっていた。壊れかけた三つ脚のテーブルが壁にたてかけられている。その上にはさまざまなものが雑然と置かれていたが、なかにセフォーラから与えられた紫色の小壜にそっくりなものがあった。

片隅には枯れ草の山が積み上げられていた。野性の獣特有の、きつい不快な臭いが、腐肉の臭いと混じりあっている。

アンセルムはあたりを見回し、耳をそばだてた。そしてなんのためらいもなく、セフォーラからもらった小壜をマラキのテーブルの上に置かれたそれとすり替えた。盗み取った小壜は胴着の下に隠した。

洞窟の入口に動物の柔らかな足音がした。アンセルムが振り返ると、そこに黒い狼の姿があった。獣は今にも飛びかかろうとするかのように、身を低くして全身の筋肉をこわばらせ、冥府の紅蓮に燃える炎のように目をらんらんと光らせながら近づいてきた。アンセルムは思わずセフォーラに与えられた魔法の剣の柄に手をかけた。

狼の目が彼の指の動きを追った。どうやら剣に気づいたようだ。狼はアンセルムに背を向けると、例の大蒜に似た植物の根をかじった。狼の姿では行うことのできない作業をするために蓄えているようだ。

今回の変身は不完全だった。マラキ・デュ・マレの頭部が、次に胴体がアンセルムの前にあらわれたが、その足は恐ろしげな狼の後ろ脚のままだった。その姿はまるでいにしえの伝説の獣と人間の落とし子のように見えた。

「ようこそ我が家へ」目と声に疑念もあらわに、マラキは唸るような声でいった。「わが陋屋を訪れる客はめったにいないので礼をいわせてもらうぞ。おまえの好意にこたえて、贈り物をやろう」

彼は狼の脚でテーブルに向かうと、散乱するがらくたのなかをひっかきまわした。そして楕円形をした銀の手鏡を取り出した。柄に宝石をはめ込み、ぴかぴかに磨かれたそれは、貴婦人や良家の淑女が手にするような代物だった。彼は鏡をアンセルムにさしだした。

「この真実を映し出す鏡をおまえにやろう」とマラキはいった。「この鏡はあらゆるものの本性を映し出す。魔法の作り出す幻影とてこの鏡を欺くことはできない。わたしがセフォーラに近づくなと警告したときも、おまえは信じようとしなかった。だが、この鏡をあの女に向け、そこに映るものをみれば、その美しさもシレールのほかのすべて同様、空疎な嘘だったことがわかるだろう――それが古代の恐怖と腐敗の仮面であることが。わたしの言葉を疑うのなら、その鏡をわたしの顔に向けてみるがいい。わたしもいまやこの土地に棲む太古の邪悪の一部なのでな」

アンセルムは楕円形の手鏡を受け取ると、マラキにいわれたとおりにした。一瞬、指が感覚を失い、鏡を落としそうになった。彼が鏡のなかに見たのは、とうの昔に地下埋葬所に隠されてしかるべきものだった……。

あまりにおぞましい光景に心底から震えあがり、どうやって人狼の棲み処を抜け出したのかあとになってもほとんど記憶にない。人狼の贈り物を手にはしていたが、一度ならずそれを投げ捨ててしまいたい衝動に駆られた。あれはただの魔法のまやかしに過ぎなかったのだと自分に言い聞かせる。どんな鏡にも、まだくちづけが温かく唇に残っている、セフォーラの若く美しい姿以外のものが映るなどとは信じたくなかった。

だがそのような思いも、ふたたび塔に足を踏み入れたとたん、目にした光景によってどこかに吹き飛んでいってしまった。彼がいないあいだに三人の訪問者が来ていた。三人はセフォーラに向かいあうようにして立ち、セフォーラは穏やかな笑みを浮かべて、何かを説明しているようだった。訪問者たちの正体がわかったとたん、アンセルムは当惑をおぼえると同時に仰天した。

訪問者の一人は小ぎれいな旅装に身を包んだドロテ・ド・フレシュだった。残るふたりは彼女の父親に仕える使用人で、長弓に矢を入れた長筒、広刃の剣に短剣まで携えている。完全な装備にもかかわらず、どちらも落ち着きなく、居心地悪げだった。だが、ドロテはいつもの平然たる自信を保っていた。

「こんな奇妙な場所で何をしているの、アンセルム？」彼女は叫んだ。「それにこのシレールの女城主を名乗られている方はいったいどなた？」

アンセルムはどちらの質問に対する答えも、彼女は理解しないだろうという気がした。彼はセフォーラに目を向けてから、またドロテに視線を戻した。セフォーラこそは彼が追い求め続けてきた美と浪漫の精髄だった。どうしてドロテのような女性に恋していると思い込んだのだろう。どうして彼女の冷酷さと気まぐれゆえに十三か月もの隠遁生活を送ることができたのだろう。たしかに彼女は若さのもたらす一般的な肉体的な魅力を備えている。だが、愚かしく、想像力を欠いていた。娘ざかりだというのに、まるで中年の主婦のように退屈だった。彼女がアンセルムを理解しなかったのも無理はない。

「きみこそどうしてこんなところへ？」アンセルムは問うた。「もう二度ときみに会うことはないだろうと思っていたのに」

「あなたが恋しくてたまらなかったから」彼女はため息をついた。「なのにあなたはわたしへの愛のために世を捨てて隠者になってしまったというじゃない。わたしはあなたを探しに来たのよ。でも、あなたはもういなくなっていた。猟師たちが、ドルイドの遺跡がある荒野を見慣れない女性と一緒にあなたが歩いていたのを見かけたのよ。あなたの姿が巨石を通り抜けて宙にかき消えたように見えなくなってしまったともいってたわ。だからわたしは父の従僕たちとともにあなたのあとを追いかけてきたのよ。そうしたらいつのまにか誰も聞いたことのない、この不思議な土地に迷いこんでしまったの。そしてこの女性が今――」その言葉はこの世のものとは思えない響きで部屋を満たす狂った咆哮に遮られてしまった。黒い狼が口から泡を吹き、よだれをたらしながら、訪問者を迎えるために開かれていた戸口から飛び込んできた。ドロテ・ド・フレシュはすさまじい悲鳴をあげた。狼は狂暴な怒りの標的として最初の餌食に選んだかのように、ドロテめがけて襲いかかってきた。

何かが狼をひどく狂暴にしていた。おそらく解毒剤を人狼の池の水とすり替えたことで、狼の呪いが倍加されたのかもしれない。

ふたりの従僕たちは、ハリネズミのごとく全身に武器を帯びながら、彫像のように立ちすくむばかりだった。アンセルムは魔女から授けられた剣を引き抜くと、ドロテと狼のあいだに飛び込んでいった。そして刺し貫くのに適した直刃の剣をかまえた。狂える人狼はあたかも投石器から放たれたかのように飛び出し、その真っ赤な開いた喉に、剣はまっすぐ突き刺さった。柄を握るアンセルムの手に衝撃が走り、彼は後ろによろめいた。狼はのたうちまわりながらアンセルムの足元に倒れた。その顎はがっちりと刃をくわえていた。首の剛毛から剣の切っ先が飛び出している。

アンセルムは剣を引き抜こうとしたが、できなかった。やがて黒い毛皮に覆われた体がのたうつのをやめた。とたんに剣がすっと自由になった。そしてアンセルムの前に横たわる、死んだいにしえの魔法使いマラキ・デュ・マレのがっくりと開いた口から抜けた。魔法使いの顔は、アンセルムがマラキの指示で鏡を掲げた時に見たのと同じものに変わっていた。

「あなたがわたしを救ってくださったのね！　ああ、なんて素晴らしいんでしょう！」ドロテが感極まったように叫ぶ。

アンセルムは娘が両手を差し伸べて駆け寄ってくるのを見た。このままではひどく気まずい事態を招きそうだった。

彼はマラキ・デュ・マレのもとから盗み出した小壜と一緒に胴着の下に隠していた手鏡のことを思い出した。そのぴかぴかに磨かれた表面に、ドロテはいったい何を見るのだろう？

彼は鏡をすばやく取り出すと、近づいてくる娘の顔に向かって突き出した。彼女が鏡に何を見たのかはわからなかったが、その効果は驚くべきものだった。ドロテは激しくあえぎ、その瞳が恐怖に大きく見開かれた。そして今見たおぞましい光景を締め出すかのように顔を両手で覆い、金切り声をあげながら広間を飛び出した。従僕たちもただちに彼女のあとを追いかけた。その動きの速さからも、ふたりがこの怪しげな魔術師や魔女の棲み処から逃れるのを少しも残念に思っていないことは明らかだった。

セフォーラがくすくす笑い始めた。アンセルムもいつのまにか笑い声をあげていた。ひとしきり二人は楽しげな笑いに身をゆだねた。やがてセフォーラが真顔になった。

「マラキがあなたに鏡を渡した理由はわかっています」と彼女はいった。「それでわたしを映してみなくてもよろしいの？」

アンセルムは自分がまだ鏡を持っていることに気がついた。セフォーラに答えることもなく、彼は一番近い窓に向かった。その窓は大昔に埋まった濠の一部である、灌木に囲まれた深い穴に面していた。彼は銀の楕円形をした鏡をそこに投げ入れた。

「僕は自分の目で見たものだけで満足です。鏡の助けなどいりません」アンセルムはきっぱりといった。「さあ、僕たちはほかにやるべきことをしましょう。あまりにも長く邪魔が入り過ぎました」

するとセフォーラの甘美な肉体が彼の腕のなかにあり、果実のように柔らかな唇が、彼の飢えた唇に押しつけられていた。

あらゆる魔法のなかでももっとも強力な魔法が、ふたりをその黄金の輪に包み込んだ。

蟇蛙の母

Mother of Toads

笠井道子訳

「どうしていつも、そう急いで帰る必要があるんだい、坊や」

魔女メール・アントワネットがみだりがましいしゃがれ声で言う。そして、蟇蛙みたいな瞬きしない真ん丸の目で、薬師の若い弟子ピエールを物欲しげに見つめる。幾重にも重なった顎が巨大な両生類の喉のように膨れ上がっている。魔女が身を乗り出すと、蛙の腹に似た青白く大きな胸が破れた上着から突き出した。

ピエールがこたえずにいると、魔女はさらに身を寄せてきた。胸の谷間に、まるで沼地の露みたいにぬめぬめと光るものが覗く。さながら両生類の粘液のようだ。そこはいつもじっとりと湿っているかに思える。

耳障りなしゃがれ声は執拗だった。「今夜はゆっくりしていきなさい、可愛い迷い子。あんたが村にいなくったって、だれも寂しがりゃしないさ。あんたの主人だって気にしやしない」魔女はたっぷりした脂肪のひだをピエールに押しつけてくる。そして、ずんぐりと太った指でピエールの手をつかみ、胸元へと引き寄せる。その手にはまるで水かきが生えているようだった。

ピエールは魔女の手をふりほどいて、そっと身を引いた。ばつが悪いというより、気分が悪くなって視線をそらす。魔女とは倍ほども歳が違うし、その容姿はあまりに野暮ったくみっともない。ピエールが一瞬たりと心奪われるはずがなかった。それに、仮にもっと若く美しい魔女であっても、その評判を聞けばどんな魅力も吹き飛んでしまうだろう。彼女の魔術は、いまも呪術や媚薬への信仰が当たり前に存在している、この人里離れた地方の農民たちを恐れさせてきた。アヴェロワーニュの人々は彼女を「蟇蛙の母（ラ・メール・デ・クラポウ）」と呼んでいるが、それには一つならず理由がある。まず、魔女の小屋の周りに無数の蟇蛙が棲んでいること。彼らは魔女の使い魔（ファミリア）とも言われており、魔女との関係や、その命によって行う所業について黒い噂がつきまとっている。そうした噂は魔女の容姿を語るときに必ず引き合いに出される両生類じみた容貌のせいで、なおさら信憑性が増していた。

若者はこの魔女が嫌いだったが、鈍重で異様に大きな蟇蛙も同じくらい嫌いだった。夕暮れに魔女の小屋と梟村（レ・イブー）を行き来するとき、たまにやつらを踏んづけてしまうことがあった。いまもその鳴き声が聞こえてくる。気味の悪いことに、かすかに聞き取れるそれは魔女の言葉をそのまま繰り返しているようだった。

まもなく陽が落ちるだろう、とピエールは思った。夜中に沼地沿いの道を歩くのは気持ちのいいものではない。一刻も早く帰路につきたかった。ピエールはメール・アントワネットの誘いに乗らぬまま、目の前の油じみたテーブルに置かれた黒い三角形の瓶に手を伸ばした。瓶のなかには奇妙な効能のある媚薬が入っている。ピエールは主人のアラン・ル・ディンドンに言われて、それをもらい受けに来たのだ。村の薬師ル・ディンドンは魔女の提供する妖しげな薬剤を秘密裏に取り扱っており、ピエールはしょっちゅうこの柳に覆われた魔女の小屋まで遣いに出されるというわけだ。

老いた薬師は乱暴で下品なユーモアの持ち主で、ピエールがメール・アントワネットのお気に入りであることを何度か冷やかしの種にしてきた。「そのうちあの魔女と夜をともにすることになるだろうな、ピエール」ル・ディンドンは言った。「気をつけるんだぞ。でないと、あの大蛙に踏みつぶされちまう」そんなからかいが脳裏をよぎり、若者は怒りに頬を赤らめながら踵を返して立ち去ろうとした。

「ここにいなさい」メール・アントワネットはしつこかった。「沼地の霧は冷たいし、またたく間に濃く立ちこめるからね。あんたが来るのはわかってたから、シメの赤ぶどう酒をたっぷり温めておいたよ」

魔女は陶製の壺(ピッチャー)の蓋を外し、湯気の立つぶどう酒を大きなカップに注ぎこんだ。赤紫のぶどう酒は美味しそうに泡立ち、熱せられた芳しい香料の匂いが小屋に満ちる。薄暗い部屋にはぐつぐつ煮える大鍋、半乾きのイモリやマムシ、蝙蝠の翼、壁に吊るされた薄気味悪い薬草のむっとする臭気、昼夜を問わず燃える松脂や獣脂製の黒い蝋燭の悪臭が立ち込めていたが、ぶどう酒の香りがそれらをかき消してくれる。

「いただきます」ピエールはいささか恨みがましい思いで応じた。「ただし、それがあなたの調合したものでなければですが」

「正真正銘、本物のぶどう酒だよ。一年もので、アラビアの香辛料を使ってるんだ」魔女はしゃがれた声でおもねるように言う。「お腹があったまるよ……それに……」ピエールがカップを受け取っている間に、魔女は聞き取れないほどの声でなにごとかつぶやいた。

ピエールはぶどう酒に口をつける前に用心深く匂いを嗅いだ。心地よい香りがして胸をなでおろす。なるほど、このぶどう酒には麻薬や魔女の調合した媚薬は入っていないようだ。ピエールの知るかぎり、彼女の手がけたものならひどい臭いがするはずだ。

それでもやはり不吉な予感にためらいを感じたものの、たしかに夕暮れの大気は凍てつくほどに冷たい。ピエールがこのメール・アントワネットの小屋にやってきたとき、すでに霧が出はじめていた。ぶどう酒を飲めば、梟村まで徒歩で引き返す憂鬱な道のりが幾分かましになるだろう。ピエールはぶどう酒を一息に飲み干し、カップを置いた。「とても美味しかったです」と告げる。

「でも、そろそろ出発しなくちゃ」

話しているうちにも、胃や血管にアルコールと香辛料の温もりが広がっていくのを感じる……もっと強烈ななにかもだ。まるで自分の声がこの世ならぬ奇妙なものになり、はるか頭上から降ってくるかのようだった。やがて温もりは煮えたぎるほどになり、魔法の油を注がれた黄金の炎のごとく体内で燃え盛る。血はほとばしる奔流となってどくどくと脈打ち、さらに激しく四肢を巡った。

深く柔らかな耳鳴りがし、目の奥にはバラ色の幻覚が見えた。どうしたわけか小屋が広がり、ピエールの周囲がきらきらと輝きはじめる。むさ苦しい家具や散乱する不気味なガラクタはほとんど見えなくなった。そこにはいま、朱色の炎を燃やす黒い蝋燭が熱気に満ちたきらめきを投げかけている。蝋燭は薄闇にそびえ立ち、巨大に膨れ上がっている。炎が揺れるたびに、ピエールの血が沸き立った。

その瞬間、これはすべていかがわしい魔術だ、魔女のぶどう酒の見せる幻惑だと気づく。ピエールは恐怖に囚われ、一目散に逃げ出したくなった。そのとき、すぐ背後にメール・アントワネットの姿が見えた。

ピエールは彼女の変わりようにぎょっと舌を巻いた。それとともに恐怖や畏怖が消えてゆく。さっきまでの嫌悪感ももうない。魔法の温もりが果てしなく熱く、体内に燃え上がっていく理由はわかっていた。自分の肉体が赤い蝋燭のように輝きを放つ理由も。

魔女の履いていた薄汚いスカートは足元に落ち、彼女は最初の魔女リリスのように全裸でそこ立っていた。でっぷりとした手足や胴体は艶めかしく変化している。淡い色合いのぽってりした唇が、他では味わえない濃密な口づけを予感させ、ピエールをいざなう。短く丸々とした腕のくぼみやだらりと垂れた胸の谷間、脇腹や太ももの深い皺やぶくぶくした肉でさえも、いまは抗いがたい魅力を放っている。

「ほら、あたしを気に入ったんだろう、坊や」魔女が問う。

魔女が強く体を押しつけてきても、今度はピエールは身を退かず、火照った手で狂おしくそれを抱き止めた。魔女の手足は冷たく湿っている。その胸がこんもりした沼の芝地のように押されて広がる。魔女の身体は白く、わずかの体毛もない。けれど、そこかしこになにやらざらざらしたものを感じる……ああ、まるで蟇蛙の皮膚だ。どうしたわけか、ピエールはそれを嫌悪するよりむしろ激しく欲した。

魔女は大柄で、背に回したピエールの指と指がぎりぎり触れるくらいだった。両手をあわせても片方の胸を覆うのがせいいっぱいだ。それでもぶどう酒のおかげか、ピエールの血管は媚薬のもたらす熱情で満ちていた。

魔女は炉辺の長椅子にピエールを導いた。暖炉では大鍋がぐつぐつと煮え、奇妙にねじれた渦を巻いて蒸気が立ちのぼっている。それがみだらな人の姿をぼんやりと浮き上がらせているかに見えた。長椅子は安物で、中身がむき出しになっている。だが、魔女の肉体はふかふかした豪華なクッションのようで……

ピエールが目覚めたのは薄暗い夜明けだった。長く黒い蝋燭は燃えつき、受け皿のなかでぐにゃりと溶けている。ピエールは混乱し、むかつきを覚えながら、ここがどこか、自分がなにをやったのかを思い出そうとした。だが無駄だった。わずかに身体を回すと、長椅子の上、ピエールのすぐかたわらに、まるで悪夢から抜け出てきたようなおぞましい怪物がいた。見た目は蟇蛙に似ているが、太った女ほどの大きさがあり、四肢はどこか女性の腕や脚を思わせる。青白いイボだらけの肉体がぺたりと押しつけられてくると、ピエールは女性の胸のように丸みを帯びた、ふっくらしたなにかを感じ取った。

朦朧とした昨夜の記憶が蘇り、吐き気がこみ上げてくる。なにより気分が悪いのは自分があの魔女に心奪われ、邪悪な魔力に屈したことだ。

夢魔(インキュバス)に首を絞められ、手足や胴を押さえこまれているみたいだ。もうそのおぞましいものを見ずに済むよう、ピエールは目を閉じた。これがメール・アントワネットの真の姿なのだ。全力をふり絞って、悪夢のような巨体から身を遠ざける。相手は身じろぎもせず、目を覚ます気配もない。ピエールはすばやく長椅子から抜け出した。

怖いもの見たさの誘惑に負けて、もう一度、長椅子の上のものを盗み見る。と、そこにはメール・アントワネットの醜い姿しかなかった。ひょっとしたら、ピエールのかたわらにいた巨大な蟇蛙はただの幻影だったのだろうか。うたた寝の後、寝ぼけていただけなのか。悪夢のような恐怖はいく分和らいだものの、自分がどんなみだらなものに屈したかを思い出すと、また吐き気がこみ上げてくる。

魔女が目を覚まして引き止められてはかなわないので、ピエールは足音を忍ばせて小屋を出た。日は高く昇っているが、辺りは無色の冷たい霧に覆われている。霧は葦の生い茂る沼地を包みこみ、ピエールが梟村まで辿らねばならない小道に不気味な帳を落としている。霧は絶え間なくうごめき、渦を巻いて迫ってくる。あたかも家路についたピエールに指を伸ばし、引き留めようとするかのようだ。ピエールは霧に触れて身震いし、頭を下げて外套をきつく引き寄せた。

霧はますます濃く渦を巻き、うねり、絶えずうごめき、ピエールの行く手を阻んでいる。曲がりくねった小道の、ほんの数歩先までしか見えず、見慣れた景色を見分けることさえ難しい。そうと気づかぬうちに、柳の木々が灰色の亡霊のごとく、いきなり眼の前にそびえることもあった。木々はピエールが先に進むと、また白い霧のなかに消えていく。こんな霧はかつて見たことがない。魔女のかき回す数千の大鍋からもくもくと湯気が立ち上り、目をくらませているかのようだ。

周囲の景色を完全に把握できていたわけではないが、ようやく村まで半分ほど進んだだろうか。その辺りから突然、蟇蛙の群れが姿を現しはじめた。ピエールがすぐそばに来るのを霧に潜んで待ち受けている。不格好で異様に大きく膨らんだ蟇蛙が、細い小道の行く手にしゃがみこんだり、両脇の薄暗がりからのろのろと目の前に跳びだしてくる。

何匹かがどすんと足に激突し、ピエールはうっかりその一匹を踏んづけてしまった。そいつのぐちゃりとした残骸に足をとられ、危うく沼地の縁に頭から倒れ込みそうになる。ふらふらとよろめくピエールのすぐかたわらに、黒くぬかるんだ水がうっすらと見えた。

小道に戻ろうと身体を回した拍子に、ピエールは別の蟇蛙を何匹かぺちゃんこに踏みつぶしてしまった。湿った地面が蟇蛙の群れでうごめいて見える。そいつらは霧のなかから跳びだしてきて、べとべとの胴をピエールの足や胸や顔にまでぶつけてくる。おびただしい数の蟇蛙が悪魔に支配された部隊さながら、後足で立ち上がる。敵意を剥き出しにせんばかりに、やみくもに身体を叩きつけてくる様には邪悪な意図が感じられた。小道が蟇蛙に埋め尽くされ、ピエールは先に進めなくなった。ただ両手を上げて顔をかばい、いたずらに足を滑らせながら行きつ戻りつするばかりだ。激しい驚愕に囚われ、恐怖に身震いする。魔女の小屋で目覚めたときの悪夢が蘇ったみたいだった。

蟇蛙の群れはピエールをメール・アントワネットの小屋に追い返すかのように、途切れることなく梟村からやってくる。そして巨大な雹か、目に見えない悪魔の放つ飛び道具のごとく、ピエールに身体をぶつけてくる。地面は蟇蛙の群れに覆われ、中空は猛スピードで跳んでくるやつらの肉体で埋め尽くされている。一度など、ピエールはもう少しでやつらの下敷きになるところだった。

数がますます増えているのか、蟇蛙どもが忌まわしい嵐となって激突してくる。ピエールはとうとうそれに屈し、心折られて、でたらめに走りだした。安全な小道を外れたことにも気づいていなかった。ただ、このありえない大群から逃れたい一心で、完全に方向を見失い、薄闇に包まれた葦やスゲの上に足を踏み入れてしまう。地面はピエールの足元で頼りなく揺れている。すぐ背後からは、びしゃびしゃと蟇蛙の跳びはねる重い音が途切れることなく聞こえてくる。やつらはときには身を起こし、行く手を阻む壁のように立ちはだかってピエールの進む先を変えさせる。何度かは、見えない沼地の縁から追い返してくれたこともあった。それがなければ、ピエールは沼に落ちていただろう。まるで蛙の群れが力を合わせ、意図を持って、定められた目的地へとピエールを誘導しているかのようだった。

そのとき分厚い幕が上がるように霧が退きはじめた。朝陽の金色の輝きのなか、メール・アントワネットの小屋を取り巻く、鬱蒼とした緑の柳が前方に見えた。蟇蛙は視界からは姿を消したが、数百匹がすぐそばにいて、わずかに先行しているのはまず間違いなかった。恐怖と狼狽に襲われ無力感に苛まれながら、ピエールはまだ自分があの魔女の網に囚われたままであることを悟った。蟇蛙は多くの民が信じているとおり、本当に魔女の使い魔だったのだ。彼らはピエールの逃亡を阻み、あの忌まわしき生き物のもとへと連れ戻した。女か蛙か、あるいはその両方なのか、〝蟇蛙の母〟と呼ばれるもののもとへ。

ピエールは真っ黒な底なしの流砂に刻一刻と引きずりこまれるような感覚に襲われた。見れば、魔女が小屋から出てきて、こちらに向かってくる。太い指と指の間には生えかけの水かきみたいな青白い皮膚が覗いている。手にした湯気の立つカップの上に、その指をぺたりと押しつけていた。どこからともなく突風が巻きおこり、魔女の短いスカートをまくりあげると、でっぷりとした太ももが露わになる。ピエールの鼻孔に、薬を盛られたぶどう酒の、あの馴染みあるぴりりとした香料の匂いが漂ってくる。

「どうしてあんなに急いで帰ってしまったんだい、坊や」問いかける魔女の声音はどこか艶かしく甘やかだ。「もう一杯、美味しい赤ぶどう酒をふるまうまでは帰すつもりはなかったんだよ。暖めて香辛料を入れて、あんたのお腹を温めてやりたくてさ……ほら、ここに用意してあるよ……あんたが戻ってくるのはわかってたからね」

言いながら、魔女はするすると身を寄せ、流し目をくれながらピエールの唇にカップを押しあてる。その奇妙な香りにピエールはめまいを覚え、頭を背けた。まるで筋肉に麻痺の呪文をかけられたみたいに、わずかな動きでさえ力を振り絞らねばならなかった。

だが、頭はまだはっきりしている。悪夢のような明け方のひどい吐き気がまたぶり返してきた。目覚めたときにかたわらに横たわっていた巨大な蟇蛙の姿が脳裏に蘇る。

「あなたのぶどう酒はいりません」ピエールはきっぱり拒んだ。「あなたはいやらしい魔女だ。大嫌いです。ぼくを行かせてください」

「どうしてあたしを嫌うんだい」メール・アントワネットがしゃがれ声で言う。「昨夜は愛してくれたじゃないか。他の女があんたに与えられるものはなんでも与えてあげられるよ……それ以上のものもだ」

「あなたは女じゃない」ピエールはこたえた。「あなたは大きな蟇蛙だ。今朝、あなたの本当の姿を見たんです。もう一度あなたと夜を過ごすくらいなら、沼で溺れたほうがましだ」

ピエールが言い終える前に、名状しがたい変化が魔女に起こった。でっぷりとした青白い顔から好色な目つきが消え、一瞬、とうてい人間の目とは思えないものになる。やがてその目が恐ろしいほどに盛り上がって飛び出した。身体全体が毒で膨れ上がるかのように巨大になる。

「なら行けばいい！」魔女は憎悪にかすれる声で吐き捨てた。「だけど、すぐにここにいればよかったと後悔するはめになるさ……」

奇妙な麻痺がピエールの身体から抜けていく。あたかも怒り狂った魔女が密かに紡ごうとしていた呪文を打ち消したみたいに。ピエールは別れの一瞥もくれず、無言で魔女に背を向け、ほとんど駆けだすように梟村へとつづく小道に急いだ。

百歩も進まぬうちに、再び霧が立ちこめはじめる。沼地から岸へと、大量の霧が渦を巻いて湧いてくる。まるで足元の地面から煙が立ち上っているかのようだ。たちまち太陽が淡い銀の円盤と化し、やがて見えなくなる。青空は頭上で青白く逆巻く虚空の向こうへと消えた。目の前の小道はかき消され、さながらピエールの歩調に合わせて移動する真っ白な奈落の縁を歩いているかに思える。

奇妙な霧がさらに迫ってくる。まるで幽鬼(スペクター)どもの気味悪い腕が恐ろしく冷たい指でピエールを捉え、愛撫するかのようだ。霧はピエールの鼻孔や喉を詰まらせ、衣服から重い雫となって滴り落ちる。腐った水や朽ちた泥土の悪臭で息が詰まりそうだ。加えて、湿地の地表のどこかで起き上がった、液化した死体の腐臭も。

やがて真っ白な虚空から、蟇蛙の群れが強固な波となって押し寄せ、襲いかかってきた。その波は頭上までそびえたかと思うと、引き潮のごとき力でピエールを薄暗い小道から引き離し、撤退していく。ピエールは水しぶきを立て、手足をばたつかせながら、無数の蟇蛙に埋め尽くされた水中に倒れ込んだ。立ち上がろうともがくうちに、どろりとした粘液が口や鼻に入ってくる。けれど、水の深さは膝くらいまでしかない。水底はぬかるみ、滑りやすいとはいえ、ほとんどくずれず、ピエールはなんとか立ち上がることができた。

霧のなか、ピエールは本能的に自分の落ちた沼地の縁を見定めることができた。だが、なんとかそこに辿り着こうとしても、水面を埋め尽くす薄気味悪く忌まわしい蟇蛙に足を奪われる。ますます救いのない絶望に襲われながら、じりじりと必死に固い地面を目指す。蟇蛙の群れはピエールの周囲で飛び跳ね、転がりまわり、目のくらむような渦を描いている。それはべとつく引き波よろしくピエールの足や脛にまとわりつく。やがて彼らはおぞましい巨大なうねりとなって膨れ上がり、動くこともままならないピエールの膝に押し寄せてきた。

それでも、ピエールはのろのろと懸命に進みつづけた。伸ばした指がついに、沼地の低い土手から伸びた細いスゲを後少しでつかむところまで来た。霧に包まれたその岸から、凶悪な蟇蛙の第二弾がピエールの上にどさどさと落ちてくる。ピエールはなすすべもなく、不潔な水のなかへと押し戻されてしまう。

折り重なって這い回る大群に押しつぶされ、分厚い泥土の積もる水底の、耐え難い暗闇のなかで溺れながら、ピエールは弱々しく襲撃者たちを引っ掻いた。意識を失う前の一瞬、指が巨大ななにかの輪郭に触れた。それはどこか蟇蛙に似ていたが、太った女のようにでっぷりと重かった。あたかも、二つの巨大な乳房がついにピエールの顔にぴたりと押しつけられたかのようだった。

大麻吸飲者

The Hashish-Eater

蜂谷昭雄訳

ひれ伏せ、私は夢の大王であるぞ。
高さいや増す天頂の玉座に在って天翔り、
空間に向けてひるがえる無限の地平をば
照らしつつ、真（まこと）とも思われぬあまたの秘密の世界の
いく百万の彩りに輝く太陽を王冠と戴き、
揺曳する空を衣と装う私であるぞ。
あまたの妬み深い月により、私を永遠に追えと
悪意をもって迫られては、前足を蹴立て
獲物を狙って吼える怪獣の如くに、
太洋は火のたてがみうねらせていよいよ伸び上がる。
尖った金剛石の峰もってそそり立ち、
熔岩の舌出し、硫黄の火に照らされた火山の喉持つ
山々は雷鳴をもって空を私から奪おうとするも空しい。
大蛇の姿なす樹々は陸続とつらなり、
一リーグ、また一リーグと伸びゆくぬるぬるの幹もって、
私の飛翔のあとを追う――かの中天の日の勢いにより
炎へと蹴り立てられて。魔術師たちも、
虫の這うような、ねじれた焔のルーン文字を記した

朽葉色の竜の皮の巻物に身を固めた邪悪な王たちも
私を引き留めようとする。星々のサイレンたちは
銀の香りから織られた泡のように軽やかな歌声で、
彼女らの水晶の暗礁へと私をおびき寄せようとする。
いまわしくも賢明な、異様な地の精たちとともに、
まむしの眼をした老いゆく悪魔らの住まう月たちは
私の行く手に凍りついた角をもたげる。
だが太陽たちと永劫の時と不滅の戦（いくさ）により定められ、
諸々の月と浮遊する微塵によって歌われた
目的地から私をたじろがせるものはないのだ――
目的地、その名こそ真鍮の書の結びとして
灼熱するルビーでもって罪深き神々によって書かれた、
忘れられた聖刻文字の秘密のすべて――
目的地、そこに私の天翔ける恍惚はたたずむであろう、
雷の衣を着けた私の化身たちの遊牧の群れ、
握りしめた稲妻を振りかざす私の思想の
プロメテウス的軍勢をも収めるべく
押し拡げられたいと広大な天にあって。そこで私は召集する――

楽園の峰々が装うような光を
耐え難くも身にまとう思い出たちを、
そして私の夢たちのアルマゲドンを率いるのだ。
忽ちにして起るその勝鬨は〈無辺際〉そのものの
音楽とはなった。なぜなら夢たちはその足を
縁なき時代の果て遠く、無数の世界の上に据えてあり、
振り上げられたその腕は、あらん限りの神々、
生れ出ずべき神々の数知れぬ玉座をも
得も言われぬたやすさもって捧げ上げ、
アスモダイとセツの座をも第七の楽園超えて
かかげ上げる力のある柱なのだ。

多彩なる全知の極み、至高の座にありて、
移り動く時の壁に立つ前哨隊なる
あまたの感覚にかしずかれつつ
全き夜の闇と混沌の、ふるい分けざる星の野を
へめぐる眼もって私は召し集める、
夢たちの幻想のバベルを。そして一ときに

彼らの無数の証言を聞く。私は見る――
没落のタイタンたちの住まうオンボス、
山を築いて壁となし、奈落をもって壕となす所に、
狡猾な矮人がアルプスの如き扶壁の下に掘った
秘密の岩の裂け目を。そして私は聴く――
時を失したが、睡たげな番人たちの撞き鳴らす
鋼のどらの響きを。彼らの足はバジリスクの、誕、
雀蜂の刺すにも似た痛みを感じている。そして私は見る――
傷つけられたユーパスの樹液に汚れた小刀の、
真紅に照らされた世界の花園に、
紫の肉の唇を持ち、銀のまつ毛に紅のまぶたをした。
鈍い空の色の眼を持つ聖なる花を。その花を
彼の秘密の司祭たちは恐怖の余り、月なき夕暮れ、
無色の毒を秘めた、犠牲の血の、泡立つ聖盃で
殺そうと図るのだ。そして私は讀む――
忘れられたスフィンクスの舌の上に、
殺されたキメラの胆汁で怨み深き悪鬼が書いた
世界消滅の言葉を。そして私は知る――

月の魔術師らがいかなる五線星形を用いるかを。
彼らはかつて十枚の翼に嵐をたたみ込んで
谷底に帰り来るロック鳥をおびき寄せ、
雪花大理石の山の奥に休ませた。そしてそこで
囚われの巨人が組立てた起重機で引き揚げて、
丸石の垂(おもり)つけた竜の腸の網の目で
怪異な、月震の動悸打つ巨鳥をからめ取り、
サーベルの爪もつ足からもぎ取ったのだ——
凍てついた血にこびりつく天王星のサファイアと
火星のアメシストとを。私は身を乗り出して讀む——
昏の歪んだ占星師とともに、災いの星の中に
永劫の荒廃の間中打ち続いた戦(いくさ)が怪奇な古文書を、
また飛竜の頭せる王らの怨みを、
時のがけぶちまでも記念して伝えるはずの
繰り返される戦(いくさ)の予言を。私は知る——
水銀をまだらにつけた青みがかったかびの花——
静かな月面の一時間のまに縮み上がって
泥と臭気の溜りとなった月の噴火口の

内なるぶよぶよの火ぶくれ。また私は知る――
洞穴に生え、白くさらされたじっとりとした花――
天王星において、もぐらの眼をした住民により
彼らの神々に捧げられるその花を、
また土星の或る王が食べた黒い実の青白い種を。
その種はチリンチリンと響く床に投げ棄てられ、
磨きあげた敷石の間に根を下ろして今は
すくすく伸びて地獄の木とはなった。
そのしなやかで毛の多い枝は蛾を連ね、
百本の綱のように、かしぐ王座にからまり
ギクギク動く柱を引張る。私は見る――
無数のマスト立並ぶ海の港に
いつの間にか群れ集い、港をわが物顔にし、
何リーグもつらなる黄金の波止場で日を浴びるサンゴを――
それはクラーケンの脚とクラーケンの頭を持ち、
滅んだ皇帝らの八段オールの船と、
王の宝石を満載して、海に見棄てられた港から
船出したガレー船を王冠のように掲げ上げる

途方もない真紅の巨体。

幻想は

なおも速やかにふくらむ。次に浮かぶは雄大な都、
いと純粋な辰砂の丘から切り出され、
絶えず移り変る赤らみに半ば没した
いく層もの囚われの月影の群がる日の出の如くに、
円堂や尖塔へと造りなされた。だが誰の手が
都の扉を刻み、巨大な太古の花々に似せて
立ち並ぶ柱を彫ったのかとは、
去りやらず今に教える隠者の一人もなく、
訪ね来て問う者もない。さるはその昔、
予言者が来て、小心なる王に警告したのだった――
覆された諸邦にも、キュクロプスたちの山々に護られた
砂漠にも、はびこった地衣類の悪疫のことを。
それはゆっくりと、避けようもなく迫り、
王の焔の砦と神殿を襲い、
円堂を緑がかった皮疹で消し去ろう。次に見えるは

裸形の巨人の軍勢がベヘモスや一角獣の
角もて身を固め、敵意こもる魔術の
払い除けもならぬまじないに眼をくらまされて、
さ迷いながら密林へ、よろけ進むさま。
そこでは木の葉までが眼を持ち、
怒れる竜の如き黒檀の木は
いまわしい薄闇の中で忍び笑いするチークの木に
吼えかかり、またとぐろを巻いたつる植物(リアーナ)は
ぎっしりと牙を連ねて、膨れ上った樹身を
呻きながらよじらせる棕梠の木から身をのり出すのだ。
そこでは深紅の蛭が死んだ怪獣の眼球をすすり、
空色の斑点ある背骨の上に這い上って日を浴びている。
そこでは水蛇の喉持つ花がシュッシュッと息を吐いて歌い、
ゆるやかに露したたらす口をあんぐりと開く。
その露に触れれば、死と緩慢な腐蝕。さて次に
私は観る――神も道を見失い、何百年も迷いそうな、
目途限る地平もない平原で、夜陰に遭遇し、
おうむの皮を張った太鼓をパタパタいわせている

ピグミーたちの合戦を。するとそこには、
輪を巻く光と渦巻く電光を放ちながら、
緑の巨大な月の群れが、震える毒のように
とかげの牙の、一インチの刀身を走る
光線を伴ってさし昇ってくる。

この玉座から
眺め渡せば、中心なる太陽から見るかのように、
諸々の世界とその周期の壮観が通過する。
忘れられた栄華が、夢また夢と一枚ずつめくられる
つづれ織りのようにくり広げられては消えていく。
紫色の太陽、移ろいやすい虹の光彩の太陽が、
顔をそむけた神の面を照らそうとて、
嘆願の司祭たちが捧げ持つ五彩の灯明のように、
私の周りに光の条を降り注ぐ。紫の世界に住む
神秘家詩人の歌声は、思いも及ばぬ芳香と
えも言われぬ愛の動悸から作られた
音楽となって私の許までたちこめる。いや果ての
月の黄金を絃に張ったリュート持つリュート弾きたちは

彼らの黄金の友がらにのみ知られた
甘美な倦怠を呼び起こす。神にも究め難い、
頭巾をかむった星々の魔法使いたちは
悪鬼から奪った巻物を私に捧げ渡す。
そこに記されてあるのは怪奇な錬金術と
恐ろしい変身の秘術。＊＊＊その気になれば
私は幻想であり、同時に幻視者。
流れやまぬ行列に加わりながら、
なおもその宗主であるのだ。私は
名もなき神に仕える新発意(しんぼっち)。
その神肢の中では、ヘカトンピュロスのあまたの神殿も、
帰依するタイタンたちが担うための聖櫃か、
それとも敷居の敷石にしかすぎぬ。もしくはまた、
他ならぬ私こそその神、太陽の群れ集う
外陣へと、疾き雲を呼び集め、
小暗き山なす尊顔を十重二十重のベールに被うのだ。
わがために司祭たちは、月々の百頭牛の犠牲に代えて
宝石を山と積上げるのだ。らくだを悩ませる

重荷なすオパールと、敵意解けぬ大蛇の国とともに、
勝ち戦さで手に入れた巨大なアラブローンディン。
それが溶けて燃え、虹色の蒸気となれば、
没薬にもまさる芳香を放って私の周りに立ちこめる。
王笏を棄てた手に、貴橄欖石の御座船の舵握り、
紫水晶の海へと船出して、常夏の島々へ向うのは、
この私、王であるぞ。さるは極北の冬の雪も、
また風も、今は宝石で固めて築かれた王都に居座り、
炎で仕掛けた妖術の呪文をもってするも、
おびき出された太陽をもってするも追い散らせぬ。
その故に王は逃れる。囚われの王らに
ぎっしり並んだ櫂を漕がせ、アマランスの花の夜明けが、
かすかな溜息をつくリュートと、かさこそとさざめく
モーリの野を去ったことのない谷あいを求めて。
また私は行く——アケルナルの星に照らされた探険の英雄、
空色のダイアモンドをびっしり身によろい、
永遠にさ迷いやめぬ炎に充たされた砂漠へと。
その炎はむっつりした沼に育てられ、ひるがえっては

山々の中腹を包み、漂白された天をなめずる
耐え難くも伸び切った舌もって跳ね上る。しかしそこには
（塀を廻らせて風を防ぐ花園の中のように安全に）
一輪の花が静かな泉のほとりに咲いている。
ついぞ和むことのない嵐にとりつかれた海が
吼えるように、吼えたける炎の轟々と燃え上るさ中で。
そしてその花、がささげる素朴な盃の内には
たぐいない一滴の露が置いていて、
王たちの渇えた疲れをいやし、知恵の支えた傷をいたわる。
また私は一万年間君臨する帝王の小姓。
迷宮なす王宮の部屋々々を通り抜け、
〈広大無辺〉自体が行き迷う
中庭、柱廊、露台を通り抜けて、
求めるは王の失った鎧の金ののど当て、
それには王の、知らぬ顔げの星の名が
小粒のサファイアで書かれであるのだ。そして私は
何世紀もさすらい続け、すべての死者たちの墓の上で
悪魔たちのガンガン打ち鳴らす真鍮の槌が立てるような

音をば、いつ果てるともなく轟かす
真鍮の時計を聞く。そしてついに
のど当ては見出し得ぬが、最後に見出すは
固く閉ざされた部屋、名もなきその囚人は
名づけようなき拷問に呻いては、
今張りつけられている寝台から、
百合の寝椅子にでも向うように喜んで、
地獄の真赤な拷問台へでも飛んでいきたい思い。
また私は見出す——わが大王の所有なる
すべての愛する女奴隷の中でも最もうるわしい女が、
蓮の花に彩られた床に伏しているのを。
脈の絶えたその脇腹からは、闇の中で栽培された
毒の花の根よりもなお白い大蛇が頭をもたげ、
冷い、凝固させるような毒の滴かと見える、
緑の光に輝く眼でじっと見上げているのだ。

聞け。

どこか分け入り難い世界の納骨所で、
何という語が誰知らぬ国の言葉でささやかれたか。

私は諸々の太陽の王であり、あまつさえ
堅固な永遠界の王であって、
その晷針（きしん）は影の剣でもって私の城門を固め、
闖入者を討取るとはいえども、その私があずかり得ぬ
陰険な、廃位を図る秘密は誰のものなるか。
沈黙はエーテルの風に重苦しくかぶさり、
諸世界は、私の把え得ぬその言葉を聞いては
静まり返る。私の夢はことごとく、
魔法使いにより仮象へとかき立てられた
煙る蒸気の千切れ雲さながらに舞い落ちて、
経帷子にくるまった星々と、
サバトに赴く魔女たちのようにむっつりした、
闇を頭巾にかむってさ迷う太陽たちとの宇宙の上に、
私の心も感覚も、考えようもない孤独の中に
置き去りにして消え失せた。＊＊＊恐怖が生まれた――
天底の下なる納骨堂で。そして匍い寄って
空間の床に達し、織天使の肉を求める
地獄の蛇さながら、わが身を引き揚げるべき

翼の生えるを待っている。ほのかに輝きはすれど、
銀河なる諸々の太陽の眼にはあらざる眼があまた、
暗闇の底へと群がり寄せる。炎は
奈落にかかる黒いカーテンの後ろで、鎮めようもなく
燃える。吹き払われる薄闇を叩き、
動悸打つ拷問台にまたがる者のように呻く、
途切れがちな束の間の風を起こす
拡げた翼によって、真白な怒りへと
煽り立てられて燃える。幾世界、幾星霜をへだてて、
うずくまるものあり、その角を悪鬼が、ギスギスと研げば
〈時〉の天守閣はがらがら崩れ、
水晶の天球もひび割れせんばかり。＊＊＊すべては
何代も闇に包まれ、早鐘打つ私の心臓も、
死の腕にぐいと摑まれて、びっしり閉じ込めるような
こわばりに締めつけられては、けたたましい
騒ぎを中断する。すると巨大な、百万の閃きなす
一塊りの焔となって、星たちはベールを去り、
太陽たちは頭巾をはずして、呼応する惑星たちに

光を送る。時は再びわが有。時の夢の大軍は、
中心なす天頂にしかと据えられた
あの及び難い玉座に再び馳せ参ずる。今や私は求める、
一片の雲の影に汚されたこともない流れのほとり、
ずっと遥かな、ある幻想において見付けた
輝くモーリの野を。そこでは黄金のナーシッサス、
すなわち太陽が、自らの黄金の映像の上を
いつまでも立ち去りがてにとどまる。しかし私は見出す、
引く潮が護りもせぬであろう死体を。その眼は
地獄に蔵されて、シュッと消える燃えかすを
感じたことのあるサファイアの眼。私の周りの花々は
頭巾をつけた蛇に変わって、地獄の踊りか、
魔女らの吹く笛に、ゆらゆら揺れている。
その踊りはサタンが、踊り狂うサバトに臨んで、
魔女のサラバンドに言い寄られた時の
うなずきにこそふさわしい。しかし私は赴こう、
雪のとがり角もって、汚された流れの源を
護っている山々へと。そして求める——

鷲の他には登るものなく、その鷲さえ翼の折れんばかりなる
尖塔の頂きを。しかし逃れても空しい。
その塔門の上にも、何かある呪いが、
足跡に汚されぬ雪を焔に変えてしまっている——
頂上の狭い圏谷(チーク)をこわごわ巡る私の歩みに
巻きつき、かたまる焔に。そして今
遥か下に見えるのは銀色のパイソン——
悪魔がまじないをかけて、それが流れ出た
元の水源へと、川筋を逆流させた河のように
長大な蛇だ。すばやくそれは
崩れ落ちる山腹から山腹へうねって、
峡谷をも、深淵なす幽谷をも埋めれば、遂には崖も
のしかかる九重のとぐろの重みによろめく。やがて
大蛇は私が守る尖塔に巻きつき、呑み込まれては
巨神タイフォン、エンセラダスも、
日々の餌食の残りくずかと思われそうな、
牙とがらせた底知れぬ喉を開く。しかし私は
さっと消える。なぜなら私が呼べばヒッポグリフが

飛んで来て、雷鳴を羽搏く翼の間にしっかり跨がり、
私は真昼の険しい紺青の壁を登ってゆく。
そして蹴落とされた小石にすぎぬ地球が
天の底の星々の野の間に落ちて紛れたのを見る――
そして求める、疲れ果てた〈時〉の翼が
暫しの間たたまれて憩えるような、または死の羽根が、
押しとめられて暫しの猶予の間を、
不死なる百合の花の上に舞うような惑星を。なぜなら
〈美〉はそこに花の化身を見出したのだ――
彩られた炎のように、峰から峰まで、陰鬱な
極から極まで、その星を包み込み、空をも
芳香に変えてしまう花々を。そこに私は見出す――
アマランスの花の紫の槍先と、
柔らかな剣なすアイリスの他には包囲するものなき
静穏なる孤独の城を。ばらの花添えて、
ほんのりと血の気さす大理石もって築かれた
城壁、黄金の泡にも似た円屋根、雲を
花かずらに戴く尖塔――これらはわが物、

のどかな物見やぐらは声もなく浮び上り、
重い歯を持つ落し門は、歓迎をほほ笑むかのように
高く懸っている。そこで私はヒッポグリフを
乗り捨てれば、それは気ままに魔法の牧場で
草を食み、百合たちの営む宮廷に駈け入って、
百合の花踏みしだけば、花は散って香りとなり
柱廊玄関までも後を追う。その柱廊は
るりとこはくを施し、輝くエデンの森の棕梠にもまがう——
知られぬ天女の胸の萌黄色の乳房かと見える
核果を包みこむ透けたレースとなる程も
侵食された石の葉を柱頭となし、
腰のとろけそうな恍惚に耐えかねる
女の伏せたまぶたのように閉じられた、
影のように花びらの薄い花のつる草を
うず巻模様に絡ませた柱。華やかに
絡み合わせた百合をちりばめた扉を抜け、
陽の光に幻惑されて目もくらみながらはいれば、
刻々変わる色彩にかげる薄闇の中に、

アンテノーラにあがく堕地獄の罪人らの
肩によりもたげられて、バリバリと裂ける
氷のように鋭いくすくす笑いが聞える。
眼のくらみが取れ、色の雲があせた時、
気がつけばここは妖怪に護られた部屋の中、
グリフィンの翼持つ大理石の猿が、
邪悪なる彫刻家の彫った壁面にひしめき、
なまけものと吸血こうもりのあいの子なる獣たちが、
くすんだ青銅の足指でぶらさがりながら、
黒檀の拱門から懸かるランプの影の谷間を
わが物顔にしている。広いコキュトスの河が
めぐり流れる地獄の野の中で、のろのろとよどむ沼から
沼へと風に吹き送られるさざ波のように、
パチパチとはじける笑いが、その影の輪の周りに走る。
そしてすべての石造りの手長猿は赤々と燃える
石炭に化した眼で、私を見据えている。
バベルにおいてさえ名を得なかった不安が
息を切らし、恐怖に気を失った私を、

広間の中へとのめらせる。そこを囲む
くたびれた、堂々巡りの壁の内、
棺衣よりも重たい、ものうげなカーテンは
疲れ果てた一人の王を数限りなく描き出す。
彼は宝石の塊りのような手を
エメラルド色の薄暮の湖か、雨に洗われた、
夢結ぶことなきけしの畑にひたしたいのだ。
私は逃れ続ける。するとすべての影のカーテンは
絹の吐息つく歓楽の身震いと、
太古の疫病の物語りを、聞くだにいまわしい
伝染力の如き言葉で息づく
数えようなき一人の王のささやき声とに
打ち震えている。次に達した部屋は
長身のなまめかしいタイタンの女神たちの姿に
刻まれた女人像柱が、水晶のぶどうづる匍う
花咲く黒檀の玉座を繞らしている。玉座の上には
青白い、巨大なる蛇がだらりと寝そべり、
その巨軀は王たちのすべての腐肉で膨れあがり、

いやらしいぶくぶくの脂肪太りの、たるんだとぐろ打ち重ねて、
肘掛けの外にはみ出しこぼれんばかり。
口を開いて、大蛇が身をのり出せば、のどの奥から
二十本の舌が、昏睡した二十四のまむしのとぐろのように
ぶら下がる。ぬるぬるの燐光のよだれを垂らせば、
そのよだれは柔かく巨大なとぐろ巻く身体を
ずるずる流れ落ち、黒檀の花の間を這いながら、
さながら小さな蛇のような生命を花々に貸し与える。
今や恐怖が、ぶよか蚊とんぼを引き寄せる眼の、
あの赤くてまつ毛のない細長い孔を開かぬうちに、
私はくるりと向きを変え、埃っぽい廊下を辿れば、
逞しい手足をした銅像が立ち並ぶ、その薄闇は
花咲く地平を球状に収める、黄金の屋根葺いた
露台で行き止まり。

私の心臓の
おびえた鼓動の騒ぎはまだ静まらぬが、
耳をすませば地平のへりの更にかなたより
聞えてくるかすかなつぶやきは、

あたかも遥かなる砂あらしが、いずこと知れぬ砂漠より
立ち起こり、町々の命運をそのふところから投げつける、
熱帯の夜の闇の翼を、曠野一ぱいに拡げつつ、
千の風を先陣に押し立てれば、吹き起りざま
根こそぎの棕梠を帚に掃きまくり、
砂漠を立ち騒がせる時のよう。嵐が迫れば、
ごま畑に働く人々の耳に高まり轟くように、
そのようにつぶやきはつのり、影は黄金の地平の上に、
太陽に向けて昇る暗闇のしののめの如く忍び寄る。
今や彼らは迫る——もとは私の支配を認めていた
諸世界の悪魔たちや蛇女(レイミア)らにひきいられた、
いまわしい姿集めたサバトが。コカトリス、
ピュトン、トラゲラフス、レビアタン、
キメラ、マルティコラス、ベヘモス、
ゲリュオン、スフィンクス、ヒドラたちが、
まるで目ばたきの間に成ったのか、
アフリートの築く都が忽然そそり立ち、
轟音の円堂、音響のオベリスク、闇と炎の

交互する塔の現われるように、眼の前に現われる。
シュルシュルと鳴る風に乗った、白熱せる石の翼は
ルティリカスのかなたの地獄の、
巨大な熔炉の心臓持つ獣らを運び上げる。
諸々の月の旋回をも測るべき、光なき長大さの
ものどもが消滅せんとする太陽の洞窟から生まれ、
地平の下の深淵より、半ば姿を現わして、
天頂までもとぐろを解きつつ延びてゆく。
無数の火の腕持つ、灼熱の月の如き章魚らが
未知の金属の海岸に打ちつけながら、
消え尽きぬ惑星をつき抜けて逆巻き、咆哮する、
波騒ぐ炎の海から上がって来る。
アリオースの壮大な諸世界をへ巡る獣たちが、
天に無数の角を林立させて起き上がれば、
吹きすさぶ風は角の迷路に行きまどう。
また、飛び込む大むかでの、崖の如き額に載って、
海の魔女らの貝殻造りの塔は大きく泛び上がり、
グリフィンに打ち跨がった神々、真黒の竜の上に

座せる悪魔ら、不気嫌なピグミーを背に乗せた
ココドリルら、更にはタイタンの如き大さそりも媚び寄る、
サイフの諸世界より来たった青い顔の魔術師たち、
また敵から正面をそむけて動き、
楯の水晶に映る姿を肩越しに打ちつける軍勢、
また眼なき人々の手により、底なしの洞穴で作られた
偶像もまた泛び上がる。さらには
いや果ての深淵より浮び出たクラーケン、
外側の闇のデモゴーゴンたちと共に、
陽なき世界の蛇の姿せる盲目の怪獣らは
起き上がり、あまたの雷鳴もて叫び立てる。
それを聞けば天もパッと燃え立つ言葉にて、
名状し得ぬ非業の定めもて私を脅かしながら、
魔法の宮殿に攻め寄せる。いくリーグにもわたって
前方に伸びた、熱風の如くしなびさせるその影は
アマランスの野を枯らし、炎の如くに食い尽して
灰燼の砂漠をあとに残すのみ。宮殿の中にては
大理石の猿どもがキーキーわめき、吼え、

女の姿せるすべての柱は得体の知れぬ恐怖に
ざわめきながら呻く。いかなる地獄にても
名づけようなき巨大な恐怖を抱きながら、
私は立ち上がり、逃げゆく風を翼と借りて逃げゆけば、
忽然として魔法の御殿はがたがたよろめき、
一本の焔の塔となって天に冲しながら消え失せて、
あとには瓦機も灰燼も残らぬとは。
その逃げゆく風に乗り、世界の果て越えて
飛んでは来たが、息もつけぬ奈落のへりに達すれば、
そこではいかに強い風も息切れし、
支えを失って、天底に浸された暗がりを通り、
太陽の視界と幻影のかなた、
異る空と太陽系へと落ち込んでしまうのだった。
奇怪な棕梠かと見まがう程に聳え立つ
色鮮かなかびの森深き世界で、
私は隕石の落ちるが如くに倒れ落ちれば、
何十本のかびの幹は折れて粉と散る。
けが一つなく立ち上がり、果てしない森を通り抜け、

脆いオパールの木々の間を私はさ迷いながら、
虹色の太陽たちに触れんとして、刻一刻と
伸びてゆく梢を見る。風の汐なき大気を、
拡がる臭気のよどみで充満させる
納骨堂の吐息を息づく眼に見えぬものどもが、
絶えず変わりゆく棕梠の森を通り過ぎ、
見定めようもなく、私を追って来る。
広い灰色の羽摶をハタハタと打つ蛾が
眼の前をちらつき、燃えがらの色した昆虫が
舞い降りて、けんらんたる薄闇を
音立てて突き進み、崩れ落ちる茂みの中に
すっと消える。遥か遠くに聞かれる
何か知らぬ猛獣の、ドラのような吼え声は
拍子を取るように合間をおいて反響し、
熟れた木を揺さぶれば埃となり、
いがらい匂いの雲なして降り落ちれば、
私は虹色の棺衣の下に埋もれて
息ふさがれる。

いまは棕梠の森も
遥か遠ざかり、忽ちにして、矮人にも
蹴倒せそうな灌木の茂みに縮まる。その上に、
アメシストとルビー、ザクロ石や紅玉髄の粉で
ギラギラ燃える空虚の砂漠を私は見る。
果てしない赤い輝きの、踊り跳ねる波もて
私を眩惑させるけんらんたる砂利を
踏みながらさ迷いゆけば、
空気は深紅の薄闇に変わり、コボルドよろしく
眼も利かず、光の闇を縫ってさ迷う。
すると足元では、ギスギスする砂が
石か金属に取って代わられたか、金の鈴よりも、
銀の噴水のチリンチリンの音よりも、
私の耳にはなお嬉しい、どっしりした響きだ。
深紅の薄闇がはれた時、私は風なき水面のように
平坦に、全世界の果てまで延びる広々とした
鋼の黒い野のはずれに立っている。
そして真黒な野を縫って、粉砕された大理石の

百本もの小川が、また時のすべての戦の
破壊にも似た青銅の小川が流れてあり、
時なき爆布の轟音と共に、永劫の深淵をなだれ落ちる。
そこで私は百万のリュートの不協和音のように
かまびすしく、調子なさぬさざ波の立つ、
鋼の川と青銅の川の間を辿りゆく。
そして川が滝となり、百万の楯と渡り合う
百万の剣の力強い響きが、すべての世界、すべての永劫時の
戦における槍と鎧の騒音を立てている断崖へと辿り着く。
遥か下、虚空の深淵と周期を通って
滝は落ち、砕けた星屑の流れのように、
下界の闇へと吸い込まれる。いかなる太陽の
神々も、奈落の悪鬼らも、いかなる永遠の大海が
その流れを呑み込んで、引くことのない強力な汐もて、
いつの世までも高まり続けるものか、
敢えて知ろうともせぬ。
　　見よ、いかなる雲が、
もしくは思い掛けぬ至高の蝕が、

オパールの太陽たちにかかったか。私のかたわらで
川は青ざめ、幻の如きかすかな輝きもて
消滅した壮大な天球から落ちる夜の如くに
落ち来る暗闇を縫って流れるのだ。
ふと振り向けば、砂漠と太陽たちの間には、
私の恐怖の足跡を追い、星々、深淵、
荒廃せる諸世界を経て、千重に繞らす闇の
閉塞の中を遥かに翔り来た、すべての竜の群が、
翼を休めて遊弋(ゆうよく)するのが見えるではないか。
グリフィン、ロック、今は住む人なき国々で、
がつがつ食い荒したばかりのこととて
翼も重たげに、鈍い動きの暗黒のキマイラ、
さらにはハーピー、地獄の禿鷹――
忌わしい饗宴から駈けつけたばかりの
くちばしと爪を私の血に浸して渇きをいやそうと――
すべて、すべてが集い、翼なきしんがりは
何列にも居並ぶ汚らわしい大蛇たち、
戦列を組む闇の柱と光の柱のように、

広い地平に鎌首上げて立ち並ぶ。先陣から聞えるのは、
こぼたれた神殿の中の嵐のように、
大きく甲高い飛竜たちの金切声と、
地獄の塔から情容赦もなく撞き鳴らされる
鐘のようなスフィンクスの咆哮。雲また雲と
重なり合って、彼らは天頂に拱門を描き、
恐ろしい颪が、嵐の先触れの颪のように
彼らから吹き下ろす。そしてその颪に
私の裂けた衣服はなびき、あたかも奈落の
小止みなき嵐に吹きまどい、
バタバタあおられる魂が吹き流されるように、
全虚空の真正面でハタハタひるがえる。
石と青銅の川の轟きはいよよ激しく、
奔流なす翼の、吼えるが如き音と重なって、
もはや分ち難く混じり合う。奈落に向かう恐怖の颪と
小止みなき海の波の如くに虚空に向かって打つ
力強いいかずちの響きの中にあって、
到底私は足場を持ちこたえぬ。むしろ共に

奈落に逃れ、破滅の流れの滝つ瀬となる、
天底にどっしりと置く夜をわが身に
試してみたいものとは思えど、がけぷちに辿りつき
太陽をも打ち負かす闇を透かして、
おぞましい降下の程をわが眼にて測ろうとすれば、
その底に見えるちっぽけな一つ星――
運命の翼が幾万をこぞる間も、
その光が私を引きとめる。なぜならその星は
光を憎して、恐怖に変わった夢の持つ
かなう限りの迅速さで、色なき球体に
幾億もの月にもまがう光を帯びるのだ。
そして蝕にむしばまれた深淵と薄闇を通して
泛かび上がりながら。いよいよ大きくなり、
巨大な白い、眼なき〈顔〉とはなって
虚空を充たし、宇宙を満たし、
開く炎の唇もて、世界の境界に押し当てんばかりに
ぶよぶよと膨れ上がるとは。

編者あとがき

安田 均

　お待たせしていたクラーク・アシュトン・スミス『魔術師の帝国《3アヴェロワーニュ篇》』をようやく出版することができた。最初の創土社版でもこれらの作品は含まれておらず、ぼくとしては念願だっただけに、素直に喜びたい。〈アヴェロワーニュ〉ものは、背景世界として〈ゾシーク〉についで作品は多く、中世フランスを模したアヴェロワーニュ地方（Province of Averoigne）を舞台にし、全十一編の小説と巻頭の詩がある。今回は、それらに詩人としても著名だったスミスの代表的な長詩「大麻吸引者」を収録してみた。

　ナイトランド叢書では、これまで彼の作品集として《1ゾシーク篇》《2ハイパーボリア篇》が出ているが、ゾシークを遥かなる未来とし、ハイパーボリアを遥かなる過去とするなら、このアヴェロワーニュは架空の地といっても、現実の中世フランスがモデルの世界。だから未来と過去の中間点として、おおまかな現在といってもよいだろう。名前の響きや歴史的な部分（ローマやキリスト教の侵入、ドルイド信仰）などから、フランス中部オーベルニュ地方を範にしているとよく言われるが、スミスによると現実の中世部分があるとはいえ、架空のフランスの地を舞台にしているようだ。

ただ、そうしたモデル地域が探されるのを見てもわかるように、ここはおおまかな「現在」であると同時に、歴史上での「現実」とも比較される宿命にあるのはいたしかたないだろう。登場するものたちはより現代に近く、現実に近い。1～2巻の解説で書いてきたスミスの特徴、エキゾチックな異境世界で展開されるのとは、ある意味で矛盾し、制限がかかる世界になっているとも言えるだろう。現代や現実そのものとは若干離れるとはいえ、彼にとっては少し自由のききにくい世界になっているのではないか？

そう思う人もいるかもしれない。

これは一面そうかもしれないが、事実は異なる。先の「架空の地」という言葉にもあるように、スミスは表面でそうした現実（らしい）部分をちゃんと描きつつも、その実コア部分では、伸びやかな空想世界を実に心地よく展開しているのだ。

それは、これまでのゾシーク篇やハイパーボリア篇では余り見られなかったロマンスの要素、異性間での出来事（アフェア）が物語に入って来やすくなっている点で明らかだ。中世の物語といえば、ロマンスが多かったのは周知の事実である。騎士道精神を核にすえた叙事詩的なロマンスこそ、中世の物語イメージにふさわしい。あるいは、もっと民衆レベルでの、媚薬や恋のおまじないなどが関係するもの……スミスはそうした部分を、彼独特の皮肉やユーモアも交えつつ、いかにも中世譚らしく率直に綴っていく。他にも西暦（キリスト教暦）を模した年号が散見されたり、修道会派などにも現実の名称が用いられたりしている。魔術なども予見やほれ薬など、生活に密着した土俗魔法のイメージで語られるものが多い。怪物も、吸血鬼や人狼といったその地域に根ざす伝説風のものが中心になっている。

そう考えるなら、〈アヴェロワーニュ〉ものは他の異境美に溢れた絢爛華美なスミスの作品群とは一風変わった、中世ヨーロッパの雰囲気に合わせた抑え目で地味な幻想譚になっていると予測しても、なんらおかしくはないだろう。

ぼくも初期に訳された「アヴェロワーニュの逢引（アヴロワーニュの森のランデブー）」（一九七一）を学生のころ読んだときには、そう感じていた。一九七〇年代の初期までにスミスの作品は小品が切れ切れに訳されるだけで、ここに収めたような〈アヴェロワーニュ〉ものはこの一篇だけしかなかったのである。

しかし、実態はちがった。スミスの経歴を見るとき、一九二九〜三五年までの短い間にその主要作品が、さまざまな背景世界を舞台に次から次へと堰を切ったように発表されている。そして、それらはどれもスミスならではの絢爛華美さをほとんどが備えているのだ。本書でも、その点は顕著である。ぼくは後になって「ガーゴイル像彫刻師」「聖なるアゼダラク」「イルーニュの巨人」「アヴェロワーニュの獣」「シレーヌの魔女」など、本書の中核となる諸篇（これらは一篇を除いて、一九三一〜三四の三年間に発表）を読んだときに確信をもった。スミスはやっぱり異境美の作家なのだと。

そして、実はどの作品にも怪物が明確に描かれ、それがいずれも中心のテーマと密接に結びついている。どの作品でどの怪物がと書くと、読むさいの興趣を削ぐことにもなりかねないので、ここでは怪物の名だけを挙げるにとどめよう。人狼、吸血鬼、サイクロプス（巨人）、ラミア、サテュロス、夢魔、ガーゴイル、ジャイアント・トード、シェープチェンジャー（つきもの）、マンドラゴラ、クトゥルーの怪物まで。他にも、小鬼と訳したがゴブリンなども跳梁跋扈し、そのさまはまさしく百鬼夜行というにふさわしい。

さらに、それに対抗するための、さまざまなアイテムや魔法。魔法は術としては土俗風のもので、破壊的な力を直接発揮することはないが、ことアイテムを魔化したりする際にはとんでもない魔力を発揮する。

これらが一体となる物語は、短編ゆえにキャラクター性や長い複雑なプロットを持つものではないけれど、作品自体としては絢爛華美といってなんら差し支えないものに仕上がっている。異境美の作家の、ちょっと押さえ目に見えるが、その実おもしろさに筋金の入った作品群と評することができるのではないだろうか。

それを表すかのように、〈アヴェロワーニュ〉シリーズは、作者が初期から一貫して書きたいと思うものを用意万端、順に発表していった節が見受けられる（本書はこの構成に従っている）。スミスには『ブラックブック（黒の書）』という創作メモが残されていることも有名だが、そこでは後ろのほうに〈アヴェロワーニュ〉ものについてメモが三つほど残されている。

一つは「アヴェロワーニュ年代記」と題され、このシリーズが全十二篇の予定だったことがわかるメモ。十番目までは、最初の詩を除いて本書の並びどおり（「シレールの魔女」はここでは「アヴェロワーニュの魔女」という仮題になっているが、残された筋書きからすると「シレールの魔女」の原形と考えられる)。

残る十一番目と十二番目の物語が未完のままで、逆に本書では十一番目として収録したのが『ブラックブック』には記載されていなかった「蟇蛙の母」ということになる。

未完の二篇も、創作メモに筋書きだけは残されていて、実に興味ぶかい。「サドクァの神託」The Oracle of Sadoqua は、地底に眠る神サドクァ(ツァトーグァ)をめぐる探求を描いており、クトゥルー神話ファンにはたまらない作品になったはず。さらに「アゼダラクの運命」The Doom of Azedarac は本書の「聖なるアゼダラク」の正に続編ともいえるもので、異世界に飛んだアゼダラクの運命を描いた筋書きも波乱万丈で、書かれていれば実に収まりがよかったのにと惜しまれる。

こうした予定リストからも、スミスが〈アヴェロワーニュ〉ものを、初期からきちんと組み立てて書いていこうとしていたことは否定できない事実だろう。まさに、ゾシークと並んで、彼の作品世界の双璧をなす異境というべきだろうか。

今回は、そうした異境構築者としてのスミスが後に及ぼした影響を少し考えてみたい。これはハイパーボリア篇の解説にも書いたが、アヴェロワーニュ篇を読み直してみて改めて納得した。

一九七四年、ストーリーをゲームとして遊ぶ画期的なロールプレイング・ゲームが『ダンジョンズ&ドラゴンズ』(D&D)として登場した。この世紀の発明に影響を及ぼした作品は、通常『指輪物語(ロード・オブ・ザ・リング)』が上げられるけれども、作者のガイギャックスはむしろ英雄コナンやエルリック、ファファード&グレイ・マウザーなど当時人気のあったヒロイック・ファンタジーの諸作品や、このクラーク・アシュトン・スミスらを上げている。

そして、それを表すかのように、一九八一年にD&Dのシナリオとして、小説原作を使用するもっとも早い作品として現れたのが、このスミスの〈アヴェロワーニュ〉なのである（『X2シナリオ　アンバー家の館』Castle Amber）。

考えてみれば、先ほどの本書の諸作の特徴、すなわち中世風ファンタジー世界、さまざまな怪物の跋扈、それに対抗するための魔法、アイテム。これはまさしくD&Dにぴったりだと言えるだろう。スミスの作品の特性から強力なヒーローこそ見出せないが、ロールプレイング・ゲームのシナリオとして考えるなら、最適の舞台というにふさわしい。

『アンバーの館』はシナリオだけにその内容を明かしてしまうことはここではしないが、実際にアヴェロワーニュ地方を舞台に、小説で語られる内容を使った波乱万丈のものになっている(つまり、原作そのものではない。この扱い方は非常に魅力的だ。どうなるかをプレイヤーたちで決められる)。プレイヤーは原作の物語を知っても知らなくてもよいが、DM（ゲームを進める判定役、ダンジョンマスター）は元を知っておいた方がよいだろう。

この稿を書く前に、シナリオを最後まで遊んでみたが（三〇年以上前だと見事に内容は忘れていた）、とても相乗効果は高かった。作者のトム・モルドヴェイの腕前もあるだろうが、スミスの版権管理協会の許可を得たというその丁寧さからも、内容が保障されているのは明らかだろう。

機会があれば、ぜひ一度試してみてほしい。

ところで、クラーク・アシュトン・スミスの作品には、こうした後世のストーリーゲームに影響を持つくらいの空想の開放性、あるいは遊戯性への適性があったのはまちがいないが、それはもう一つの有名な作品群への関わりを見ても理解できる。

クトゥルー神話へのつながりである。

本書では明確にそれにつながる作品が二篇ある。

クトゥルー神話は、その恐るべき神々やその配下となるものどもの陰謀もおもしろいが、他に魔道書と呼ばれる秘儀を記した書についての出来事も重要となる。そして、クラーク・アシュトン・スミスは、そこで最も有名な〈ネクロノミコン〉につぐ〈エイボンの書〉を生み出したことでも知られている。この書の由来や出来事については、すでに日本でも一冊の本として邦訳されているほどだ（『エイボンの書』The Book of Eibon 新紀元社）。

その中で、同書の歴史についてはリン・カーターがまとめているが、ハイパーボリアでエイボンという魔道士によって書かれた。ゆえにはるかな過去、極北の地ハイパーボリアに発するが、これが伝えられて中世のアヴェロワーニュにも出現しているのである。

一番重要なのは、〈エイボンの書〉そのものが登場する「聖なるアゼダラク」だろう。ここでの強力な魔術師アゼダラクは時空を行き来できる程の存在だが、彼が隠し持つ〈エイボンの書〉を、主人公は異端審問への証拠品として持ち出そうとするのである。そうした結果は……という話だが、果たしてアゼダラクが召喚していたツァトーグアやヨグ＝ソトートの係累はどのようなものであったのか、あるいは、持ち去られた〈エイボンの書〉はその後どうなるのか、興味は尽きないところだろう。

もう一篇は「イルーニュの巨人」で、ここでは登場する邪悪な魔術師ナテイルとその弟子だった（袂をわかった）ガスパール・デュ・ノールが重要だ。これは作品とは直接関係しないが、二人がこの〈エイボンの書〉の欧州への流布に一役買っているのだ。まずナテイルがこれをどこか古代の魔術師の墓場から発掘したらしい（ギリシャ語版）。それを、今度はかれの弟子だったデュ・ノールがノルマンフランス語に翻訳したという。デュ・ノールはその後ナテイルからは離れ、「イルーニュの巨人」事件が勃発するのである。

こうしたクトゥルー神話との関連は、部分的に初期にスミス＝ラブクラフトが考えたものであろうし、後になって、ダーレスやリン・カーターといった神話製作者たちによって、より整備され組み入れられていったと思う。

いずれにしても、こうしたサブに暗黒神話を付与するゲーム的な楽しさが、スミスの作品には初期から備わっていたと見るべきだろう。


以下に、簡単に各作品について触れてみよう。

「物語の結末」 The End of the Story（1930）
シリーズの一番先に発表された短篇。アヴェロワーニュの森深く、廃虚となった古城にまつわるオーソドックスなファンタジー魅惑譚。伝説とロマンスという〈アヴェロワーニュ〉シリーズの基本構造をなしていると同時に、古書もフレーバーとして使われる〝らしい〟作品だ。

「サテュロス」 The Satyr（1948）

これもよくある吟遊詩人と奥方の不倫を扱った中世ロマンスだが、発表年がかなり後の方なのを見てもわかるように、初稿から長い間眠っていたようだ。今回は初稿版を掲載してある。主な相違は、こちらでは伯爵の復讐譚として書かれているが、後出ではもっと森の不思議（サテュロス）が前面に出ている。

「アヴェロワーニュの逢引」 A Rendesvous in Averoigne（1931）

昔はスミスのアヴェロワーニュ譚といえば、この作品を指していた。確かに、中世の森での恋人同士の逢引と、そこからの展開での古城の魅惑譚は典雅な趣きをたたえており、「物語の結末」と好一対だ。しかし、この作品の最後の描写を読者はどう捉えるだろうか。恋人もそれまでに魅惑されているかもしれず、果たしてそれは解けているのだろうか。

「ガーゴイル像彫刻師」 The Maker of Gargoyles（1932）

シリーズの中で、怪物譚としてもかなりの迫力を持つ作品。と同時に、スミスの作品にたびたび表れる〝世に受け入れられず、ひねくれた恨みを持つ魔術師〟というモチーフがはっきり描かれている。今なら「リア充、爆発しろ」だろうか。ガーゴイルの現物の不気味さを見たなら、なるほどとうなずける出来栄えだ。

「聖なるアゼダラク」The Holiness of Azedarac（1933）

いろんな意味で重要な作品。まずプロットが時空を動き回って面白い。表面上しゃれたオチもついているし、中世の宗教心情より、もっと原始的だがナチュラルな生活環境への憧れという点で、いかにもスミスらしい。しかしよく読むと、アゼダラクの薬はほれ薬から作られている。と考えれば……二重のおかしみとシニカルさもうかがえるのだ。また、この作品にはクトゥルー神話の「エイボンの書」も登場するし、続編も予定されていた。注目作。

「イルーニュの巨人」The Colossus of Ylourgne（1934）

本書〈アヴェロワーニュ〉シリーズの中で一番の迫力を誇る中篇。スミスの長めの作品は「ジースラ」「暗黒の偶像」「七つの呪い」など、ストーリー性豊かで飽きさせない。死霊術師の暗躍とおそるべき計画、それに対する魔法のアイテムとその使用。一気に読ませる傑作。さらに、本書の敵役と主人公は「エイボンの書」の変遷にも大きく関わる。〈アヴェロワーニュ〉を震撼させた大事件をお楽しみいただきたい。

「マンドラゴラ」The Mandrakes（1933）

こちらは小品だが、植物怪談の伝統からみて、アヴェロワーニュの森の不気味さが一層際立っている。話としての展開は推測がつくのだが、マンドラゴラに見られる姿形の奇怪さが、物語の雰囲気によくマッチして最後まで読んでしまう。

「アヴェロワーニュの獣」 The Beast of Averoigne（1933）

こちらは「怪物」に焦点を絞っての迫力ある怪異譚。正体不明の怪物を排除できないで連続事件が起きていく傑作に「スライム」「それ」といった作品があるが、これもそれらに劣らない緊迫感を持っている。最初に発表されたときは分量が合わなかったのか、かなり短めにされた。今回は初稿版で充分に恐怖を味わっていただけると思う。スミスには彗星に乗って外宇宙から怪異が襲ってくるタイプの作品が他にもあるが、これが代表作だろう。

「ヴィーナスの発掘」 The Disinterment of Venus（1934）

こちらはスミスの作品に時として見られる艶笑譚。キリスト教の厳格な戒律への裏返しからか、中世にはこうした艶笑譚もよく書かれた。〈アヴェロワーニュ〉の地域性が顕著に出ているわけではないが、夢魔はどこにでも現れたのである。

「シレールの魔女」 The Enchantress of Sylaire（1941）

一番後期に書かれた作品。スミスの『ブラックブック』の予定表には「アヴェロワーニュの魔女」の題で入っていて、この作品より短かったようだ。他の予定作の筋書きを合わせて一篇にしたようだが、その割にストーリーはしっかりしている。魔女とそれに従属している男のどちらにつくかの葛藤が、すぐれたドラマ性を生み出している。結末には少し驚くが、スミスらしい。

「蟇蛙の母」 Mother of Toads（1938）

〈アヴェロワーニュ〉シリーズ、いや、スミスの作品の中でも異色作。異性の化物の魅惑に捕われていく人間を、幻想味豊かであると同時に、妙にリアルな不快感を伴って描いた作品。中世ロマンス集である本書の中に混じる不調和感は、これもスミスの妖異と捉えるべきかもしれない。

「大麻吸引者」 The Hashish-Eater（1922）

詩人としての、スミスの代表作でもある。彼の第三詩集 Ebony and Crystal に収録されている。敬愛する詩人ジョージ・スターリングの影響を受けていると言われる。

なお、本書の翻訳は柿沼瑛子さん、田村美佐子さん、笠井道子さん、柘植めぐみさん、故蜂谷昭雄先生に各篇を担当していただき、最終的な統一を安田が行なった。最後に編集していただいた岩田恵さん、地図を描いてもらった松田ミアさんにも感謝したい。また、先行する『イルーニュの巨人』（井辻朱美訳）『アヴェロワーニュ妖魅浪漫譚』（大瀧啓裕訳）を参考にさせていただいた。お礼申し上げたい。

クラーク・アシュトン・スミス Clark Ashton Smith
1893年、米国カリフォルニア州に生まれる。若くしてその詩作が注目され、18歳で詩人ジョージ・スターリングと親交をはじめ、彼を介しアンブローズ・ビアスに評価される。1922年にH・P・ラヴクラフトの知己を得、彼の勧めで「ウィアード・テールズ」誌に寄稿。29年から同誌を中心に、独自の幻想世界を描いた物語を精力的に発表。代表作に「魔術師の帝国《1 ゾシーク篇》」「魔術師の帝国《2 ハイパーボリア篇》」(アトリエサード) などがある。1961年歿。

安田 均 (やすだ ひとし) 編者
1950年生。翻訳家、ゲームクリエイター、小説家、アンソロジスト。株式会社グループＳＮＥ代表。訳書にスミス「魔術師の帝国《1 ゾシーク篇》」「魔術師の帝国《2 ハイパーボリア篇》」、ウィルヘルム「翼のジェニー」(共訳 アトリエサード)、フィルポッツ「ラベンダー・ドラゴン」、マーティン「サンドキングス」(早川書房)、プリースト「逆転世界」(東京創元社)、ワイス＆ヒックマン〈ドラゴンランス〉シリーズ (KADOKAWA) 等多数。

ナイトランド叢書 4-1

魔術師の帝国《3 アヴェロワーニュ篇》

著 者 クラーク・アシュトン・スミス
編 者 安田 均
訳 者 安田 均・柿沼 瑛子・笠井 道子・田村 美佐子・柘植 めぐみ
発行日 2020年8月7日

発行人 鈴木孝
発 行 有限会社アトリエサード
東京都豊島区南大塚1-33-1 〒170-0005
TEL.03-6304-1638 FAX.03-3946-3778
http://www.a-third.com/ th@a-third.com
振替口座／00160-8-728019
発 売 株式会社書苑新社
印 刷 モリモト印刷株式会社
定 価 本体2400円＋税
ISBN978-4-88375-409-0 C0097 ¥2400E

ナイトランド叢書

クラーク・アシュトン・スミス
安田均 編/安田均・荒俣宏・鏡明 訳

「魔術師の帝国《1 ゾシーク篇》」

2-3 四六判・カヴァー装・256頁・税別2200円

スミス紹介の先鞭を切った編者が
数多の怪奇と耽美の物語から傑作中の傑作を精選した
〈ベスト オブ C・A・スミス〉!
本書では、地球最後の大陸ゾシークの夢幻譚を収録!

クラーク・アシュトン・スミス
安田均 編/安田均・広田耕三・山田修 訳

「魔術師の帝国《2 ハイパーボリア篇》」

2-4 四六判・カヴァー装・272頁・税別2300円

ブラッドベリを魅了した、夢想の語り部の傑作を精選!
ラヴクラフトやハワードと才を競った、
幻視の語り部の妖異なる小説世界。
北のハイパーボリアへ、そして星の世界へ!

キム・ニューマン
鍛治靖子 訳

「ドラキュラ紀元一八八八」

EX-1 四六判・カヴァー装・576頁・税別3600円

吸血鬼ドラキュラが君臨する大英帝国に、
ヴァンパイアの女だけを狙う切り裂き魔が出現。
諜報員ボウルガードは、五百歳の美少女とともに犯人を追う──。
世界観を追補する短編など、初訳付録も収録した完全版!

キム・ニューマン
鍛治靖子 訳

「《ドラキュラ紀元一九一八》鮮血の撃墜王」

EX-2 四六判・カヴァー装・672頁・税別3700円

イギリスを逃れ、ドイツ軍最高司令官となったドラキュラ。
その策謀を暴こうとする英諜報部員を、レッド・バロンこと、
撃墜王フォン・リヒトホーフェン男爵が迎え撃つ!
初訳となる章「間奏曲」や、書下ろし中編なども収録した完全版!

詳細・通販は、アトリエサード http://www.a-third.com/